RACHEPLÄNE

ZUFALLSLIEBE
BUCH 3

SAXON JAMES

RUSH

Als ich geplant habe meinen Freund mit einem knappen, festlichen Outfit zu überraschen, bin ich davon ausgegangen, dass er allein sein würde.

Nicht umgeben von Familie.

Der Familie seines Verlobten.

Mit einem Freund weniger und einem riesen Haufen Peinlichkeit mehr im Gepäck, fliehe ich mit eingezogenem Schwanz. Mein gebrochenes Herz wird wieder heilen.
Was diese Demütigung angeht, bin ich mir jedoch nicht so sicher.
Nur die Tatsache, dass ich beide nie wieder sehen muss, macht die Sache irgendwie erträglich.

Bis ich auf der Arbeit meinem neuen Boss begegne.

HUNTER

Nicht in einer Millionen Jahre hätte ich gedacht, dass der Mann, der sich auf der Arbeit unter meinem Schreibtisch versteckt, die eine Person ist, von der ich gehofft habe, sie nie wieder sehen zu müssen.

Die Affäre meines Verlobten.

Und offenbar darf ich den Kerl wegen "persönlicher Probleme" nicht einmal feuern. Also versuche ich nett zu sein, was sich allerdings als sehr viel schwerer erweist, als ich herausfinde, dass mein Ex Rush noch immer schreibt. Derselbe Ex, von dem ich nichts mehr gehört habe, nachdem ich ihn um Vergebung bettelnd stehen gelassen habe.

Rush schwört, dass er nichts von mir wusste. Dass es neben ihm noch andere gab. Und auch, dass unser gemeinsamer Ex ihn noch immer zurück will. Also schmieden wir einen Plan. Um ihm zu zeigen, wie es sich anfühlt jemanden zu wollen, der dich nicht auch will.

Alles was wir brauchen ist eine Kamera. Seine Nummer. Und ein Kuss.

Rache war noch nie so süß.

TRIGGERWARNUNG

Content-Warnung: sexuelle und physische Gewalt

VORBEMERKUNG DER AUTORIN

Ich hoffe, ihr mögt »Rachepläne« und werdet Rush und Hunter ins Herz schließen.

Diverse Charaktere zu schreiben ist eine meiner Passionen. Ich versuche immer, sicherzustellen, dass sich Menschen in meinen Büchern gesehen fühlen, insbesondere, wenn es um Asexualität und neuro-divergente Personen geht. Rush ist meine erste Figur mit diagnostiziertem ADHS, wenn auch nicht der erste meiner Charaktere, der es hat.

Rush ist zwar als Person mit ADHS beschrieben, aber ihr könnt sicher sein, dass dies nur eine von zahlreichen möglichen Erfahrungen ist. Sein Charakter soll nicht repräsentativ für alle im neuro-divergenten Spektrum sein. Man kann auf unterschiedlichste Art und Weise ein Mensch sein. Er ist nur einer davon.

Rush nimmt sein ADHS an und betrachtet es als positive Chance, die Welt zu betrachten. Mir ist aber bewusst, dass dies nicht für alle Betroffenen gilt. Ich weiß auch, dass wir nicht alle so gelassene und entgegenkommende Chefs haben wie Ted einer ist. Das

Einzige, was ich ganz explizit ansprechen will: Rush hadert damit, den Weg der Medikation zu beschreiten. Derzeit gibt es aber keine evidenzbasierten Tests, die eine Korrelation zwischen ADHS-Medikamenten und Kreativität zeigen. Rush ist nicht per se gegen die Medikamente. Er lernt noch.

Ich habe Sensitivity Reader genutzt und mir große Mühe gegeben, Rush so authentisch wie möglich zu zeichnen, aber ich weiß, dass nicht alle ihn annehmen werden. Ich bitte nur darum, zu bedenken, dass seine Erfahrung sich von *eurer* unterscheiden mag – dass dies aber nicht bedeutet, dass andere sich nicht stark mit ihm identifizieren werden.

Wie all meine Bücher wurden auch die Rachepläne einem strengen Lektorats-Prozess unterzogen – aber Ninja-Typos gibt es trotzdem immer wieder! Wenn euch welche auffallen, nutzt bitte nicht die Anzeige-Funktion von Kindle, da dies Autoren-Accounts in Mitleidenschaft ziehen kann. Wenn ihr sie mir mitteilen wollt, herzlich gerne unter dieser E-Mail-Adresse: admin@saxonjamesauthor.com. Dann werden in den Folgeausgaben keine lästigen Fehlerteufel mehr davonkommen.

Herzlichen Dank fürs Lesen!

PROLOG

Rush

IM BÜRO IST ES STILL, bis auf das schnelle Tippen meiner Finger auf der Tastatur, das Quietschen meines Schreibtischstuhls beim Vor- und Zurückwippen, und die Hunderte von Stimmen in meinem Kopf. Eigentlich sollte ich heute gar nicht hier sein, aber – Überraschung – ich bin mit allem hinterher, und das kratzende Gefühl in der Brust lässt sich immer weniger ignorieren, je später ich dran bin.

Also sitze ich hier zwei Tage vor Weihnachten, mit einer To-do-Liste und einem Thermobecher Kaffee bewaffnet. Jede einzelne Zelle in meinem Körper fleht mich an, bei der Sache zu bleiben.

Ich nehme einen großen Schluck aus dem Thermobecher und gehe im Geiste die Weihnachtsgeschenke durch, die ich bereits habe. *Sicher* habe ich an alle gedacht - ich hatte eine Liste gemacht. Und sie zweimal gecheckt.

Oh, verdammt. Christians Mann. Die beiden kommen zu

Heiligabend vorbei. Wie peinlich, wenn ich *nichts* für ihn hätte. Der Kerl ist zwar Millionär, aber es geht um die Geste. Sich eingeschlossen zu fühlen …

Mir fällt der Kaffeering auf der Schreibtischoberfläche ins Auge. Mist. Nachdem ich das letzte Mal ein Muster hinterlassen hatte, habe ich Eloise dabei ertappt, wie sie hinter mir her geputzt hat. Sie hat auch so schon genug zu tun – noch mehr Aufgaben braucht sie nicht. Ich ziehe den Ärmel runter und wische darüber, aber es ist inzwischen schon recht trocken. Das ist eigentlich auch kein Wunder, denn ich bin schon … während ich an dem Ring schrubbe, drehe ich das Handy, um zu schauen, wie spät es ist, und –

Schon sieben Uhr.

In meinem Kopf geht eine wahre Christbaumbeleuchtung an, und ich springe auf. Ich bin zu spät.

Schon wieder.

Er wird mich umbringen, verdammt nochmal.

Ich schnappe mir meine Tasche, während ich aus dem Büro stürme. Die Bewegungssensoren lassen die Deckenleuchten anspringen, während ich vorbeisause. Ein Glück, dass ich heute Morgen schon mein Outfit eingepackt hatte, denn ich kann mir sein Gesicht schon vorstellen, wenn ich es erst noch holen müsste. Das würde *Stunden* kosten. Ein Gutes hat die Beziehung zu Ian: Er ist ebenso unberechenbar wie ich. Das mag ich. Zu wissen, dass auch er Dinge vergisst – meinen Namen, oder sein Handy einzuschalten – und dass er ebenso schüchtern und nervös ist, neue Leute kennenzulernen wie ich. Das Einzige, was uns unterscheidet: Ich bin notorisch zu spät dran, und er ist sehr pünktlich. Als hätte er sein Leben Minute für Minute durchgeplant, und Gott bewahre, wenn ich mal meine Zeit überziehe.

Aber als Person mit einer langen Liste von »Eigenarten« werde ich ihn nicht dafür verurteilen.

Als ich in den vollen Bus steige, bin ich schon eine halbe Stunde zu spät. Hoffentlich wird er seinen Unmut im Zaum halten, damit wir einen netten Abend zusammen haben können. Er besucht über die Feiertage seine Familie. Da auch unser einjähriges Jubiläum in diese Zeit fällt, ist heute unsere einzige Chance, uns vorher noch zu sehen, und ich muss den mürrischen kleinen Kobold in meinem Inneren ermahnen. Nur weil wir schon so lange zusammen sind, muss das nicht *unbedingt* heißen, dass er mich einladen musste, ihn zu begleiten. Nein. Familie, das ist ein großer Schritt. Und ich bin … nun, es dauert ein bisschen, bis sich die Menschen für mich erwärmen, und da in meinem Gehirn in diesem Jahr gepflegtes Chaos herrscht, seit ich meine Medikamente abgesetzt habe, kann ich gut verstehen, dass er sich Zeit lassen möchte.

Ist schon okay.

Ich muss mich nur organisieren.

Wenn ich erstmal die Arbeit nachgeholt habe, werde ich einen Zeitplan machen können. Listen. Mir Zeit für meine Designs nehmen können. Zum Nähen. Zum Kreativsein.

Was ist das nur für ein Summen?

Zwischen den mit Einkaufstüten beladenen Pendlern und nach Hause Fahrenden kann ich mich kaum rühren, aber ich kann definitiv ein leises Summen hören. Ein Spielzeug vielleicht? Keine Biene.

Jemand tippt mir auf die Schulter. »Entschuldigung, ich glaube, deine Tasche vibriert. Könnte ein Anruf sein.«

Meine … Tasche? Aber mein Handy ist in meiner–

Ich klopfe auf meine Jackentasche, nur um festzustellen, dass mein Handy nicht da ist. Auch nicht in der Hosentasche, was seltsam ist; ich setze mich jeden Tag so oft darauf, dass ich wahrscheinlich mit einem handyförmigen Abdruck an der Pobacke enden werde … stirnrunzelnd versuche ich, mich zu erinnern. Wann hatte ich es denn zuletzt? Im Büro? Habe ich es überhaupt mit? Mist. Vielleicht habe ich es gar nicht mitgenommen?

»Willst du nicht rangehen?«, fragt die Frau hinter mir.

Rangehen? Ach so! Das Vibrieren. Komisch, dass ich es in den

Rucksack geworfen habe, aber ich hatte es eilig; und dass ich es auch schon im Kühlschrank in einer Gefriertüte aufgefunden habe, ist wohl der Beweis dafür, dass es überall sein könnte.

Ich hebe den Rucksack hoch, mache den Reißverschluss und taste mit der Hand am Kostüm vorbei, bis …

… ich einen Gegenstand in der Hand halte, der *definitiv* nicht mein Handy ist.

Es ist aber das, was vibriert.

Hastig taste ich nach dem Knopf zum Abschalten des Vibrators und mache ihn aus. Dann räuspere ich mich und sage viel zu laut: »Muss wohl aufgelegt haben. Na macht nichts!«

Mein ganzes Gesicht brennt. Kann dieser Bus nicht schneller fahren? Ich will hier raus. Ich recke den Hals und schaue aus dem Fenster, um zu schätzen, wie weit ich weg bin. Da sehe ich ein zweistöckiges Ziegelgebäude mit großer weißer Holzveranda.

Meine Schultern sinken nach vorne. Das Gebäude kenne ich schon. Ich habe es schon viel zu oft gesehen.

Ich drücke den Stopp-Knopf, schon bei dem Gedanken, die zwei Stationen, die ich zu weit gefahren bin, zurücklaufen zu müssen. Ich muss außerdem noch mein Kostüm anziehen, wenn ich ihn überraschen will. Inzwischen bin ich zwar so verspätet, dass ich es mir wahrscheinlich schenken könnte, aber die Vorstellung, in meinen Arbeitsklamotten bei ihm aufzutauchen, das Hemd durchgeschwitzt vor lauter Panik, zu spät zu kommen, macht mich einfach traurig.

Ich will etwas Besonderes machen.

Ihn überraschen.

Das hat Ian doch verdient.

Er verdient einen festen Freund, der nicht jeden einzelnen Plan ruiniert.

Meine Stimmung ist kurz davor, zu kippen, während ich mich an den anderen Passagieren vorbei aus dem Bus dränge und in die kalte Luft aussteige. Auf meiner Stirn gefriert der Angstschweiß, und ich atme einmal tief ein, im Versuch, mich zu beruhigen, um den heutigen Abend genießen zu können.

Zunächst muss ich mein Kostüm anziehen. Ich sollte einen Platz zum Umziehen finden, am besten nicht allzu weit weg, damit ich nicht in aufreizendem Outfit unter dem Mantel durchs halbe Wohngebiet laufen muss. Ich eile die Straße entlang, hoffe auf eine Lücke zwischen den Häusern, oder irgendwelche Büsche oder – selbst ein Kinder-Spielhaus würde es tun.

Natürlich ist da gar nichts, und als ich seine Straße erreicht habe, bin ich schon so gut wie ratlos. Überall stehen geparkte Autos, einige Häuser sind hell erleuchtet, vermutlich finden dort Weihnachtsfeiern statt. Das wäre das Letzte, was ich brauchen kann, dass jemand aus dem Fenster guckt und einen Fremden beim Ausziehen im Dunklen beobachtet.

Jetzt habe ich Ians Haus erreicht. Vorne im Wohnzimmer ist Licht, aber die Lampe an der Seite brennt nicht, also liegt die Lücke zwischen Haus und Zaun in kompletter Dunkelheit.

Bingo.

Noch nicht alles verloren heute Abend.

Ich schaue mich um. Niemand in Sicht. Ich schleiche ums Haus. Mein Herz klopft bei der Vorstellung, ein wohlmeinender Nachbar könnte die Polizei holen, also beeile ich mich nach Möglichkeit. Schuhe aus, Hose runter, hastig die Knöpfe aufmachen.

Meine Hoden haben sich schon Richtung Körper bewegt, um der Kälte zu entgehen, und ich tätschle die armen Teufel, und erinnere sie daran, dass Ian sie schon bald im Mund haben wird, und dass sich das Ganze gelohnt haben wird.

Das Elfenkostüm ist hauteng, leuchtend grün, pofrei, mit kleinen Geschenkboxen über den Nippeln, die sich öffnen lassen, um einen Blick zu riskieren, und einem langen Zuckerstangenbeutel, den ich mir über den Schwanz ziehe. Meine Brustwarzen sind so steif, dass sie drohen, aus den Geschenkboxen zu rutschen, aber vielleicht kann er die ja auch gleich mit dem Mund wärmen.

Ich stelle mir vor, wie Ian mir die Tür aufmacht, mich sieht, wie sein Blick feurig wird, mir den kräftigen Arm um die Taille legt, während er mich an sich zieht und meine Nippel in den Mund nimmt, und mein Schwanz regt sich.

Der kleine Kämpfer ist trotz der Kälte bereit, loszulegen.

Überhaupt … würde es nicht viel beeindruckender aussehen, wenn ich hart wäre? An einer weichen Zuckerstange kann man schlecht lutschen, oder?

Ich ziehe den Mantel über und hole den Vibrator aus der Tasche, die ich neben dem Haus abstelle, um sie später abzuholen. Dann schließe ich die Augen, lege die Hand um meinen Penis, und versuche, ihn aufzuwärmen.

Lange dauert es nicht – das tut es nie, mit der Aussicht, von Ian gevögelt zu werden. Ich schwöre, der Kerl ist permanent geil, und er lässt keine Gelegenheit aus, das an meinem Arsch auszuleben.

Meine Hoffnung ist, dass wir die schnelle, dreckige Nummer gleich am Anfang des Abends über die Couch gebeugt hinter uns bringen können, und dann eine lange, romantische Nacht in den Armen des anderen verbringen können – schließlich haben wir heute Zeit.

Mein schweres Ausatmen hinterlässt eine weiße Wolke in der Luft.

Es wird perfekt.

Ich gönne meinem Penis noch ein paar Auf- und Ab-Bewegungen, um sicherzugehen, dass er unwiderstehlich aussieht, dann will ich auf die Uhr sehen, bis mir einfällt, dass ich das Handy vergessen habe.

Das war's dann für die Textnachricht, um ihn zur Tür zu locken.

Aber gut. Ich kann damit arbeiten.

Ich bin schätzungsweise eine Stunde zu spät. Das ist gar nichts. Immer noch genug Zeit, zusammen zu sein.

Jetzt stehe ich vor der Tür, innerlich schon ganz aufgeregt. Dann klopfe ich an.

Erst kurze Stille, dann höre ich, wie sich Schritte nähern.

»Eilzustellung für Ian!«, rufe ich, als die Tür aufgeht.

Licht fällt auf die Veranda, während ich meinen Mantel öffne und sehe, wie Ian große Augen macht. Ihm bleibt buchstäblich der Mund offenstehen – *oh ja, heute wird er es mir kräftig besorgen.*

»Entschuldige die Verspätung, Babe«, sage ich in meiner rauen sexy Stimme. »Aber ich hab' dir ein Geschenk mitgebracht.« Ich halte den wie eine Zuckerstange gestreiften Dildo hoch und drücke auf den Anschaltknopf. »An welcher Stange willst du zuerst lutschen?«

Aber statt seiner Antwort höre ich eine zweite Stimme, die das stetige Summen übertönt.

»*Was zum Teufel* ist denn hier los?«

KAPITEL
EINS

HUNTER

ICH BRAUCHE SO LANGE, zu kapieren, was hier passiert, dass es schon fast peinlich ist. Erst dachte ich, Ian hätte uns einen hübschen Jungen als Weihnachtsgeschenk gemietet, aber dann –

»Hunter, wer war das?«, zischt Mom.

Meine gesamte Familie ist hier.

Der hübsche Junge lässt den Blick durch den Raum schweifen, und sein flirtender Gesichtsausdruck weicht dem nackten Entsetzen. »Ich hab' die Tage verwechselt, stimmt's?«

Und plötzlich trifft es mich.

Es trifft mich mit voller Wucht.

»Ich … wer bist du?«, stottert Ian. »Raus aus meinem Haus, du Perversling.«

Er schlägt die Tür zu und dreht sich zu uns um. Die Nase von Rudolph auf seinem hässlichen Weihnachtspulli blinkt uns an. »Es tut mir sehr leid. Das hier war mal eine sichere Gegend.«

Er strahlt uns mit seinem breitesten Lächeln an, aber es ändert nichts. Die Anspannung steigt ins Unermessliche und schnürt mir die Luft ab. Ich weiß nicht, ob die anderen es auch spüren, aber ich ersticke fast an der Erkenntnis, dass dieser Mann Ian *kennt*. Dieser Mann hat sich ein sexy Outfit angezogen und *kennt* meinen Kerl. Weiß wo er wohnt. Hat ihn *Babe* genannt.

Ich verschränke die Arme vor der Brust, während Empörung in mir aufsteigt. »Wer war das?«

Ian blinzelt mich an, als wäre er überrascht von der Frage. »Ich sagte doch, ich habe keine Ahnung.«

»Er weiß, wer du bist.«

»Ich bin *Immobilienmakler*. Alle wissen, wer ich bin.«

Ich spüre einen Muskel an meinem Kiefer zucken. »So willst du das also spielen, hm?«

»*Spielen?*«

»Du willst einfach so tun, als würdest du den halbnackten Mann nicht kennen, der hier auftaucht und erwartet, dass du seinen Lolli lutscht?«

»Es war eine Zuckerstange, genau genommen«, wirft meine Schwester Audrey gelangweilt ein.

Ian winkt ab. »Wenn ich einen Dollar für jeden übereifrigen, notgeilen Twink hätte, der sich hier blicken lässt, wäre ich noch viel reicher als ich es ohnehin schon bin. Es tut mir leid, dass du es auf diese Weise erfahren musstest – aber jetzt, da du hier wohnst, würde ich wetten, dass es nicht der letzte Mann sein wird, der hier Grenzen überschreitet.«

Nicht … nicht der letzte? Mein Herz zieht sich zusammen. »Wie viele gibt es denn?«

Zum ersten Mal spüre ich meine Stimme höher werden. Ich kann mich zwar meist ganz gut beherrschen, kann meinen Zorn unterdrücken, aber das hier? Das bringt mich an meine Grenzen.

»Warte …« Ian schaut sich um, als würde er versuchen, herauszubekommen, ob er Opfer eines Streichs geworden ist. »Du glaubst doch nicht ernsthaft, dass ich diesen Kerl kenne.«

»Das ist genau das, was ich glaube.«

Audrey prustet amüsiert. Ich werfe ihr einen Blick zu, der sie zum Schweigen bringen soll.

Dann stelle ich eine Frage, die ich kaum über die Lippen bringe. »Bist du fremdgegangen?«

»Babe …«

»Nee. Dieser Name ist vom Tisch.«

Er versucht es mit einem selbstbewussten Lachen, das sich schwach anhört. »Das kannst du doch nicht wirklich denken.«

»Das hätte ich auch gesagt, bis plötzlich ein unbekannter Mann vor der Tür stand und Sex erwartete.«

»Das willst du mir vorwerfen? Was soll ich denn machen? Alle Männer in dieser Gegend kontrollieren?«

»Deinen Pimmel nicht in sie reinzustecken wäre ein guter Anfang.«

Ian lacht spöttisch, während er die Arme hochwirft. »Wie viel hast du denn schon getrunken? Du verhältst dich völlig irrational.«

»*Entschuldigung*«, mischt sich jetzt mein Dad ein. »Du hast hier einiges klarzustellen.«

»Aber das habe ich doch. Ich weiß nicht, wer dieser Mann ist. Glaubt ihr denn im Ernst, dass ich mich mit *so* jemandem abgeben würde, wenn ich Hunter habe?« Ian spricht jetzt hektischer. »Baby—«

»Lass es.«

»Ich liebe dich. Nur dich. Das musst du mir glauben.«

»Ich *muss*?«

»Ach, nun komm schon. Wir sind seit Jahren zusammen. Du bist hierher gezogen, um bei mir zu sein. Wir sind *verlobt*.«

Ich schaue von Ians bittender Miene zu meinen Eltern und meiner Schwester hinüber. Dad sieht geradezu mordlustig aus. Mom hat das Gesicht verzogen, als würde sie gleich losweinen, und Audrey widmet sich wieder ihrem Handy, als würde nicht gerade mein ganzes Leben in sich zusammenfallen.

Ich bin nur … ich glaube, ich habe noch gar nichts begriffen, denn mein Gehirn fühlt sich an wie aufgeweichter Toast.

Ich bin tatsächlich hierher umgezogen, drei Stunden weg von

meiner Geburtsstadt. Ich habe meinen Job gekündigt, meine Freunde, meine Familie zurückgelassen. Und wofür? Für einen Mann, von dem ich dachte, dass er meine Zukunft sein würde.

Und doch wollen sich Wut und das Gefühl, verraten worden zu sein, noch nicht so recht einstellen. Stattdessen schäme ich mich plötzlich. *Wie konnte ich nur so dumm sein?*

»Wie konntest du mir das antun?«

»Aber ich *habe* doch gar nichts getan. Du hörst mir überhaupt nicht zu!«

»Da ist ja jemand schwer am Gaslighten«, säuselt Audrey.

»Sowas gibt's doch gar nicht.«

»Schnauz meine Schwester gefälligst nicht so an.«

»Dann sag ihr gefälligst, sie soll sich raushalten.«

Ich knurre, während ich versuche, nicht die Beherrschung zu verlieren. »Denk bitte sehr genau nach, bevor du antwortest: Hast du mich betrogen?«

»Nein.«

»Alles klar.« Ich gehe aus dem Haus. Die kalte Luft ist wie eine Ohrfeige, aber ich lasse mich nicht aufhalten und laufe die Stufen der Veranda hinunter. Mein Herz klopft, und ich habe Mühe, bei Verstand zu bleiben, während ich gegen meine Übelkeit ankämpfe. Das ist das allerletzte, was ich tun will, aber keine Antworten zu haben, würde mich umbringen. Es würde mich auffressen. Vielleicht sagt er die Wahrheit, vielleicht lügt er. So oder so, ich muss es herausfinden.

Ich schaue mich auf der dunklen Straße nach dem Typ um. Hoffentlich ist er nicht ins Auto gestiegen und abgehauen. Aus einem Haus auf der anderen Straßenseite ist lautes Jubeln zu hören, offenbar von einer Weihnachtsfeier. Am liebsten würde ich etwas in die Richtung werfen. Ich hatte mich so darauf gefreut, hier zu wohnen. Wie ein richtiger Erwachsener. Ein Job im Management. Ein erfolgreicher Ehemann. Eine nette Straße, um eine Familie zu gründen.

Und jetzt zerrinnt mir das alles unter den Fingern. *Ho, ho, ho.*

Einzig mein Galgenhumor rettet mich vor dem kompletten Zusammenbruch.

Da sehe ich in einiger Entfernung eine Bewegung aus dem Augenwinkel, und sobald ich den Mantel erkenne, bin ich erleichtert, obwohl mir speiübel ist. Ich renne in seine Richtung, und als ich nur noch wenige Schritte entfernt bin, blickt er auf. Ich könnte schwören: Er sieht aus, als wäre ihm genauso schlecht wie mir.

»Wer zum Teufel bist du?«

»R-Rush.«

»Was für ein superdämlicher Name.«

»Und wer bist du?«

Seine traurige Stimme zu hören macht es um einiges schlimmer. Am liebsten würde ich ihm eine reinhauen. Ihn durchschütteln. Ihm genau sagen, was ich davon halte, mit einem Typ zu schlafen, der vergeben ist.

»Schläfst du mit ihm?«

Rush' Unterlippe zittert, und er verkriecht sich tiefer in seinen Mantel.

»Das nehme ich mal als ein Ja.«

»Und *du*?«, fragt er dann.

Ich bin ganz baff vor soviel Dreistigkeit. »Da wir schon seit fünf Jahren zusammen sind und uns gerade verlobt haben, würde ich sagen: in der Tat.«

Ihm bleibt der Mund offenstehen. »Verlobt?«

»Sorry, Schätzchen. Was immer er dir erzählt hat: Er hatte nicht vor, mich zu verlassen. Du warst sein Spielzeug für nebenher.«

Meine Worte sind noch nicht mal ansatzweise so scharf, wie ich es gern hätte, aber Rush bricht trotzdem in Tränen aus. Er zittert am ganzen Körper, und erst denke ich, dass es daran liegt, dass er aufgeflogen ist, aber je mehr ich darauf achte, wie er sich in seinen Mantel wickelt, die Atemzüge eisige weiße Wolken, Beine und Füße nackt, desto klarer wird mir, dass er durchgefroren sein muss.

Mitleid ist das Letzte, was ich für die Schlampe meines Verlobten empfinden will, und doch überkommt es mich.

»Warum hast du denn nichts an?«, presse ich hervor.

»Ich – ich hab' meine Tasche stehenlassen«, schluchzt er. »Ich wollte warten, bis alle gegangen sind und sie dann holen.«

»Und meinen Zukünftigen nochmal vögeln?«, frage ich bissig.

Er sinkt auf den Gehweg, während er von Weinkrämpfen geschüttelt wird. Wow, Ian hat ja echt guten Geschmack. Dieser Kerl bricht gerade komplett zusammen und versucht noch nicht mal, es zu verbergen – wo doch eigentlich eher *ich* das Recht hätte, sauer zu sein. *Ich* bin der, der hintergangen wurde. *Ich* bin der, hinter dessen Rücken sie das abgezogen haben.

Wie kann der Kerl es wagen, mein Mitleid zu erregen?

Ich beiße die Zähne zusammen, während seine hörbar klappern. Hatte er echt vor, hier rumzustehen und zu frieren, weil er nicht zurückgehen wollte, um seine Tasche zu holen? Stand Lungenentzündung auf seiner Wunschliste?

»Scheiße nochmal«, murmele ich und ziehe meine Jacke aus. Dann lege ich sie ihm um die Schultern.

Seine Schluchzer verstummen, und als er aufblickt, fängt sich das Licht von oben in seinen Augen. Er blinzelt mich an, offen und verletzlich. »D-danke.«

Ich hasse alles an ihm.

»Lass das.« Ich stürme zurück zum Haus, finde die daneben versteckte Tasche, dann laufe ich wieder die Straße entlang zu ihm zurück. Er beobachtet mich die ganze Zeit, meine Jacke an sich gepresst.

Sobald ich nahe genug bin, werfe ich ihm die Tasche vor die Füße. »Und jetzt geh nach Hause.«

»Hier fährt kein Bus mehr«, flüstert er.

»Hol einen Fahrdienst. Ach, egal.«

»Ich … ich habe mein Handy vergessen.«

Ach verdammt, jetzt bin *ich* kurz davor, loszuheulen. Ich kneife mir in den Nasenrücken, während ich um Fassung ringe.

Dass Ian mich betrogen hat, tut echt weh, aber zu wissen, dass es *dieser* Typ war? *Dieser* Typ, den die natürliche Auslese der Evolution längst hätte auslöschen müssen?

Ich sollte mich umdrehen und wieder reingehen. Ian sich um sein kleines Betthäschen kümmern lassen.

Und trotzdem ziehe ich das Handy aus der Tasche.

»Adresse?«

Rush blinzelt mich an. »Was?«

»Deine verdammte Adresse, Mann.«

Er sagt sie mir, und ich tippe sie in die App ein.

»In fünf Minuten kommt ein Wagen.«

Rush sieht mir aus berückenden grün-braunen Augen direkt ins Gesicht. »Warum bist du so nett zu mir?«

»Das hier ist nicht nett. Ich will nur nicht, dass du stirbst. Was du tun würdest, wenn du den Rest der Nacht halb nackt hier draußen bleibst.«

Er wendet seufzend den Blick ab. Wieder zittert seine Unterlippe. »Es sollte eine Überraschung sein. Zu unserem Einjährigen.«

»Euer ... *was*?« Jetzt überkommt mich die Angst. »*Einjähriges*? Du vögelst *seit einem Jahr* mit ihm?«

Rush bleibt der Mund offenstehen, aber ich habe ihn längst vergessen, als ich mich im Sturmschritt zum Haus in Bewegung setze. All die Anrufe, all die Nachrichten, all die Momente, in denen er mich vermisst hat und Lust auf mich hatte und es kaum erwarten konnte, dass ich hierher umziehe.

Alles.

Gequirlte.

Scheiße.

Mein Kiefer schmerzt, als ich das Haus erreiche – ich bin gar nicht sicher, dass ich überhaupt Worte herausbekommen werde. Ich bin noch nicht mal sicher, dass ich ihm keine reinhauen werde, vor den Augen meiner Familie. Sonst neige ich eigentlich nicht zu Gewalttätigkeit, aber wie sich herausstellt, bringt es diese Seite an mir hervor, wenn ich *ein ganzes Jahr lang* betrogen werde.

Ich platze ins Haus und ziehe meinen Ring ab, während ich auf ihn zumarschiere. Dann werfe ich ihm den an den Kopf. »Die Hochzeit ist abgesagt, Arschloch. Ich hoffe, du und Rush habt ein fantastisches Jubiläum.«

Ian bleibt der Mund offenstehen. »Was immer er dir erzählt hat, ist gelogen. Er hat mich gestalkt. Ist ganz besessen von mir.«

Ich lache und ziehe das Handy hervor, auf dem noch die App des Fahrdienstes offen ist, auf der man sieht, dass der Wagen gerade ankommt.

Ich klicke sie weg und tippe stattdessen 110 ein.

»Dann holen wir jetzt die Polizei. Zeigen ihn an. Seine Adresse haben wir ja hier.«

Auf Ians Miene macht sich Panik breit, und ich weiß: Jetzt habe ich ihn.

»Das dachte ich mir.« An Audrey gewandt sage ich: »Ich übernachte heute bei dir.«

»Ich dachte, wir sind zu alt, um uns ein Bett zu teilen.«

»Warte bitte«, sagt Ian plötzlich scharf. »Wir müssen reden. Du kannst nicht gehen.«

Ich will nach meiner Jacke greifen, bis mir einfällt, dass ich sie gerade weggegeben habe. Ach Mist. Teuer war sie auch noch.

»Ich kann und ich werde. Mit uns ist es aus. Ich wünsche dir verdammt frohe Weihnachten.«

Dann drehe ich mich um und gehe. Meine Familie folgt mir auf dem Fuß.

KAPITEL ZWEI

RUSH

DIE FAHRT nach Hause über laufen mir Tränen über die Wangen. Mit der einen Hand halte ich meinen Rucksack umklammert, die andere habe ich in die Manteltasche gestopft, im Versuch, mich aufzuwärmen.

Meine Gedanken flitzen hin und her. Alle Momente mit Ian, jedes Wort, jede Liebeserklärung, alle geflüsterten Geständnisse im Dunkeln gehen mir durch den Kopf. Und zugegeben, die meisten Geständnisse kamen von mir, aber er hat auch von sich erzählt – und jetzt habe ich keine Ahnung, was davon wahr und was gelogen war.

Aber ich verstehe, glaube ich, warum er mich einmal aus Versehen *Hunter* genannt hat.

Der Schmerz ist wie ein Stich in der Brust.

Ich bin ratlos, verwirrt – was passiert gerade? Und wie konnte meine perfekte Beziehung mir so einfach entrissen werden? Aber die Bitterkeit hat auch schon eingesetzt. Die Erinnerung an seine Vergesslichkeit – *genau wie bei mir* – seine *Zerstreutheit*, seine *Eigenheiten*, der Grund, warum er nie befördert wurde …

»Es ist, als wären wir füreinander bestimmt, Rush. Niemand versteht mich so wie du.«

Dieser Scheißkerl. Ich wette, er hat gar kein ADHS. Ich wette, darum war er immer so superpünktlich. Ich meine, der Typ verplant seinen Tag, und er … zieht das einfach durch! Keine Probleme. Keine Umwege. Keine Spaßpausen. Seine Socken passen immer zusammen, und er legt sie immer an die gleiche verdammte Stelle.

Ich hätte ihn von Anfang an durchschauen sollen.

Aber ich war so erleichtert, endlich jemanden zu haben, der mich versteht, auf einer persönlichen Ebene, und nicht so auf der Ebene von *Ich hab' da mal ein Video gesehen.*

Mit einem Knurren krümme ich mich zusammen, presse meine Handflächen in die Augenhöhlen und versuche, die Tränen damit zu stoppen. Er hat sie nicht verdient, und obwohl sie wahrscheinlich nicht nur ihm gelten, tut es *weh.* Mein Herz brennt, wie es eigentlich nicht normal ist. Vielleicht schneide ich mir eine Scheibe bei Xander, meinem Mitbewohner, ab und bekomme einfach einen Herzinfarkt.

Ich muss bitter auflachen bei der Vorstellung, ins Krankenhaus gebracht zu werden und zu erleben, wie er sich an meinem Bett entschuldigt. Geradezu peinlich, wie sehr ich mir das wünsche. Wie dringend ich ihn sehen will. Mit ihm reden will. Ihn fragen, *warum.*

Die Jacke, die ich über meinen Mantel gezogen habe, rutscht ein bisschen ab, und ich ziehe sie wieder enger um mich. Dann fühle ich mich noch schlechter. Es ist eine verdammt gute Jacke. Weich. Wärmer als mein Mantel. Ist ja auch passend. Hunter hat mehr Sexappeal als ich. Größer ist er auch. Hat mehr Muskeln. Ein kantigeres Kinn.

Neben ihm fühlte ich mich wie ein dummer kleiner Junge.

Und wie ein schlechter Mensch obendrein. Hunters ungläubigen Gesichtsausdruck werde ich nie vergessen.

Verlobt?

Und da laufen die Tränen schon wieder. Ich wünschte, das wäre jetzt eine der Gelegenheiten, bei denen ich schnell alles vergessen würde, aber das Übelkeitsgefühl macht es mir schwer, nicht mehr daran zu denken. Es ist, als wäre mein Brustkorb geöffnet worden, und ich könnte ihn nicht wieder zusammensetzen.

Der Fahrer hält vor unserem Haus. »Alles okay?«, fragt er.

Wortlos nickend stolpere ich aus dem Wagen. Ich versuche, mich zusammenzunehmen, versuche, meinen inneren Aufruhr zu verbergen, aber das ist vorbei, sobald ich durch die Tür trete und meinen besten Freund und Mitbewohner Madden erblicke. Ich breche zusammen.

Ich schluchze so heftig wie schon lange nicht mehr.

»Ach du Scheiße, Rush …« Madden kommt zu mir und zieht mich in seine Arme. Seine nackte Schulter ist warm von der Heizung, und ich bohre mein Gesicht rein und lasse mich gehen.

Er hält mich fest, bis ich mich beruhigt habe.

»Nicht, dass ich diese spontane Kuscheleinlage nicht zu schätzen wüsste, aber normalerweise bin ich der mit dem nackten Schwanz.« Er hat nicht unrecht. Er ist Nudist oder wie auch immer er es nennt. Er lässt mich los und mustert mein Gesicht. »Was ist passiert?«

Ich weiß gar nicht, wo ich anfangen soll bei den verschiedenen Handlungssträngen.

Er hat gelogen. Mich betrogen. Oder jemand anderen mit mir. Erst hat er mir ein wundervolles Gefühl gegeben, dann ein ekelhaftes. Hat mich beschimpft. Mich rausgeworfen. Mich mit seinem Verlobten konfrontiert. Mir war kalt. Kein Handy. Keine Tasche. Keine Schuhe.

Ich schluchze mit einem Schluckauf. »Er hat einen Hunter.«

»Einen …« Madden schüttelt den Kopf, dann brüllt er: »Bertha, Versammlung!«

Ich zucke zusammen. »Wie bitte?«

»Wollte mal was anderes ausprobieren.«

»Interessant. Vielleicht könntest du mich beim nächsten Mal nicht zu Tode erschrecken.«

»Was zum Schlenker war das denn?«, brummt Seven, der die Treppe herunter gepoltert kommt.

»Rush braucht uns.«

Er hält inne, und ich schaue ihn an. Seine roten Haare sind verstrubbelt, und er trägt auch kein Shirt, aber im Gegensatz zu Madden trägt er schwarze Sweatpants tief auf der Hüfte. »Brauchen wir Whiskey?«, fragt er.

Ich versuche, keinen Flunsch zu ziehen. »Ich muss heulen. Und kotzen. Und dann wahrscheinlich weiter heulen.«

»Ach Herrje. Whiskey also.«

Madden bugsiert mich zur Couch, und ich lasse mich hinein sinken. Molly und Xander gesellen sich zu uns. Xander lässt sich vor mir auf die Knie sinken und kreuzt die Arme auf meinen Oberschenkeln.

»Musst du sterben?«

»Das wäre super.«

»So schön ist das gar nicht, weißt du.«

Seven gibt ihm einen Klaps auf den Hinterkopf, als er mit einer Flasche Whiskey in der einen und einer großen Tüte Süßigkeiten in der anderen Hand wieder hereinkommt. »Du bist noch nie gestorben.«

»Aber fast.«

»Nicht fast. Noch nicht mal ansatzweise fast.«

Molly streicht Xander die blauen Haare glatt. »Hör nicht auf ihn, Baby. Dein Leben ist sehr dramatisch.«

Xander lächelt zufrieden, und Madden räuspert sich. »Können wir mal wieder auf Rush zurückkommen? Warum zum Teufel bist du wie ein Elf angezogen?«

»Es ist Weihnachten.«

»Und doch ist keiner von uns in Schlampen-Festaufmachung unterwegs.«

»Ich wurde heute schon genug beschimpft, danke auch.«

Schweigen breitet sich aus, und das ist eine echte Leistung, da meine Mitbewohner sonst nie still sind. Seven öffnet den Whiskey, nimmt einen großen Schluck, dann reicht er mir die Flasche. Ich folge seinem Beispiel und zucke zusammen, als der Alkohol in meiner Kehle brennt.

Dann starre ich zu Boden und spreche Worte aus, die mir nur allzu vertraut sind. »Was für ein Dummkopf ich doch bin.«

Das bringt mr einen Klaps auf den Hinterkopf ein. »Nächster Versuch«, sagt Seven warnend.

»Meine Gehirnzellen sind auch so schon eingeschränkt genug, danke«, sage ich, während ich mir den Kopf reibe »Warum bist du so gemein?«

»Du bist der, der sich hier total dramatisch in seine Bestandteile auflöst. Ich warte nur darauf, zu erfahren, wen ich einen Kopf kürzer machen soll. Was ist passiert?«

»Er … er hat mich betrogen.«

»Dieses Miststück!« Molly schnellt hoch. »Seven, hol den Wagen. Wo wohnt der Typ? Ich bringe sie beide um!«

Ich schüttele den Kopf. »Er hat mich mit seinem Verlobten betrogen.«

»Verlobten?«

Ich drehe mich zu Xanders leiser Stimme um und bemerke, dass er mich ansieht. Ich kann ihm gerade nicht in die Augen sehen, aber der kurze Moment der Anteilnahme ist schon genug. »Sie haben mich rausgeworfen. Ich hatte mich so auf unseren Jahrestag gefreut, und wir hatten geplant, die ganze Nacht zusammen zu verbringen, aber ich muss die Tage verwechselt haben, oder er hat sie verwechselt, und da waren all diese Leute und haben mich angeglotzt. Ich hatte kein Handy, und es war kalt, und–«

»Ja, das erklärt, warum du nicht rangegangen bist, als ich angerufen hatte«, sagt Madden. »Moment mal kurz. Wer hat dich rausgeworfen?«

»Ian. Und ein paar eklige Sachen hat er gesagt.«

»Und wer war noch da?«

»Hunter. Er hat mir eine Jacke gegeben und mir einen Fahrdienst bestellt.«

Seven und Madden wechseln einen Blick. »Wer ist Hunter?«

»Ians Verlobter.«

»Na sowas.« Madden lacht. »Ich hätte dir eher ein blaues Auge verpasst.«

»Ja … das war erstaunlich nett von ihm«, bemerkt Molly mit gekrauster Nase.

»Er sagte, er wollte mich da raushaben.«

»Bitte sag, dass du nicht versucht hast, länger zu bleiben.«

»Natürlich nicht. Ich bin die Straße runter gelaufen. Dann fiel mir meine Tasche ein. Und zurückgehen konnte ich ja schlecht, sonst hätten die mich gesehen, also wollte ich warten, bis sie einschlafen, aber es war so kalt, und dann kam Hunter mit meinen Sachen, und hat mir etwas Warmes zum Anziehen gegeben und mir einen Wagen bestellt.«

»Ich kann dir versprechen: wenn ich jemals ein Flittchen finden würde, das um Seven herum scharwenzelt, hätte ich kein Mitleid. Null.« Molly zögert. »Meine instinktive Reaktion wäre, Hunter zu hassen und Ian auch, und auszuschwärmen, um deine Ehre zu verteidigen. Und doch muss ich zugeben, dass es anständig von ihm war.«

Ich lasse die Jacke fallen, denn anders als Molly bin ich durchaus in der Lage, irrationalen Hass zu empfinden. Es hat nichts mit ihm zu tun. Und ich weiß zu schätzen, was er für mich getan hat, aber ich werde trotzdem sauer auf ihn sein. Er war sauer auf *mich*, also habe ich keinen Grund, mich schuldig zu fühlen.

»Die ist von Burberry.« Xander reibt sein Gesicht daran. »Boah, riecht der gut. Die nehme ich heute mit ins Bett.«

»Toll. Der Verlobte von meinem Freund riecht gut. Na super.«

Xander verzieht das Gesicht und lässt die Jacke fallen. »Hab' ich gut gesagt? Ich meinte schlimm. Soowas von schlimm. Einen ganz schlimmen Körpergeruch hat der Kerl.«

Ich seufze, denn das stimmt natürlich gar nicht. Ich war die letzte halbe Stunde schon von seinem Duft umgeben. Ian wird den Rest seines Lebens davon umgeben sein. In seinem Bett ausgestreckt, das Bettzeug zur Taille runtergeschoben, während er auf dem Handy scrollt. Ganz entspannt in der Duftwolke des teuren Eau de Cologne … »Ich vermisse ihn jetzt schon.«

Plötzlich gehe ich in einer Gruppenumarmung unter. Es ist wie früher mit Christian, für den wir das oft gemacht haben, wenn er einen schlechten Tag hatte. Er ist jetzt schon einen Monat wieder zurück und hat kein einziges Mal den Decken-Burrito gebraucht – anscheinend wird man zur emotional stabilen Lebensform, wenn man heiratet.

Es sei denn, man ist Ian – dann wird man zum epischen Scheißkerl, der anderen Leuten ohne Grund das Herz bricht. Ich kann mir ihn und Hunter gut zusammen vorstellen – beide so hübsch und so erfolgreich und so ausgeglichen. Es war richtig unheimlich, wie Hunter mich so unverwandt und ruhig angesehen hat, als wäre ich das Einzige, was ihn gerade beschäftigt. Wenn Ian mit so jemandem zusammen sein will, dann nur zu! Klingt öde, aber okay.

»Ich wette, die haben hübschen Sex.«

»Darüber denken wir jetzt nicht nach«, sagt Madden und drückt mir die Flasche wieder in die Hand.

»Ich wette, *alle* haben hübschen Sex. Außer mir«, bemerkt Xander mürrisch.

»Woran soll ich denn sonst denken?«

»Was ist denn mit deinen Sachen?«, fragt Madden.

»Was meinst du?«

»Naja, du musst sie abholen. Fühlst du dich dazu in der Lage, oder soll einer von uns gehen?«

Ich kann nicht ganz folgen. »Abholen …?«

»Es sei denn, du willst sie lieber dort lassen?«

Es dauert so lange, bis ich kapiert habe, was er meint, dass es schon peinlich ist. Ich soll meine Sachen abholen … weil er nicht mehr mein fester Freund ist. Und es vermutlich auch nie war. Ich kann nicht da hinfahren, ihn anschreien und versuchen, alles zu besprechen, denn er hat ja einen echten Partner, mit dem er fest zusammen ist, und ich war … nur eine weitere Person, mit der er Sex hatte.

Ich räuspere mich, den Blick fest auf meinen Schoß gerichtet. »Er hat nichts von mir. Das hat er immer sehr genau genommen.«

Ordnungsfanatiker, von wegen. Er hatte keinen Ordnungstick; er wollte nur nicht, dass Hunter etwas von mir findet. All die Eigenschaften und Eigenheiten und Augenblicke, in denen ich das Gefühl hatte, wir würden uns verstehen … gelogen.

Alles gelogen.

Es ist ein Kampf, das alles im Kopf zu sortieren. Für mich ist es ohnehin schwer, die Motivation anderer Menschen zu verstehen, und ich war immer zu vertrauensselig. Wenn mir jemand etwas erzählt, dann glaube ich es. So bin ich nun mal.

Es ist anstrengend, dass mein Gehirn so anders ist als das von allen anderen. Die haben diese gemeinsame Sprache, die ich noch zu lernen versuche, aber ich kann sie auch nach achtundzwanzig Jahren noch nicht fließend. Ich vergesse, vorsichtig zu sein. Vergesse, zu übersetzen.

Bei Ian hatte ich mich sicher gefühlt.

In Wirklichkeit war ich einfach nur leichte Beute.

»Wie ich diesen Kerl hasse«, flüstert Molly.

Ich wollte, ich könnte das Gleiche auch von mir sagen.

KAPITEL
DREI

HUNTER

Ein Monat später

Das Bedürfnis, wieder nach Portland abzuhauen, ist noch nicht ganz verschwunden. Während der Feiertage eine Bleibe zu finden hätte mich fast klein beigeben lassen – der Wohnungsmarkt in Seattle ist eine Katastrophe, und das Hin- und Herpilgern zwischen fragwürdigen Motels und Hotels hat meine ersten zwei Wochen hier ernsthaft überschattet.

Mom und Dad haben mich angefleht, nach Hause zu kommen. Audrey war sogar so weit gegangen, mir anzubieten, bei ihr zu wohnen, bis ich eine Wohnung finde, aber wenn ich noch ein einziges Mal hören muss, wie sie »gut für dein Loch, herzlos jedoch« sagt, hätte ich sie wahrscheinlich erwürgt.

Die Sache ist die – hier aufzugeben würde sich wie eine Niederlage anfühlen.

Ich bin noch nicht bereit, all meinen Freunden und Familienmitgliedern zu verklickern, für was für einen Loser ich diesen ganzen Umzug veranstaltet habe. Und die kleine Stimme in meinem Inneren, die hofft, dass der besagte Loser wieder angekrochen kommt, gibt es leider auch.

Er hat es versucht. Etwa eine Woche lang. Seither ist Funkstille.

Es ist nicht so, als wollte ich wirklich wieder mit Ian zusammen sein – das Vertrauen ist vollkommen zerstört – aber es wäre trotzdem nett zu wissen, dass ich ihm etwas bedeutet habe. Etwas, wofür es sich zu kämpfen lohnt.

Nicht nur der Idiot gewesen zu sein, den man so leicht an der Nase herumführen konnte.

Meine Wut kocht kurz hoch, als ich ins Auto steige. Wie zur Hölle hatte er sich das eigentlich vorgestellt? Dachte er wirklich, er könnte hinter meinem Rücken rumvögeln, ohne dass es auffliegt, wenn ich hier lebe? Und wie viele andere Männer gab es eigentlich? Die unbeantworteten Fragen setzen mir zu.

Es ist Zeit, damit abzuschließen. Einfach loszulassen. Heute trete ich meinen neuen Job an. Das Gehalt und die vermögenswirksamen Leistungen, die ich hier bekomme, sind wesentlich besser als bei meinem ehemaligen Arbeitgeber in Portland – auch ein Grund, der mich zögern lässt, zurückzugehen. Abteilungsleiter wollte ich schon seit Jahren werden, aber dort wäre ich zum Fossil geworden, bevor das passiert wäre. Versicherung mag vielleicht nicht die aufregendste Branche sein, aber die Gehälter sind gut.

Also gönne ich mir den Neuanfang, den ich geplant hatte … nur auf den Kerl muss ich verzichten.

Es schmerzt wie jede Niederlage, aber ich versuche, es nicht an mich ranzulassen.

Wer weiß? Vielleicht gibt es in Seattle auch noch Männer, denen ich keine reinhauen will. Da Ian und Rush die einzigen beiden sind, die ich bisher kenne, von Kellnern und Baristas und

Trainern im Sportstudio abgesehen, sieht es nicht allzu vielversprechend aus, aber immerhin weiß ich, dass es jede Menge Sex-Gelegenheiten gibt.

Wenn das alles ist, was diese Stadt zu bieten hat, gehe ich vielleicht in einem Jahr wieder zurück nach Portland. Wo die Männer auch nicht viel besser sind.

Der morgendliche Arbeitsweg ist anders als gewohnt: auch hier viel Verkehr und stressig, aber der Blick aus dem Fenster ist mal was anderes. Vor allem, als ich falsch abbiege und zehn Minuten in die entgegengesetzte Richtung fahren muss, bevor ich wenden kann.

Zum Glück habe ich mir reichlich Zeit genommen, denn ich werde den Teufel tun und zu spät kommen an meinem ersten Arbeitstag.

Oder jemals.

Unterwegs schalte ich das Radio an, gewöhne mich an die neuen Stimmen, und als die Musik einsetzt, versuche ich, mich von der Energie für den Tag motivieren zu lassen. Erst werde ich meinen Vorgesetzten sehen, dann mein Team kennenlernen. Und klar habe ich Erwartungen an sie und ein bestimmtes Niveau, das ich mir von ihnen wünsche, aber das ist nichts Besonderes: Pünktlich sein. Deadlines einhalten. Ziele erreichen. Das war's. Wenn sie gern trödeln und quatschen und frei nehmen wollen, ist das alles okay für mich, solange sie ihre Jobs machen. Meine Leute sind erwachsen, und so werde ich sie auch behandeln, solange sie mir keine Kopfschmerzen bereiten.

Der Verkehr spuckt mich in der Innenstadt vor einem eleganten Glasgebäude aus. Unsere Räume liegen im dritten Stock, was bedeutet, dass ich außer Glas kaum etwas sehen werde, aber ich bin auf eigenartige Weise aufgeregt.

Ich melde mich im Foyer am Empfang, wo mich Ted mit festem Händedruck und freundlichem Lächeln begrüßt. Der Vormittag vergeht mit Onboarding, und ich bekomme meinen Zugangspass. Dann findet eine Kaffeepause mit den anderen

Abteilungsleitern statt, gefolgt von einem kurzen Meeting und einem Rundgang. Ich habe den Überblick verloren, keine Ahnung, wo mein Büro ist und wo Ted oder mein Team sitzen, aber das ist mir egal.

Ich liebe es.

Die Firma ist lebendig, voller Energie, der Mittelpunkt einer Produktivität, die mich mit dem Gefühl erfüllt, eine Aufgabe zu haben. Es ist das erste Mal seit über einem Monat, dass ich nicht ins Bett fallen und dort möchte.

»Courtney«, sagt eine Frau neben mir und streckt mir die Hand entgegen. Sie wird in meinem Alter sein, vielleicht etwas älter als dreißig, und sie wirkt wie einer dieser Menschen, die stets lächeln.

»Hunter.«

»Willkommen im Team«, sagt sie. »Das sagt man so, oder?«

»Ich würde sagen, es ist der Standardtext, da alle anderen es auch gesagt haben.«

»Wir sind wohl nicht allzu originell, stimmt's?«

»Ja, aber Vorhersehbarkeit hat etwas sehr Beruhigendes.« Ich ringe mir ein Lächeln ab.

»Wie gefällt dir Seattle?«

Darauf habe ich keine Antwort. »Ist noch zu neu, um es zu beurteilen, würde ich sagen.«

»Dann solltest du deinen Kerl bitten, dir die Space Needle zu zeigen. Es ist sehr touristisch da, aber–«

Und damit ist meine gute Laune getrübt. »Äh, um genau zu sein: Wir sind getrennt.«

Courtney sieht mich mit großen Augen an. Ich gehe davon aus, dass allen gesagt wurde, dass ich hierherziehe, um mit meinem Partner zusammen zu leben. Und jetzt bin ich derjenige, der das richtigstellen muss. »Das tut mir aber leid.«

»Mir nicht. Es hat sich herausgestellt, dass er nicht der war, für den ich ihn gehalten habe.«

Dazu weiß sie offensichtlich nichts mehr zu sagen, und Ted erspart ihr dankenswerterweise den Kommentar.

»Möchtest du dein Team kennenlernen?«, fragt er.

»Ja, natürlich.«

Ich verabschiede mich von den anderen Abteilungsleitern und folge Ted ins Großraumbüro. Hier herrscht auch gute Stimmung, was mich erleichtert, und ich hoffe doch sehr, dass es nicht so eine Enttäuschung wird wie meine anderen Erfahrungen in Seattle bisher.

Ted bleibt bei einer Gruppe aus vier Schreibtischen stehen. »Team, das ist Hunter Barrett. Er ist euer neuer Abteilungsleiter. Hunter, das sind Eloise, Gates, Autumn, und – oh.« Ted schaut sich suchend um. »War Carey nicht eben noch hier?«

Ich mustere den leeren Schreibtisch, der mit einer Reihe Getränke und Papier übersät ist.

»Mittagspause«, ruft Autumn hastig. »Er macht gerade Pause. Er kommt, äh, bald wieder.«

Ich hebe amüsiert eine Augenbraue.

Ted lacht. »Eines wirst du über Carey bald lernen: er ist ein super Typ, aber nie da, wo man ihn gerade braucht.«

Na toll. Ich habe schon im Gefühl, dass dieser Carey und ich Probleme bekommen werden.

RUSH

SO, das war's dann für meine Karriere. Inzwischen mag ich meinen »langweiligen Bürojob«, wie Christian ihn nennt – aber jetzt kann ich im Grunde gleich meinen Schreibtisch zusammenpacken und gehen. Den Schreibtisch, unter dem ich mich zusammengekauert habe. Mein Po schläft langsam ein.

Auf Wiedersehen, Gates Stinkefüße.

Auf Wiedersehen, Lichtsensoren, die mir Gesellschaft leisten, wenn alle schon nach Hause gegangen sind.

Auf Wiedersehen, Sandra und ihre wilden Wochenendeskapaden.

Selbst das komische Spraydingens auf der Herrentoilette, das mich jedes Mal zu Tode erschreckt, wenn es anspringt, werde ich vermissen.

Autumn stupst mich mit ihrem spitzen Schuh, und ich haue dagegen. Dann stupst sie mich mit dem anderen Fuß. Es ist eine echte Attacke, mit der sie versucht, mich aus meinem Versteck zu vertreiben, und ich versetze den hässlichen Ballerinas einen Karate-Handkantenschlag.

Keine erdenkliche Menge potenzieller blauer Flecken oder blutiger Nasen wird mich hier raus bekommen.

Nicht, wenn Hunter – *der Hunter* – direkt neben mir steht.

Jetzt spricht er wieder, und Autumn hält schnell inne.

»Ich freue mich so, hier zu sein. Wir müssen gleich Einzelgespräche organisieren, damit ich alle richtig kennenlernen kann«, sagt er mit seiner absurd tiefen Stimme. Na klar sieht er aus wie Herkules, klingt wie Zeus und duftet wie eine verdammte Wolke.

Vermutlich ist er auch so gut im Bett wie – wer auch immer der Sexgott war.

»Wenn ihr heute Abend Zeit hättet, würde ich euch gerne zu After-Work-Drinks einladen.«

Nee, nee, nee. Ich unterdrücke mein empörtes Keuchen, fische mein Handy aus der Tasche, und versuche, keinen Laut von mir zu geben, während ich mich winde wie ein Aal.

In den Bertha-Boys-Chat tippe ich: *SOS. Der Hunter ist hier!*

Die Antworten kommen sofort.

Molly: *Wo?*

Seven: *Brauchst du Verstärkung?*

Xander: *Du wirst GEJAGT?!*

Ich hatte keine Sekunde daran gezweifelt, dass sie für mich da sein würden.

Was ich allerdings nicht bedacht hatte: Mein Handy ist nicht auf lautlos gestellt.

Mit jeder neuen Nachricht kommt auch ein enervierend lautes *Piep.*

»Ah!« Hastig stelle ich den Ton ab, wobei mir mein Handy runterfällt, gerade als es erneut piept, und als ich es endlich sicher in der Hand habe, stelle ich das ganze Ding aus.

Keuchend drücke ich es an die Brust. Die Augen fallen mir zu, und ich versuche, meinen Herzschlag wieder unter Kontrolle zu bekommen. Diesen wenig anspruchsvollen Job habe ich, weil ich nicht noch mehr Aufregung in meinem Leben brauche, und

–

Ein lautes Räuspern lässt mich die Augen abrupt wieder aufreißen.

Ich erblicke Hunter, der sich vorgebeugt hat und unter meinen Schreibtisch späht. Er sieht aus, als hätte ich ihm eine Ohrfeige gegeben, und ich habe das Gefühl, für mich gilt das Gleiche.

»*Rush?*«

»Ähmm … hallo.« Ich krabbele unter dem Tisch hervor und richte mich auf, so würdevoll wie ein Zweijähriger, der gerade laufen lernt. Ted steht hinter Hunter, offensichtlich hin- und hergerissen zwischen dem Impuls, zu fragen, was zum Henker hier eigentlich los ist, und loszulachen. Ehrlich gesagt ist das meine Herangehensweise an das ganze Leben.

»Nett, dich wiederzusehen«, bringe ich schließlich schwach über die Lippen. Ich werde an einen dunklen Abend, sein finsteres Gesicht und das Gefühl von Todesangst erinnert. Die Nachrichten, die ich seither von Ian bekommen habe, brennen in meiner Tasche.

Die beiden sind getrennt.

Er will mich immer noch.

Er wollte in Wirklichkeit immer nur *mich*.

Und trotzdem schaut Hunter mich an, als wäre *ich* hier der Böse.

»Kennt ihr euch?«, fragt Ted.

Ich setze schon an, mit Ja zu antworten, aber Hunter kommt mir zuvor.

»Flüchtig.« Seine Miene ist wieder zur angespannten Maske erstarrt.

»Tja, das ist Carey«, sagt Ted, im Versuch, uns aus der peinlichen Situation zu helfen. »Carey, das ist Hunter, dein neuer Abteilungsleiter.«

»Ah, ja. Das hatte ich mitbekommen.«

In Hunters Kiefer zuckt ein Muskel. »Wenn du mit dem Versteckspiel fertig bist, könntest du vielleicht mal deinen zugemüllten Schreibtisch aufräumen.«

Zugemüllt? Ich wende mich zu meinem Arbeitsplatz um und versuche zu erkennen, ob etwas nicht an seinem Platz ist. Ich habe die üblichen Klebezettel am Monitor, eine Wasserflasche für den Flüssigkeitshaushalt, halb ausgetrunkenen Kaffee für mein Gehirn, und Eistee mit Pfirsichgeschmack zur moralischen Unterstützung. Mein »Später«-Stapel ist an Ort und Stelle, der Kalender klemmt unter der Tastatur, und die Noise-canceling-Kopfhörer liegen gleich daneben.

Vielleicht sind die das Problem.

Ich sollte sie wohl wegräumen, wenn ich sie nicht benutze. Das mache ich.

»Besser so?«

Er guckt mich böse an. »Was ist denn mit dem Müll? Dem Essen?« Er deutet auf meine Reihe sorgfältig platzierter M&Ms.

»Das sind Reminder.«

»Was?«

»Ich habe heute zehn Aufgaben«, erkläre ich geduldig, als müsste ich das nicht regelmäßig jedem zweiten Kollegen verklickern. »Für jeden Job esse ich ein M&M. Wenn zum Schluss noch welche da sind, heißt das, dass ich etwas vergessen habe.«

»Oder du hast vergessen, einen zu essen.«

Ich versuche zu erkennen, ob er einen Scherz macht. »Das ist Schokolade. Man vergisst keine Schokolade zu essen.«

Hunter kneift die Augen schmaler zusammen. »Ist das ein Streich für den neuen Kollegen oder so?«

»Rush ist, äh, *exzentrisch*«, wirft Autumn ein.

Ich runzele die Stirn. »Ich bin nicht exzentrisch. *Du* bist exzentrisch.«

»Ich bin nicht die mit einer Reihe Süßigkeiten auf dem Schreibtisch.«

Ich werfe ihr einen vielsagenden Blick zu. »Eben.«

»Wieso kannst du keine Liste machen?«, fragt Hunter. »Irgendetwas, das keine Ameisen anzieht?«

»Wusstest du, dass Ameisen unbestritten zu den intelligentesten Insekten gehören? Wenn ich eine sehe, dann bringe ich sie einfach weg, bevor sie den Rest der Arbeiterameisen benachrichtigen kann. Ich habe dann zwar Sorge, dass die armen Dinger nicht mehr den Rückweg zu ihrer Kolonie finden, aber ich denke, der Abfallcontainer draußen wird wohl ein halbwegs freundliches Umfeld sein.« Wenn sie eine so vielseitige Nahrungsquelle haben, werden sie meinen M&Ms sicher nicht nachtrauern. Aber die Schuldgefühle machen mir zu schaffen. Man kann es sich genau vorstellen, die Mütter so: »Anton ist heute arbeiten gegangen und nicht nach Hause gekommen!« Arme Dinger. »Stellt euch vor, wenn Ameisen kleine Beerdigungen abhalten würden? Und kleine Fliegen tragen würden?« Ich muss leise lachen bei der Vorstellung und nehme mir vor, Molly später um eine Zeichnung zu bitten.

Hunter erwidert nichts, und sein langes Schweigen bestätigt meine Vermutung. Der arme Kerl ist neurotypisch. Ich wette, er hat noch nie in seinem Leben über Ameisen nachgelesen.

»Wie dem auch sei«, sage ich also, um ihm die Verlegenheit aufgrund seiner Unwissenheit zu ersparen. »Ich arbeite dann mal weiter, ja?«

Ich lasse mich auf den Stuhl fallen und wecke den Computer, während ich die Süßigkeiten prüfe. Es sind nur noch acht. Das heißt, dass ich zwei Aufgaben erledigt habe, und ich habe den Verdacht, dass ich eine dritte schon begonnen hatte, oder kurz davor war, sie fertigzustellen. Oder hatte ich sie schon fertig, als ich plötzlich Hunter erblickt und mich auf den Boden geworfen habe?

»Dann bis heute Abend«, sagt Hunter steif in die Runde, und sein barscher Ton hinter mir lässt mich zusammenfahren. Er entfernt sich, und Ted folgt ihm. Ich betrachte Hunters Anzug. Sieht genau so fein aus wie die Jacke, die Xander mir entwendet hat.

Ich beuge mich zu Autumn hinüber. »Was ist denn heute Abend?«

»Drinks. Und du kommst mit, denn ich weiß genau, dass du nie etwas vorhast, und wenn doch, hast du es längst vergessen.«

Ich lasse mich in den Stuhl sinken. »Ich habe Monopoly-Montag–«

»Heute ist Dienstag.«

Ach, *echt*? Ich schaue auf den Computerkalender, und wie sich herausstellt, hat sie recht. Ach, Mist. Das war's dann mit dieser Ausrede.

»Oh … da war sicher etwas anderes …«

»Was ist denn los mit dir? Ich fange da Vibes auf.«

Das will ich mit ihr *nicht* näher besprechen. »Als ob du je etwas mitbekommen würdest.«

Nur dieses eine Mal weiß ich es ausnahmsweise ganz genau, und ich lüge sie gerade an, aber was soll ich denn sonst machen? Ihr erzählen, dass der Kerl, in den ich mich verliebt hatte, mich nur benutzt hat, um seinen Verlobten mit mir zu betrügen? Dass der gleiche Kerl mir nonstop Nachrichten schickt und es mir echt schwerfällt, nicht zu antworten? Und dass sein Ex-Verlobter jetzt auch noch mein Vorgesetzter zu sein scheint, der mir wahrscheinlich das Leben schwermachen und allen im Büro auf die Nase binden wird, dass ich mit seinem Ex gepennt habe?

Ich werde kündigen müssen. Seattle verlassen. Ich habe keine Familie, einen dürftigen Lebenslauf und keine Ersparnisse. Oh mein Gott, ich werde obdachlos sein. Dabei habe ich noch nicht mal ein Auto, in dem ich übernachten könnte.

Ich habe mich schon mehrfach in meinem Leben in heikle Situationen manövriert, aber das hier toppt wirklich alles.

Ob es in meinem Vertrag eine Klausel bezüglich fristloser Kündigung aufgrund totalen totalen Flittchenverhaltens steht?

Auch wenn es nicht mit Absicht war?

Immer noch könnte ich mir selbst in den Hintern treten, weil ich die Zeichen nicht erkannt habe. Mich so bedingungslos auf Ian und unsere Beziehung eingelassen habe, dass ich vergaß, sie als das zu sehen, was sie war. Ich bin naiv. Leicht auszunutzen.

Madden macht sich ständig Sorgen deswegen, aber ich weiß nicht, wie ich sonst sein sollte. Wenn jemand mir etwas erzählt – *woher* soll ich denn dann wissen, dass es gelogen ist? Wie merkt man das denn?

Seufzend trinke ich einen Schluck kalten Kaffee und esse ein M&M. Was absolut sicher ist: Ich kann heute Abend unmöglich mit den anderen etwas trinken gehen. Das schaffe ich einfach nicht. Andererseits wäre es anstrengender, den wahren Grund dafür zu verraten oder mir eine Ausrede auszudenken, als kurz vorbeizuschauen, ein Getränk zu mir zu nehmen, und dann wieder zu gehen.

Ich bin aber berüchtigt dafür, Dinge zu vergessen, also wäre es nicht untypisch für mich, wenn ich es zufällig-mit-Absicht vergessen würde. Vielleicht würde ich es tatsächlich vergessen. Das wäre ja praktisch.

Allerdings weiß ich wirklich nicht, wie ich diesen abschätzigen Blick und die Aussicht, ihm jeden Tag begegnen zu müssen, jemals vergessen sollte.

Und wenn ich hingehe, könnte es eine Gelegenheit sein, reinen Tisch zu machen. Vielleicht könnte ich ihn beiseite nehmen und erklären. Ihn dazu bringen, mich nicht länger zu hassen. Klarstellen, dass ich keine Ahnung hatte.

Ja.

Das ist ein Plan.

Also keiner, bei dem ich ein besonders gutes Gefühl habe, aber wir werden ja sehen.

Wäre es zu dramatisch, wenn ich mir stattdessen ein Bein amputieren würde?

KAPITEL FÜNF

HUNTER

DEN GESAMTEN TAG über bin ich versucht, meine Kündigung einzureichen. Das muss doch ein Zeichen sein. Denn offenbar haben alle anderen seit meiner Ankunft in Seattle noch nicht ausgereicht – das sollte wohl der letzte Schlag sein, um mich aus der Tür zu bugsieren.

Und trotzdem bin ich noch hier.

Ich habe einen Hang zur Sturheit und kann mich des Gefühls nicht erwehren, dass Rush gewinnen würde, wenn ich die Flucht ergreife.

Zumindest sage ich mir das. Denn es ist einfacher, das zuzugeben, als mich mit dem winzigen Körnchen Zweifel in meiner Magengrube auseinanderzusetzen, das mich daran erinnert, dass ich nie etwas zustande bekomme. Es ist stimmt nicht, und das weiß ich eigentlich auch. Aber es trifft mich trotzdem da, wo es weh tut.

Ich bin nie befördert worden.

Ich habe es nicht geschafft, meinen Verlobten zu halten.

Ich kann noch nicht mal meinen ersten Tag hier mit dem Team richtig angehen.

Stattdessen stehe ich da wie ein Idiot, der noch nicht mal ein Gespräch führen kann.

Ich habe immer gedacht, ich würde mal einen guten Chef abgeben. Umgänglich sein. Keiner, der seine Leute stresst und es ihnen schwer macht, zur Arbeit kommen; aber schon nach wenigen Stunden hier bin ich derjenige, dem es schwerfällt, hier zu sein.

Denn aus meinem Bürofenster schaue ich direkt ins Großraumbüro, und Rush' Schreibtisch steht genau in meiner Blickachse. Entweder schaue ich ihn an, wenn ich den Blick hebe, oder ich muss mir solche Mühe geben, ihn nicht anzuschauen, dass ich davon Kopfschmerzen bekomme. Ins Hotel zurückzugehen und mich unter der Bettdecke zu verkriechen klingt nach der perfekten Lösung, diesem Albtraum zu entrinnen, aber noch nicht mal das kann ich machen.

Denn ich *musste* das Team ja einladen, etwas trinken zu gehen.

Anstatt wieder abzusagen wie das jeder vernünftige Mensch tun würde, richte ich auf dem Arbeits-Server einen Gruppenchat ein und versende die Einladung für *einen* Drink nach der Arbeit, zum Kennenlernen.

Dann versuche ich mich daran zu erinnern, dass ich nicht nervös bin, mich meinen Aufgaben für den Tag zu widmen und zu vergessen, dass der Umtrunk stattfinden wird.

Plötzlich ist es siebzehn Uhr dreißig, und ich bleibe absichtlich noch und lasse das Team schon vorausgehen. Ich habe mir ihre Akten angeschaut und weiß, dass sie ihre Ziele im Großen und Ganzen erreichen. Und scheinbar funktioniert Rush' Trick mit den Süßigkeiten für ihn … irgendwie.

Ich unterdrücke ein kleines Schuldgefühl wegen meines Tons vorhin und halte mir vor Augen, dass er ein Mensch ist, der nichts anderes verdient hat. Er war ein Jahr lang der Liebhaber meines Verlobten. Ein ganzes Jahr.

Ich taste nach dem peinlich berührten Zorn, der mir so leicht zufliegt.

Ob sie im Bett gekuschelt haben, während sie über meine Dummheit lachten?

Ob Ian Rush jemals gesagt hat, dass er besser ist als ich? Ob er tatsächlich besser ist als ich?

Warum zum Teufel hat er das nur gemacht?

Stöhnend raufe ich mir die Haare. Ich hasse dieses Gedankenkarussell. Das hier sollte doch ein Neuanfang werden, verdammt nochmal.

Ich muss einfach aufhören, so nachtragend zu sein. Irgendwie macht Rush am wenigsten Fehler in seinen Unterlagen, gibt meist alles rechtzeitig ab, und die Kunden lieben ihn. Ich muss professionell sein. Unvoreingenommen. Er ist bei der Arbeit ein anderer Mensch, und ich kann ihn ja hinter geschlossenen Türen hassen.

Ich atme tief durch, dann ziehe ich mein Jackett an, richte mit Blick in die Handykamera meine Haare und mache mich auf zur Bar unten an der Ecke.

Ted sagte, das Urban Dive sei am frühen Abend recht voll, ein Treffpunkt für in den umliegenden Unternehmen Beschäftigte. Wenn wir ein Getränk nehmen, kann ich doch sicher in einer halben Stunde los; es gibt keinen Grund, den ganzen Abend zu bleiben. Ich bin schließlich ihr Vorgesetzter, nicht ihr Freund. Ich will das Eis brechen und sicherstellen, dass wir uns verstehen, bevor ich als ihr Chef agieren muss.

Teds Beschreibung ist zutreffend. Die Bar ist voller Anzugträger und fühlt sich wahrscheinlich voller an, als sie ist, weil sie so klein ist. Die Einrichtung ist aus Holz, über dem Tresen hängen Pflanzen und Lichterketten, und das Stimmengewirr übertönt fast die aus den Lautsprechern kommende Musik.

Ich brauche einen Moment, bis ich Gates und Autumn an einem kleinen Tisch in der Nähe des Tresens entdecke.

Na komm schon, Hunter. Du kannst doch gut mit Menschen umgehen. Du musst nur eine halbe Stunde durchhalten.

Ich schaue mich noch einmal um, während ich auf sie zugehe, dann sehe ich Eloise an der Bar. Sie ist allein, und außer ihr sind keine bekannten Gesichter zu sehen.

Der Knoten in meinem Inneren löst sich ein wenig.

Sieht so aus, als hätte Rush sich entschieden, nicht zu kommen.

Jetzt fällt es mir leichter, zu atmen und zu lächeln, als ich gleichzeitig mit Eloise zum Team stoße. Sie reicht mir achselzuckend ein Bier. »Ich habe geraten.«

»Nach einem langen Tag ist jedes Bier willkommen, danke. Obwohl ich als Vorgesetzter eigentlich einen ausgeben müsste.«

Gates lacht. »Sieh es als Willkommensgeschenk.«

»Du kannst ja die nächste Runde holen«, ergänzt Autumn.

Nächste … Runde? Ich habe schon den Mund geöffnet, um zu sagen, dass ich nicht lange bleiben kann, als ich plötzlich von hinten angerempelt werde. Ich stolpere nach vorn, stoße an den Tisch, und die Getränke schwappen über den Tisch. Erstaunlicherweise bleibt mein Bier zwar in meiner Hand, aber … ein Teil landet auf meinem Oberkörper.

»Verdammt.« Ich schüttele meine freie Hand aus, und da steht Rush mit offenem Mund und erhobenen Händen.

»Tut mir echt leid«, krächzt er.

Autumn kichert. »Ob du es glaubst oder nicht, das passiert nicht zum ersten Mal.« Sie streckt die Hand aus und zieht Rush an den Tisch. »Vielleicht würdest du nicht immer so ein Chaos veranstalten, wenn du pünktlich wärst und dich konzentrieren würdest.«

Rush' erschrockener Ausdruck weicht einem Stirnrunzeln. »Ich bleibe dabei: Diese Pünktlichkeitsbesessenheit in unserer Gesellschaft ist ungesund.«

Ich stelle mein Bier ab, während die beiden zanken, und tupfe mein Hemd ab. Zum Glück fühlt es sich schlimmer an als es ist – ich habe kaum etwas abbekommen. Der nasse Fleck an meinem Bauch ist etwas ungemütlich, aber mehr auch nicht.

»Tja, wir wollten dir eigentlich ein tolles Willkommen bieten«, sagt Eloise. Sie trägt dunkelroten Lippenstift, eine Brille mit schwarzem Rahmen, und sieht absolut umwerfend aus, und das, obwohl sie vier Kinder hat. Wird man durch die Kinder nicht automatisch, keine Ahnung, ein verhärmter, unausgeschlafener Troll? Da sieht man mal, wie gut ich mich auskenne.

»Nur ein kleines Missgeschick«, sage ich knapp, und versuche, mir einzureden, dass ich das wirklich glaube. Ich mag Rush vielleicht nicht, aber selbst jemand wie er würde so etwas nicht absichtlich machen. Das will ich jedenfalls gerne glauben.

»Erzähl mal von dir, Boss«, schlägt Gates vor. »Wer ist unser unerschrockener Anführer?«

»Niemand Besonderer.« Ich zwinge mir ein Lächeln ab. »Wie Ted gesagt hat – ich bin Hunter Barrett. In meinem Job in Portland ließ die Beförderung zu lange auf sich warten. Als die Position hier ausgeschrieben wurde, habe ich mich beworben, mich vorgestellt, und …« Ich nehme einen Schluck von meinem Bier.

»Bist du nicht wegen deines Partners umgezogen?«, fragt Autumn.

Meine Backenzähne brechen fast, und es erfordert all meine Willenskraft, Rush keinen bösen Blick zuzuwerfen. »Das ist nicht gut gegangen.«

»Oh, das tut mir leid«, sagt sie, und es klingt auch ernst gemeint. Aber dann spricht sie weiter. »Obwohl, man weiß ja nie. Rush und sein Freund sind auch frisch getrennt, aber da will sich doch jemand sehr dringend wieder vertragen …« Autumn knufft ihn spielerisch in die Seite, und ich brauche erbärmlich lange, um zu kapieren, was sie meint.

»Nein, will er nicht!«, beeilt Rush sich zu versichern.

Autumn schnaubt spöttisch. »*Oh, bitte.* Ich habe genau gesehen, dass Ian den ganzen Tag eine Nachricht nach der anderen geschickt hat. Und ob der dich zurückhaben will.«

Ian.

Schreibt Rush.

Dabei hat dieses *Sackgesicht* den Kontakt zu mir völlig abgebrochen.

Na sowas. Tja. Dann scheint ja eindeutig zu sein, dass er mich gar nicht wirklich wollte. Sind die beiden überhaupt wirklich getrennt? Oder war das eine Lüge, die er rumerzählt, damit niemand denkt, dass Ian sich sofort in die nächste Beziehung gestürzt hat?

Damit Rush nicht als Arschloch dasteht.

Ein Betrüger.

Ob er Rush auch einen Heiratsantrag machen wird?

Scheiß drauf. Ich dachte, ich kriege das hin, aber das ist mir jetzt zu viel.

Ich stürze den Rest von meinem Bier hinunter und knalle das Glas zu fest auf die Tischplatte. »Muss mal zur Toilette.«

Dort werde ich mir einen verdammten Fluchtplan aus diesem Albtraum ausdenken. Ich bin versucht, Ted direkt meine Kündigung zu schicken, denn ich sehe nicht, wie ich das hier aushalten soll. Es abschalten. Im Bewusstsein, dass Rush und Ian noch Kontakt haben, während ich wie Abfall beiseite geworfen wurde.

Ich reibe im Gehen die schmerzende Stelle in meinem Solarplexus, im Versuch, den Schmerz wegzumassieren. Dabei geht es gar nicht wirklich um Ian. Nachdem er mich so hintergangen hat, habe ich überhaupt kein Interesse mehr, mit ihm zusammen zu sein. Es ist die Ablehnung. Das Gefühl, wertlos zu sein, nachdem ich Jahre in diesen Typ investiert habe, der nicht der war, für den ich ihn gehalten habe.

Es ist einfach nicht fair.

Der Flur, der zur Toilette führt, ist schmal und dunkel, zum Glück leer, aber als ich die Tür zur Herrentoilette erreicht habe, höre ich meinen Namen.

»H-Hunter?«

Die Stimme erkenne ich sofort, und ich reagiere, ohne nachzudenken, drehe mich um, packe ihn am Hemd und presse ihn gegen die Wand. Vielleicht hätte ich dieses Bier nicht so schnell auf nüchternen Magen trinken sollen. Der Alkohol steigt mir zu Kopf, und ich kann Rush nur aus anstarren, während mir Tränen in die Augen schießen.

»Was zum Teufel willst du denn?«

Er legt die Hand über meine zur Faust geballte, die sein Hemd gepackt hält. Statt erschrocken sieht er eher besorgt um mich aus. »Ich wollte nur mit dir reden.«

»Wieso sollte ich mit dir reden wollen, verdammt nochmal?«

»Um reinen Tisch zu machen?«

»Reinen Tisch? Du hast mit meinen verdammten Verlobten geschlafen.«

»Und du warst trotzdem nett zu mir.«

»Nett?« Fast muss ich lachen.

»Außerdem bist du jetzt mein Chef. Wir müssen miteinander auskommen. Bitte erzähl den anderen nicht, was passiert ist – ich will nicht obdachlos werden und vor der Polizei in andere Bundesstaaten fliehen müssen, weil ich Maddens Auto klauen musste, um darin zu wohnen.«

Ich starre ihn an. Der scheint das alles vollkommen ernst zu meinen. »Darum brauchst du dir nicht den Kopf zu zerbrechen, denn ich kündige.«

»Warum?«

»Weil ich es in deiner Nähe nicht aushalte. Besonders, da ich jetzt weiß, dass ihr immer noch … immer noch–« meine Stimme bricht, und ich atme scharf ein, um es zu überspielen.

Rush legt mir die freie Hand auf die Schulter. »Tut mir echt leid.«

Ich sehe ihm in die groß aufgerissenen grünlichen Augen, denn das ist das Letzte, womit ich gerechnet hätte. »Was?«

»Ich schlafe nicht mehr mit ihm. Und ich habe ihm seit dem Abend nicht mehr zurückgeschrieben.«

»Und er schreibt dir *trotzdem* weiter?«

Rush nickt. »Ich bin davon ausgegangen, dass er das auch bei dir macht.«

Mit einem Schnaufen lasse ich von ihm ab und laufe rückwärts, bis ich mit dem Rücken an der anderen Wand des Flurs stehe. »Tja, das ist nicht der Fall. Gratuliere, du hast also gewonnen.«

»Ich glaube, keiner von uns hat gewonnen. Das war eine ziemliche Scheißaktion von ihm.«

»Du willst damit sagen, dass du nicht wieder zu ihm zurück laufen wirst?«

»Wieso – du etwa?«

»Natürlich nicht!«

»Wieso denkst du also, dass das bei mir anders sein sollte?«

Das lässt mich meinen Ärger kurz vergessen. »Äh, weil …«

Rush lächelt traurig. »Du scheinst mich ziemlich Kacke zu finden.«

»Das ziemlich kannst du aus dem Satz rausnehmen.«

»Aber *warum*?«

Ich starre ihn mit offenem Mund an. »Du hattest Sex mit dem Mann, den ich geliebt habe. Willst du mich verarschen?«

»Ich versteh das schon, mir ging es danach tagelang auch ziemlich übel. Zum Glück hat das nicht allzu lange vorgehalten, da meine Freunde mein bestes Support-Netzwerk sind.« Er hält inne. »Wenn das hilft – ich glaube nicht, dass wir die einzigen waren.«

Ich habe das Gefühl, als fiele mein Magen durch den Fußboden. »Wenn das *hilft*? Wie zum Teufel soll mir das helfen?«

»Naja, erst fühlte ich mich total schrecklich, aber dann haben meine Freunde Nachforschungen über ihn angestellt, und jetzt vermuten wir, dass es mindestens zwei weitere Männer gab.«

»Zwei …« Dieses Arschloch hat mit *drei* anderen Männern gevögelt? Mir ist wieder ganz schlecht, und auf einmal bin ich ganz froh, dass die Toiletten nicht weit sind. »Ich denke, du solltest jetzt gehen. Und nur um es mal klar zu sagen … einer, zwei, hundert andere … du solltest dich trotzdem Scheiße fühlen. Was du mir angetan hast würde ich niemals jemand anderem antun.

Das war das absolut Hinterletzte, und mir ist schleierhaft, wie du mir danach überhaupt noch ins Gesicht sehen kannst.«

Rush wirft beide Hände hoch. »Du hörst mir nicht zu. Ich habe dein Leben nicht ruiniert … ich habe es gerettet! Du hättest diesen Kerl geheiratet, und dann hättest du den Rest deines Lebens einen Mann gehabt, der dich betrügt. Wir sind nicht das Problem. Diese anderen Typen sind nicht das Problem. Ian war das Problem. Insofern: gern geschehen.«

Meine bereits erloschene Wut kocht wieder hoch. *Gern geschehen?*

»Nur damit ich das richtig verstehe: Ich soll dir dankbar sein? Dafür, dass du meinen Verlobten gevögelt hast?«

»Genau genommen war er es, der mich gevögelt hat«– ich gebe ein ersticktes Geräusch von mir – »Aber das meine ich nicht. Der Punkt ist der: Er war ein Arschloch, und nun bist du ihn los.«

»Ein Arschloch, das dir immer noch Nachrichten sendet«, presse ich hervor.

»Du nimmst dir das sehr zu Herzen.«

»Was soll ich denn sonst machen?«

»Ich weiß nicht. Ich verstehe diese ganzen Gefühle nicht. Für mich ist das alles schwarz und weiß, aber du rastest offensichtlich aus deswegen, und sagst mir nicht, wie ich mich verhalten soll. Willst du umarmt werden?«

»Nicht von dir.«

»Aber du würdest gern?« Er deutet mit dem Daumen hinter sich. »Ich kann Eloise holen. Die gibt die besten Mama-Umarmungen.«

Ich atme lange durch die Nase aus und richte mich dann zu voller Größe auf. »Dieses Gespräch ist ganz offiziell die Zeitverschwendung des Tages. Und dabei habe ich dich beim Verstecken unter dem Schreibtisch erwischt.«

»Ich habe Panik bekommen.«

»Hab' ich gemerkt«, sage ich höhnisch. »Sag den anderen, dass ich wegmusste.«

Aber bevor ich gehen kann, packt Rush mich am Arm, so dass ich nicht an ihm vorbei kann. »Warum hasst du mich eigentlich so? Das ist eine ganz ernst gemeinte, nicht rhetorische Frage. Was ist der wahre Grund?«

»Das hatte ich schon gesagt.«

»Dass ich mit ihm geschlafen habe?« Unglaublich, jetzt hat der wirklich die Dreistigkeit, gekränkt zu klingen. »Dafür kann ich doch nichts«, sagt er kläglich.

»Ein kleiner Rat? Lass einfach die Finger von Männern, die vergeben sind, dann kommst du auch nicht mehr in solche Schwierigkeiten.«

Ich entziehe mich seinem Griff und wende mich zum Gehen. Dann höre ich ihn leise sagen: »Aber ich *wusste* es nicht.«

Tja, da ist es. Das, was ich mich die ganze Zeit geweigert habe, zuzugeben. Dass Rush vielleicht ebenso ein Opfer war wie ich. Aber wenn das der Fall war, kann ich ihn nicht hassen. Aber das muss ich.

Denn sonst habe ich wieder nur die eine Möglichkeit: mich selbst zu hassen.

Bevor ich mir eine Antwort erlauben kann, laufe ich weiter, geradewegs raus aus der Bar. Beim Team werde ich mich morgen entschuldigen.

KAPITEL
SECHS

RUSH

ZUM MILLIONSTEN MAL lese ich meine E-Mail prüfend durch – ich will unbedingt alle Ninja-Tippfehler und nicht zu Ende gebrachten Sätze korrigieren, bevor ich sie versende.

Hunter,

Gründe, warum du nicht kündigen solltest:

Was mit Ian passiert ist, war nicht deine Schuld.

Jetzt bist du schon den weiten Weg hierher umgezogen.

Mein Team kann ehrlich gesagt nicht noch einen Manager verlieren wegen mir.

Ich möchte nicht, dass du wegen mir arbeitslos wirst.

Ted wird mich wegen der komischen Spannung zwischen uns löchern, und ich werde zu schwach sein, ihm den Grund zu verschweigen. Ich will es ihm nicht erzählen. Ich brauche einen Verbündeten.

Donnerstags kommt immer ein Imbiss-Stand im Büro vorbei, und ich werde dir sogar die perfekte Zimmerpflanze verraten, in die man im Oktober den Tee kippen kann, wenn Autumn ihre »Herbst-Ästhetik« zelebriert, zu der die absolut untrinkbarste Teekollektion gehört – ich bin ziemlich sicher, dass es sich um überteuerte Erde handelt.

Ich werde dir deine Jacke zurückgeben.

Ich werde deine Jacke aber erst reinigen lassen, denn ich bin zu neunzig Prozent sicher, dass Sperma drauf ist.

Wir werden nie wieder von dem Vorfall sprechen.

Ich werde sogar dir zuliebe pünktlich zur Arbeit kommen.

Okay, das letzte war wahrscheinlich gelogen, aber ich werd's wirklich versuchen.

Ich glaube, du wärst ein guter Chef, obwohl ich für diese Annahme keinerlei Basis habe.

Wir können uns zusammentun und uns an Ian rächen.

Lass mich wissen, ob du für einen der oben erwähnten Punkte aufgeschlossen wärst.

Dein (nichtsahnender) Komplize

Rush

Kaum habe ich das Handy weggelegt, als mich schon die Antwort-E-Mail erreicht.

Rush,

wie zum Teufel soll irgendeiner dieser Punkte mich zum BLEIBEN bewegen? Es ist, als würdest du versuchen, mich schneller aus der Tür zu bekommen. Außerdem: Keine E-Mails außerhalb der Arbeit.

Hunter Barrett

Okay, scheint so, als hätte ihm keiner der Vorschläge zugesagt.

Hunter Barrett,

. . .

nur zur Sicherheit: War das ein Nein bezüglich deiner Jacke?

Rush

Rush,

natürlich will ich die Jacke zurück, aber nicht mehr so sehr, nachdem ich höre, was damit passiert ist. Sperma, Rush? Ernsthaft?

Hunter Barrett

Hunter Barrett,

okay, jetzt bin ich verwirrt. Ich sitze seit einer Stunde hier und bin hin- und hergerissen zwischen dem Wunsch, deine Grenzen zu akzeptieren, dir nicht vor neun Uhr morgens zu antworten, und dem Bedürfnis, deine Frage zu beantworten. Was wäre dir lieber?

Rush

P.S. Sperma ist nur eine Vermutung, und keine Sorge: Es wäre nicht meins.

Rush,

.   .   .

Wie ist es möglich, dass jedes Mal, wenn du versuchst etwas klarzustellen, es tausendmal verwirrender machst?

HB

HB,

nach wie vor nicht ganz sicher, ob ich antworten sollte oder nicht.

Rush

Rush,

bitte sag, dass du nicht wieder eine Stunde überlegt hast. Es ist nach Mitternacht!!

H

P.S. JA, du kannst antworten.

H,

danke, das war sehr klar. Erstens war mir nicht bewusst, wie spät es ist, aber ich bin wach und du auch, also ist es doch egal, oder? Zweitens hat

Xander, mein Mitbewohner, die Jacke geklaut, nachdem ich darin nach Hause kam. Fairerweise dachte er wahrscheinlich, ich würde dich nie wiedersehen, und ich dachte das Gleiche. Außerdem hat die Jacke sehr gut gerochen. Ich nehme an, das bedeutet im Grunde nur, dass du sehr gut riechst, denn als du mich heute an die Wand gedrückt hast, hast du wieder so gerochen. Also hat er die Jacke geklaut, weil du gut riechst, und ich nehme an, dass er sich darin einen runtergeholt hat, denn wozu hätte er sie sonst stehlen sollen? Außerdem ist er noch Jungfrau und ständig scharf, aber seine Krankheitsangst verhindert, dass er jemanden findet, mit dem er Sex haben kann. Ich dachte früher, dass er mit Seven schläft, aber sie bestehen beide darauf, dass es nie passiert ist. Wenn ich gewusst hätte, dass du mein neuer Chef wirst, hätte ich Xander die Jacke sofort wieder abgenommen. Das mache ich jetzt.

Und ich werde dafür sorgen, dass sie gereinigt wird.

Rush

Rush,

Es ist zu spät für diese Konversation.

H

Ich starre die E-Mail an und überlege, ob ich nach einem besseren Zeitpunkt fragen soll, oder ob das einfach seine Art ist, das Gespräch zu beenden. Es ist so frustrierend, wenn die Leute sich so unklar ausdrücken.

Ich werfe mein Handy aufs Bett, um nicht wieder eine Stunde zu grübeln, dann laufe ich den Flur runter zu Maddens Zimmer.

Dort ist es dunkel, aber als ich die Tür aufstoße und an den Türrahmen klopfe, gibt er ein tiefes Knurren von sich.

»Oh, gut, du bist wach.«

»War ich nicht.« Das Licht geht plötzlich an, und ich blinzele in die Helligkeit seiner Handy-Taschenlampe.

»*Autsch.*«

»Tut mir so leid, deinen armen Augen um ein Uhr morgens wehzutun, nachdem du dich in mein Zimmer geschlichen hast.«

Ich werfe mich auf die unbesetzte Betthälfte und murmele: »Warum sind heute Abend eigentlich alle so besessen von der Uhrzeit?

»Heute Morgen.«

»Das stimmt wohl.«

Maddens Bett ist eines der gemütlichsten im ganzen Haus. Ich liebe es, hier zu liegen. Es fühlt sich vertraut an und riecht gut, und ich mag die Bettwäsche mit einer Fadenzahl von einer Million oder so, die sich so toll auf der Haut anfühlt, aber ich hätte immer Angst, aus dem Bett zu fallen, würde ich hier schlafen.

»Du hattest einen Grund, hierher zu kommen«, sagt Madden.

»Ja?« Das klingt logisch, also war es wahrscheinlich auch der Fall. Von der Bettwäsche zur Tür, in mein Zimmer, zu meinem Handy … »Ach so. Hunter will kündigen.«

»Der Hunter?«

»Der Hunter, der jetzt mein Chef ist, der vorher ›Hunter, der Andere Mann‹ war, ja.«

»Warum kannst du deswegen nicht schlafen und bist so gestresst?«

»Bin ich gar nicht.«

Madden stupst mich mit dem Fuß. »Du bist still. Das bedeutet, dass du gestresst bist.«

Na sowas. Er hat recht. »Was mache ich also?«

»Bezüglich?«

»Weil der Hunter plant zu kündigen.«

»Wieso ist das wichtig für dich?«

Es ist mir klar, dass es von außen so wirkt, als wäre es ein Gewinn für mich, wenn Hunter kündigt, aber das ist gar nicht der Fall. Sicher, es wäre schön, meinen Job, mein Zuhause und meine Freunde zu behalten, aber es gibt eigentlich keinen vernünftigen Grund, warum er gehen sollte. Ich habe mir in den Kopf gesetzt, dass es bescheuert wäre – weil es objektiv ja auch so ist – und wenn mein Gehirn das so beschlossen hat, kann ich irgendwie nicht mehr davon ablassen.

»Ich habe ihm eine Liste geschickt.«

»Was für eine Liste denn?«

»Gründe, zu bleiben.«

Madden denkt eine Weile nach. »Ich meine das so lieb wie möglich: Was zum Teufel hast du dir nur dabei gedacht?«

Ich beschließe, geduldig zu sein. »Eine Liste von Gründen, zu bleiben, ist normalerweise eine Liste, die mit der Absicht geschrieben wird, nun ja, jemanden *zum Bleiben* zu überreden.«

»Ich meine das nicht wörtlich. Ich meine, welcher Teil von deinem schillernden Gehirn dachte denn, dass es eine gute Idee ist, um ein Uhr morgens deinem Erzfeind bei der Arbeit E-Mails zu schreiben?«

»Genau genommen war es um zehn. Dann hat er zurückgeschrieben, ich sollte nicht antworten, aber er hatte auch eine Frage geschickt, es war also verwirrend chaotisch. Ich habe etwas Sorge, dass er nicht sonderlich gut kommunizieren kann. Das ist für Chefs keine besonders gute Eigenschaft.«

»Aha. Ich meine, welcher Teil von deinem schillernden Gehirn dachte denn, dass es eine gute Idee ist, deinem Erzfeind bei der Arbeit *drei Stunden lang* E-Mails zu schreiben?«

»Wenn ich es auf morgen verschoben hätte, hätte ich es vielleicht vergessen.«

»Das klingt doch eigentlich ganz gut.«

Okay. *Jetzt* bin ich langsam genervt. »Aber wie hätte er dann meine Liste bekommen?

»Rush – er braucht deine Liste nicht. Wenn er kündigen will, dann kündigt er.«

»Aber dann hätte er keinen Job. Und er müsste zurück nach Hause ziehen – will er das denn überhaupt?«

»Ob ja oder nein – es ist ganz sicher nicht dein Bier.« Er gähnt verhalten. »Wirst du das jetzt gut sein lassen können, oder muss ich richtig aufwachen?«

»Ich weiß noch nicht genau.«

Madden lacht und wirft ein Kissen nach mir. »Das ist also ein Nein. Okay, dann lass uns Zwischenrufe machen.«

»Hmmm … es ist schon eine Weile her, dass wir das gemacht haben.«

Madden deckt sich auf und steigt aus dem Bett. Sein weißer Po leuchtet im Mondlicht, das durchs Fenster fällt.

Zu Hause trägt Madden nie Klamotten, und in der Öffentlichkeit auch nur, wenn es unbedingt sein muss. Ich wollte, ich hätte so viel Selbstbewusstsein. Andererseits mag ich Kleider. Es macht mir Freude, mit Stoffen zu experimentieren, die sich gut anfühlen, in denen man nicht schwitzt und die nicht kratzen oder einem die Luft abschnüren.

Darum habe ich angefangen, zu designen. Nicht professionell – ich musste mein Studium abbrechen und zahle trotzdem immer noch die Schulden für die paar Seminare, die ich belegt hatte, ab – aber meine Passion zur Karriere zu machen klingt für mich auch viel zu stressig.

Christian hat das getan. Xander auch. Ich habe Molly noch nie gefragt, ob er seinen Job eigentlich gern macht, aber er scheint ihn glücklich zu machen. Ich selbst brauche Freiheit, um an etwas arbeiten zu können, und es wieder zu verwerfen, wenn es nicht funktioniert, ohne mich unter Druck setzen zu müssen, es wieder aufzunehmen, bevor ich dazu bereit bin. Es ist beruhigend, zu wissen, dass die Kleidungsstücke auch in sechs Monaten noch da sein werden, genau so, wie ich sie gelassen hatte.

»Wenn du mal Klamotten anziehst«, frage ich Madden,

während ich ihm die Treppe hinunter folge, »hast du dann ein Lieblingsmaterial? Dass du nichts Enges magst, weiß ich, aber was ist mit Leinen? Oder bist du eher ein Baumwolle-Typ?«

»Ich bin ein Sportshorts-mit Gummizug-Typ – daraus besteht auch meine Garderobe hauptsächlich.«

Ich selbst hasse nichts mehr als Gummis, die Abdrücke auf der Haut hinterlassen – aber jeder wie er mag.

»Weißt du, was ich nicht verstehe?«, sagt Madden über die Schulter. »War deinem Ex mit seinem skrupellosen Schwanz nicht klar, dass Hunter sich bei der Firma bewirbt, für die du arbeitest? Wieso hat er das geschehen lassen?«

»*Ich* soll das Verhalten von anderen Leuten verstehen?« Ich hatte tatsächlich schon versucht, dahinterzukommen, und habe nur zwei Theorien anzubieten: entweder war er eingebildeter als gedacht, was das Betrügen angeht, oder ich habe nie wirklich erwähnt, wo ich arbeite. Über die Versicherungsbranche habe ich vermutlich schon gesprochen. Oder? Aber ich glaube, noch nicht mal das.

»Okay, ich nehme Wetten an«, sagt Madden. »Wer ist es heute Abend, und was wird verkauft?«

»Gebrauchtwagenhändler Kent, und er wird …« Es ist ein Weilchen her, seit wir Mops gesehen haben. Oder Fensterputzsets. Das letzte Mal war es ein Topfset. »Ich sage, er packt Werkzeug aus.«

»Da müsstest du schon etwas genauer werden, Freundchen. Werkzeug ist eine breite Kategorie.«

»Also gut. Ein, ähm – Multifunktionswerkzeug. Es hat einen Hauptnutzen, aber außerdem noch ein Messutensil.«

»Ohh, das ist gut. Ich tippe glaube ich auf Porzellan.«

Porzellan – verdammt, das hatten wir auch lange nicht. »Und wer wird es sein, meinst du?«

»Der Vierzigjährige, der noch nie Sex hatte.«

Den haben wir so genannt, nicht, weil er so aussieht, sondern auch, weil er Steve Carrell gleicht. »Nee, dafür haben sie doch Nana Bette oder Miss Trunchbull.«

»Wir werden ja sehen.«

Madden lässt sich in seinen Sessel plumpsen, und ich auf die Couch, die gefühlt schon immer hier rumsteht. Sie stammt etwa aus der Mitte des letzten Jahrhunderts und ist eines der Möbelstücke, die uns von den Eigentümern mit dem Haus überlassen wurden. Ich werde Rylan und Kai niemals genug danken können, dass sie es uns so günstig vermietet haben.

Darüber hinaus hat es uns Bertha-Jungs zusammengebracht, und diese Jungs sind Familie für mich, eher als meine Blutsverwandten. Ich wüsste nicht, wo ich ohne sie wäre.

»Bereit?«, fragt er.

»Los.«

Madden nimmt die Fernbedienung und schaltet den Fernseher ein, dann klickt er direkt auf den Sender mit den Infomercials. Als er zu sehen ist, sind wir beide einen Moment sprachlos.

»Tja, das gute Geschirr ist das nicht«, bemerkt Madden dann.

Der Mann und die Frau auf dem Bildschirm führen etwas vor, das wie knallblaue Flip-Flops mit Borsten aussieht.

»Eine Größe für alle«, sagt der Mann, während die Frau grinsend mit den Füßen hineinschlüpft.

»Das ist ja etwas ganz Neues«, sagt Madden verdutzt.

Ich verstehe ihn. Es ist nicht nur das Produkt, das absurd aussieht – die Frau reibt ihre Füße daran und schiebt sie hinein und wieder heraus, als würde sie in einer Art Fuß-Porno mitspielen.

»Ich setze zwei Dollar, dass sie als Nächstes ›wow‹ sagen wird.«

»Angenommen.«

Wir warten und lassen den Mann reden, bis … »*Wow, meine Füße fühlen sich so glatt an.*«

Madden schreit auf, und ich klatsche mich selbst ab.

»Das war einfach.«

»Also gut. Doppelt oder nichts auf geteilten Bildschirm mit vorher / nachher in drei … zwei …«

Er unterbricht sich. »Ich warte.«

»Ein einhalb … und … ein Viertel?«

»Was genau zählen wir eigentlich, wenn es nicht–«

»Jetzt!«

Der geteilte Bildschirm erscheint, und er ruft das Wort einen Augenblick später. »Du bist richtig gut dabei«, sage ich scherzhaft und reiche ihm acht Dollar.

Madden knackt mit den Fingerknöcheln. Er sieht selbstzufrieden aus. »Es ist ein Talent.«

»Oder Betrug.«

»Definitiv das, was ich gesagt habe.«

In der nächsten halben Stunde sind wir eifrig damit beschäftigt, den Verkäufern dazwischen zu quatschen und uns über die vorhersehbaren Sprüche lustig zu machen. *Vor Easy Feet war ich so unsicher, immer, wenn meine Familie und Freunde etwas über meine Füße gesagt haben …*

»Oh nein, das arme kleine Model hat Familie und Freunde. Wie traurig für sie.«

Madden lacht. »Ist alleine schon bemerkenswert, dass sie überhaupt mit ihr *reden*.«

»Und jetzt, da sie Easy Feet hat«, sage ich in übertriebener Presenter-Stimme, »können sie sagen, dass sie sie bedingungslos lieben, da sie sich nicht mehr an einem kleinen kosmetischen Makel aufhängen müssen. Ein wahres Wunder!«

Madden verschränkt die Hände hinter dem Kopf und seufzt. »Wir sind zynisch geworden, mein Freund.«

»Wirklich?«

»Na ja, ich bin so geworden. Du warst schon immer so.«

Ich lege den Kopf schief. »Ich fühle mich gar nicht zynisch.«

»Ist das ein Gefühl oder eine Einstellung?«

»Auf jeden Fall ein Gefühl.«

»Dann ist zynisch vielleicht das falsche Wort.«

Ich verziehe spöttisch das Gesicht. »Ach, mich darfst du da nicht fragen. Ich verstehe nicht viel von Gefühlen. Entweder sind sie zu stark, oder gar nicht da.«

Madden reibt sich mit einem Summen mit den Fingerknöcheln über die Brust. »Vielleicht besser so.«

Ich weiß genau, von wem er spricht. Selbst für einen Nullchecker wie mich ist die Sehnsucht laut und deutlich zu erkennen.

»Penn?«, frage ich, denn es ist schon eine Weile her, dass wir darüber gesprochen haben, dass Madden in seinen besten Freund verknallt ist.

»Ja ja, alles beim Alten.«

»Tut mir leid«, sage ich, denn was soll man auch sonst sagen? Penn ist ein guter Freund, und er ist hetero. Madden wusste das und hat sich trotzdem verliebt. Ich würde es hilfreich finden, das zu erwähnen, weiß aber aus Erfahrung, dass die Menschen etwas dagegen haben, mit Logik konfrontiert zu werden. Wenn Gefühle im Spiel sind, ganz besonders.

Madden schläft nach ein paar weiteren Wetten ein, aber ich kann immer noch nicht abschalten. Maddens Liebeskummer. Das unglücklich gewählte Objekt seiner Gefühle. Sich die zum Verlieben am wenigsten geeignete Person auszusuchen. Hunter und ich haben den gleichen Fehler gemacht. Allerdings konnten wir das unmöglich wissen.

Ob er sich wohl so fühlt wie Madden? Ich weiß, dass er sauer auf mich ist, kann aber nicht verstehen, wieso. Wir sind doch beide in der gleichen Lage; wenn überhaupt müssten wir Verbündete sein.

Ich entsperre das Handy und scrolle zu unserem E-Mail-Verkehr zurück. Ein Detail, das ich fast vergessen hätte, springt mir ins Auge.

Die Jacke.

Mist.

Die hole ich am besten gleich, bevor ich es wieder vergesse.

Ich schleiche mich nach oben in Xanders Zimmer und suche

mit der Handy-Taschenlampe, bis ich sie zusammengefaltet unten in seinem Schrank entdecke.

Xander knurrt im Schlaf. »Was immer du da machst, Rush«, sagt er dann verschlafen, »mach die Tür hinter dir wieder zu.«

Das kriege ich hin.

Und ich habe an die Jacke gedacht.

Und obendrein auch noch Madden zehn Dollar abgeknöpft.

Wer hätte das gedacht – Rush, der Gewinner.

KAPITEL
SIEBEN

HUNTER

ALS ICH MEIN E-Mail-Programm bei der Arbeit öffne, rechne ich schon damit, eine neue Nachricht von Rush vorzufinden. Das ist aber nicht der Fall. Offensichtlich ist das auch besser so, auch wenn ich schon neugierig gewesen wäre, was er dieses Mal zu sagen hätte.

Der E-Mail-Verkehr von gestern fühlt sich wie ein Traum an; beim erneuten Durchlesen wird mir aber schnell klar, dass er tatsächlich stattgefunden hat, und ich habe den Eindruck, Rush hat alles ganz ernst gemeint, was er schreibt.

Ich lehne mich zurück und mustere den Kündigungsbrief, den ich noch offen auf dem Bildschirm hatte. Ich war Sekunden davor, ihn an Ted zu schicken, als Rush' E-Mail kam, und über dieser merkwürdigsten aller Korrespondenzen bin ich eingeschlafen und habe es vergessen.

Das war dann auch einfach, denn ich habe nur noch über Rush nachgedacht.

Über ihn, und darüber, wie gerne ich ihn hassen würde, auch wenn er es mir sehr schwer macht.

Apropos … es wird neun Uhr, und von ihm keine Spur. Autumn, Gates und Eloise sitzen an ihren Plätzen, Gates hackt etwas in seine Tastatur, und Autumn und Eloise lachen zusammen, während sie einen Kaffee trinken. Die gläserne Bürowand trennt mich vom Großraumbüro. Ich habe zwar seit Jahren auf ein eigenes Büro hingearbeitet, aber jetzt fühle ich mich irgendwie – abgeschnitten.

Was keine Rolle spielen wird, wenn ich kündige.

Aber wenn Rush sich nicht bald blicken lässt, wird er derjenige sein, der keinen Job mehr hat. Dann hätte ich eine Sorge weniger.

Bevor ich den Gedanken weiterverfolgen kann, prüfe ich im Spiegelbild meines Laptops meine Frisur – sie soll tadellos sitzen, auch wenn ich schon so oft mit den Händen durchgefahren bin. Dann stehe ich auf und steuere mein Team an.

»Morgen«, sage ich möglichst selbstbewusst.

»Hunter.« Eloise lächelt zur Begrüßung. »Du bist gestern verschwunden.«

Nicht mein professionellster Moment. »Ja, mir ging's nicht so gut. Ich glaube, der Stress mit dem Umzug und dem neuen Job hat mich eingeholt.«

»Du Ärmster.« Autumn umklammert ihre Tasse, und ich muss an Rush' E-Mail denken und frage mich, ob ihr Getränk tatsächlich nach Erde schmeckt. »Du hättest was sagen sollen. Wir hätten das nicht unbedingt gestern machen müssen.«

»Tja, das ist eine meiner Eigenschaften: Ich stehe gern zu meinen Vereinbarungen.« Ich schaue betont den leeren Schreibtisch an. »Was nicht bei allen so zu sein scheint.«

»Wer, Rush? Der kommt immer zu spät.«

Ich schaue Autumn an. »Immer? Und das ist erlaubt?«

»Rush ist … ähm … vergesslich.«

Ich atme tief ein. »Das ist nur leider kein Grund, professionellen Anforderungen im Job nicht zu genügen.«

Autumn sinkt in sich zusammen.

Mist.

Gates lacht leise. »Rede am besten mit Ted. Er liebt Carey – der Junge kann sich so gut wie alles erlauben.«

Ich schaue auf die Uhr und stelle fest, dass Rush schon eine halbe Stunde zu spät ist. »Das mache ich glaube ich mal.«

Teds Büro liegt an der gegenüberliegenden Seite auf dem gleichen Stockwerk, neben denen der anderen Vorgesetzten. Als Abteilungsleiter muss ich für mein Team immer erreichbar sein. Teds Rolle ist etwas weniger operativ als meine.

Seine Tür steht offen, also ist er vermutlich ansprechbar. Ich klopfe leise an den Türrahmen.

»Morgen, Hunter. Was kann ich für dich tun?«

»Ich wollte dich mal auf R--Carey ansprechen.«

Ted grinst, als hätte er schon damit gerechnet. Er winkt mich in den Besucherstuhl ihm gegenüber, also trete ich ein, schließe die Tür hinter mir und setze mich. »Was ist denn das Problem?«

»Er ist zu spät, und das Team sagt, das ist an der Tagesordnung bei ihm.«

»Richtig.«

Ich bin überrascht, dass er es einfach so zugibt. »Ich bin nicht ganz sicher, wie ich das höflich formulieren soll, also frage ich einfach direkt: Ist Zuspätkommen hier akzeptabel?«

»Carey macht seinen Job.«

»Wie ist das möglich, wenn er nicht hier ist?«

»Arbeitest du nur zwischen neun Uhr und neun Uhr dreißig?«

»Darum geht es nicht.«

»Worum geht es denn genau?« Das geduldige Lächeln lässt mich argwöhnen, in eine Falle getappt zu sein. Dieses Gespräch scheint er nicht zum ersten Mal zu führen.

»Ich habe so das Gefühl, als hättest du schon eine Antwort parat auf das, was ich als Nächstes sagen werde.«

Er beugt sich vor. »Davon kannst du ausgehen. Was Carey betrifft ... er liegt mir am Herzen. Deine Position wird ungewöhnlich häufig neu besetzt, was mehrere Gründe hat, aber einer der immer wiederkehrenden Punkte ist Carey. Er ist ein ganz toller Typ. Sehr freundlich. Er hat sich seine Systeme zurechtgelegt, die ihm erlauben, seinen Job zu machen, und er hat großartige Kundenbeziehungen. Ich denke, du wirst niemanden finden, der so detaillierte Unterlagen über seine Klienten führt wie er. Aber trotz all dieser positiven Aspekte gibt es auch Nachteile in Bezug auf einen so traditionellen Arbeitsplatz. Er ist nie pünktlich. Er hat sehr unregelmäßige Arbeitszeiten. Er lässt sich ablenken und lenkt die Menschen in seinem Umfeld ab, und seine To-do-Liste gerät völlig außer Kontrolle, bis er plötzlich beschließt, dass heute der Tag ist, an dem er alles erledigt.«

»Das sind einige Nachteile«, bemerke ich.

»Und es ist deine Aufgabe, damit zurechtzukommen.«

»Ich würde gern einen Erfolgsplan vorschlagen, um ihm zu helfen, sein Zuspätkommen in den Griff zu bekommen.«

Ted zuckt die Achseln. »Kannst du ausprobieren. Es wird aber nicht funktionieren.«

»Wieso nicht?«

»Es wurde schon versucht, es ist schief gegangen, und ich weigere mich trotzdem, ihn zu entlassen. Willst du wissen, warum?«

»Ich sitze auf der Stuhlkante.«

»Carey hat ADHS. Es wäre ableistisch, von ihm zu erwarten, anders zu sein, als er nun mal ist.«

Ach, verdammt. Das wusste ich nicht, und dabei bilde ich mir ein, ein Typ mit recht guter Wahrnehmung zu sein. Ted hat recht. Das ändert natürlich alles. Ich bin noch nicht sicher, wie genau, aber wenn ich bleiben sollte, werde ich damit klarkommen müssen. Natürlich muss ich Rush dann mehr Aufmerksamkeit widmen. Und natürlich ist es ein weiterer Grund, noch mehr über den Typ nachzudenken, über den ich als Allerletzten nachdenken will.

Na klar.

Denn das ist genau der Schlamassel, aus dem mein Leben gerade besteht.

»Wenn ich seine Anfangszeit lockere, muss ich sie für das ganze Team lockern. Sonst ist es unfair.«

Ted lächelt. »Das wäre eine Möglichkeit. Ich habe dich nicht eingestellt, um ein neurotypisches Team zu leiten, Hunter. Ich habe dich eingestellt, um ein Team zu leiten. Aus Menschen. Und alle diese Menschen sind verschieden. Ich werde dir das Gleiche sagen, was ich deinen Vorgängern immer gesagt habe: Deine einzige Aufgabe ist, sicherzustellen, dass dein Team seine Ziele erreicht. Wie du das anstellst, ist dir überlassen.«

Das ist wesentlich mehr Freiraum als ich bisher je hatte. Alle Jobs haben Listen. Eine bestehende Struktur, die man braucht, um den Tag zu meistern, bevor man nach Hause geht. Für alles, was davon abweicht, braucht man die Erlaubnis von oben. Das wurde mir eingebläut, seit ich während der Highschool als Bedienung gearbeitet habe, bei den zwei Jobs, die mich durchs College gebracht haben, bis zu meinem letzten Job. Unternehmen haben Strukturen, und die Belegschaft bekommt schlechte Laune, wenn man diese Strukturen verändert.

»Nur um das klarzustellen«, sage ich, und lehne mich vor. Mir ist ganz schwindelig von dieser neu gewonnenen Freiheit. »Mein Team, meine Regeln?«

»Keine Sicherheitsvorschriften brechen. Deine Leistungszahlen müssen stimmen. Das war's.«

»Okay.« Ich stehe auf, während mir schon tausend Ideen durch den Kopf gehen. »Okay.«

»Und Carey nicht rauswerfen.« Ted reibt sich die Stirn. »Ich hab's so satt mit den Beschwerden über den Jungen.«

»Verstanden. Danke für das Gespräch, Boss.«

Mir schwirrt der Kopf, als ich sein Büro verlasse. Worauf habe ich mich nur eingelassen? Kündigen ist noch nicht ganz vom Tisch, aber angesichts solcher Vorschriften wird es immer unwahrscheinlicher.

Keine Vorschriften zu haben.

Nichts.

Gar nichts.

Aber bevor mir die Ideen den Kopf ganz verdrehen, muss ich mit dem Team sprechen. Wenn ich Veränderungen veranlasse, wenn ich Dinge verbessern will, muss ich klären, ob sie offen dafür sind. Wollen sie überhaupt später anfangen? Oder lieber früher? Das werde ich nicht wissen, bevor ich sie nicht gefragt habe.

Ich will gerade zu meinem Büro laufen, als der Fahrstuhl in meinem Blickfeld »Ding« macht. Die Tür geht auf, und Rush eilt heraus. Die von der Sonne ausgebleichten Locken, die er normalerweise am Oberkopf stylt, sind vom Wind zerzaust, seine gebräunten Wangen sind rosa, und sein Rucksack hängt über einer Schulter. In der Hand hält er einen Topf mit etwas, das wie bunte Kieselsteine aussieht.

Ich versuche zu lächeln, aber es fühlt sich steif an. »Rush.«

»Du bist hier!« Er reißt die Arme hoch, als würde er sich ehrlich … freuen?, mich zu sehen. Der Topf scheint irgendwie trotzdem zu schweben.

»Was zum–«

»Oh.« Rush lacht, ein Lachen, das sein Kinn schmaler werden und ein kleines Grübchen in seiner rechten Wange erscheinen lässt. »Den hatte ich mit meinem Gürtel befestigt, damit ich ihn nicht im Bus abstelle und vergesse.« Dann zaubert er einen großen Kaffee von irgendwo hervor. »Ich muss den eben abgeben. Ich komme dann in dein Büro – klingt das gut? Super, bis gleich.«

Und ohne sich auch nur fürs Zuspätkommen zu entschuldigen, eilt Rush durchs Büro, schlägt Haken um die Kollegen und begrüßt sie auf die chaotischste Weise, die ich je erlebt habe. Ich kann den Blick nicht abwenden, bis er außer Sicht ist.

Keine Ahnung, was das sollte, aber das werde ich wohl noch erfahren.

Die anderen Team-Mitglieder telefonieren, als ich wiederkomme, erledigen gewissenhaft ihre Aufgaben, und ich erinnere mich an die Zeit, als sich mein Arbeitsplatz auch in einem mit Trennwänden abgeteilten Großraumbüro befand. Es war … langweilig. Immer die gleichen Fragen beantworten, immer die gleichen Anträge ausfüllen helfen, immer die gleichen Schadensforderungen, tagein, tagaus nur über Versicherungen reden.

Wenn ich wirklich kündige, muss ich in diesen Arbeitsalltag zurück.

Wenn ich bleibe … habe ich die Möglichkeit, es besser zu machen. Für die anderen und für mich.

Zu bleiben bedeutet aber, mit Rush konfrontiert zu sein. Mit all dem Schmerz.

Ob ich das wirklich jeden Tag aushalten werde?

KAPITEL
ACHT

RUSH

NACHDEM ICH TED wie jeden Morgen seinen Kaffee gebracht habe, laufe ich gleich weiter zu Hunters Büro. Ich weiß, dass ich zu spät dran bin. Ich weiß genau, dass ich Vorhaltungen bekommen werde. Hoffentlich können wir das rasch hinter uns bringen, damit ich mit meinem Tag weitermachen kann. Das ist eines der Dinge, die ich an diesen häufigen Personalwechseln hasse: immer die gleichen Gespräche, wie bei »Und täglich grüßt das Murmeltier« – dem Film. Ob der Murmeltier-Tag im Februar sich tatsächlich wiederholt, weiß ich natürlich nicht – obwohl wir es vermutlich gar nicht wüssten, wenn es passieren würde.

Ich bin immer noch verschwitzt und hektisch, als ich Hunters Büro erreiche. Die Tür ist offen, also trete ich ein, öffne meinen Gürtel und stelle den Blumentopf auf seinen Schreibtisch.

»Ta-da!«

Hunter starrt mein Geschenk an. »Was … was ist das?«

»Eine Pflanze. Ich weiß, meine Liste war etwas übergriffig und hat vielleicht nicht geholfen, also habe ich überlegt, was ich noch tun könnte, um dir zu helfen, dich einzugewöhnen. Haustiere wären gut gewesen, aber ich hatte das Gefühl, du wärst nicht besonders glücklich, wenn ich dir ein Hundebaby ins Büro mitbringen würde, also habe ich dir stattdessen eine Pflanze besorgt. Wenn du etwas hast, um das du dich kümmern musst, musst du ja weiter hierherkommen.« Ich hätte vielleicht Maddens Angebot annehmen sollen, der vorgeschlagen hatte, etwas von der Arbeit mitzubringen, anstelle panisch eine –

»Das hier sind *Pflanzen*? Sie sehen aus wie … wie …«

»Ärsche?«

Er schaut aus weit aufgerissenen dunklen Augen zu mir hoch. »*Ja*. Sind die echt?«

»Die Frau im Blumenladen hat gesagt, ja. Google hat es bestätigt. Sie heißen Li… Lithops. Glaube ich. Aber sie sehen alle so aus, es gibt sie in verschiedenen Farben, und scheinbar teilen sich die beiden Segmente, wenn sie soweit sind, und in der Mitte wächst eine Blume heraus.«

Hunter lacht erstickt auf, und ich glaube, das ist das erste Mal, dass ich sein Gesicht anders als missmutig sehe. Es lässt mich hoffen, dass mein Plan vielleicht nicht zum Scheitern verurteilt ist. »Du willst mir sagen, ich hätte dann auf dem Schreibtisch einen Blumentopf mit wie Kieselsteine aussehenden Pflanzen in Arsch-Form stehen, aus denen von selbst ein Anal-Plug sprießen wird?«

»Genau genommen eine Blüte. Wäre dir ein Anal-Plug in Blumenform lieber gewesen?«

Er ignoriert die Frage. Zu persönlich? »Was zum Teufel hat dich dazu veranlasst, die zu kaufen? Ist das deine subtile Weise, mich als Arsch zu bezeichnen?«

Ich spüre, wie meine Miene sich zur traurigen Grimasse verzieht. »Was? Nein. Niemals. Ich habe Madden von der Idee mit dem Hündchen erzählt, aber er hat stattdessen eine Pflanze vorgeschlagen, und als ich deine Jacke heute Morgen in die Reinigung gebracht habe – zu meiner eigenen Überraschung habe ich daran gedacht – habe ich einen kleinen Blumenladen entdeckt und dachte, ich könnte dir eine Sukkulente holen. Aber sie hatte keine mit kleinen Blüten. Ehrlich gesagt war sie vielleicht gar keine besonders gute Blumenfrau, denn sie hatte jede Menge großer Bäume und Blumensträuße und keine Sukkulenten? Will sie denn kein Geld verdienen? Ich habe genügend Posts auf den sozialen Medien gesehen, um zu wissen, dass die Dinger total angesagt sind, aus ästhetischen Gründen. Dann hat sie mir die hier gezeigt, und ich fand sie irgendwie schräg und witzig, und da ich schon spät dran war, habe ich sie schnell gekauft. Und nicht, weil es Mini-Ärsche sind.«

Hunter seufzt, aber er lächelt dabei. »Kannst du dich bitte mal setzen?«

Ich falle fast in den Stuhl, auf den er deutet.

»Es tut mir leid«, sagt er.

»Was?«

»Ich …« Er reibt sich über den Mund. Seine Hände sind echt groß. Sein Mund ist auch groß. »Diese ganze Situation ist ehrlich gesagt ganz schön verfahren. Ich habe dir die Schuld gegeben, weil ich einen Schuldigen brauchte, und Ian ist mir zwar egal, aber es tut trotzdem weh. So abgelehnt und hintergangen worden zu sein wird mir noch eine ganze Weile zusetzen. Was ich damit sagen will ist, dass ich froh bin, dass du damit abgeschlossen zu haben scheinst. Mir wird das wahrscheinlich nicht gelingen, aber ich werde mir größte Mühe geben, professionell zu bleiben. Es ist wie du gesagt hast … keiner von uns beiden hatte Schuld.« Mein Magen, der vor Sorge ganz verkrampft war, lockert sich endlich. »Wir halten es professionell.« Mit einem Räuspern schiebt er den Blumentopf in meine Richtung. »Und das Geschenk kannst du behalten.«

»Heißt das, dass du bleiben wirst?«

Er zuckt zusammen, als würde die Frage ihn überrumpeln. »Ich bin schon den ganzen Vormittag hin- und hergerissen.« Abwesend dreht er den Blumentopf einmal um sich selbst. »Und ich glaube, ja.«

»Es waren die E-Mails, stimmt's?«

Er schnaubt, und es klingt sogar belustigt. »Nein, definitiv nicht. Ich bin noch nicht mal sicher, auch nur die Hälfte verstanden zu haben. Bitte sag, dass das über die Jacke nicht ernst gemeint war?«

»Oh doch, das war es durchaus. Aber es ist okay, weil ich mich geirrt hatte. Keinerlei Sperma in Sicht, als ich sie heute Morgen abgegeben habe.«

»Na dann ist ja gut.«

»War das sarkastisch? Du klingst enttäuscht.«

»Ich bin erleichtert. Ich habe nur Schwierigkeiten zu glauben, dass ich dieses Gespräch überhaupt führe.«

Ich winke ab. »Daran wirst du dich gewöhnen. Willst du mich jetzt ausschimpfen, weil ich zu spät kam? Ich weiß zwar nicht genau, was es nützen soll, noch mehr Zeit damit zu verschwenden, aber da ich schon mal hier bin, könntest du es vielleicht hinter dich bringen.«

Hunter mustert mich aufmerksam aus dunklen Augen. »Hatte ich nicht vor. Aber ich hatte vor, Einzelgespräche mit allen zu führen, also können wir deines vielleicht gleich erledigen.«

»Oh, gut. Das ist auch viel logischer.«

Er fährt schmunzelnd seinen Rechner hoch. »Ich freue mich, dass du das so siehst.«

»Wirklich?«

»Es ist ein Ausdruck. Aber da du schon gefragt hast: Nein. Es ist mir ziemlich egal.«

»Das ist verständlich. Ich habe noch nichts getan, das dich meine Meinung wertschätzen lassen würde.«

Etwas an meiner Bemerkung ruft ein Stirnrunzeln hervor. Er schaut mich an, dann blickt er wieder auf seinen Monitor. »Warum hast du dir Zeit genommen, mir gestern Abend E-Mails zu schicken?«

»Weil du aufgebracht warst und nicht in der Lage, logisch zu denken. Ich dachte, ich könnte vielleicht helfen.«

»Aber warum ausgerechnet du?«

Ich beuge mich vor, stütze die Ellbogen auf seinen Schreibtisch, und mein noch offener Gürtel klappert bei der Bewegung. »Ich nehme an, niemand sonst weiß, was passiert ist. Mir tut es leid für dich, dass du extra umgezogen bist und dann das erleben musstest. Es war nicht okay. Ich weiß nicht, ob du hier Freunde oder Familie hast, aber ich wollte dich wissen lassen, dass ich ein freundliches Gesicht sein könnte. Du kannst es mir weiter zum Vorwurf machen und mir nicht glauben, wenn ich dir sage, dass ich es nicht gewusst habe, solange du willst, aber auch ich war ziemlich fertig deswegen. Ich habe im Grunde genommen das Gleiche durchgemacht wie du. Wenn es einer nachvollziehen kann, dann ich.«

»Ja … das hattest du erwähnt«, murmelt er. »Rache, hm?«

Ich nicke und fange an zu lächeln. »Er hätte es verdient.«

»Da kann ich nicht widersprechen.«

»Siehst du? Und schon haben wir etwas gemeinsam! Du wirst dich sicher noch für mich erwärmen.«

»Jetzt mach mal halblang.«

Aber es ist zu spät, denn er ist schon dabei. Hunter ist einer dieser Männer, die so ordentlich wirken. Einer der Männer, die mich einschüchtern, weil ich niemals so sein werde. Er ist viel zu erwachsen, um nicht schon nach einer Minute in der Gegenwart meiner Freunde schreiend davonzulaufen. Dieses Erwachsensein weckt mein Interesse. Ted ist auch so.

Ich kann mir nicht helfen: Ich frage mich, ob sie nur so tun, oder ob sie wirklich ihr Leben so auf der Kette haben.

»Wieso starrst du mich so an?«, fragt er als würde er die Antwort lieber nicht hören.

»Du bist so sauber.«

Er lacht wieder erstickt auf. »Was?«

Ich mache eine Geste. »Du bist rasiert, dein Scheitel ist gerade, und ich bin ziemlich sicher, dass du deine Augenbrauen wachst und irgendeine tägliche Kosmetik benutzt. Ich sehe keine einzige Falte in deinen Klamotten.«

Als er wieder spricht, klingt es wie ein tiefes Grollen, und ich finde Hunters Stimme unerwartet beruhigend. »Und all diese Dinge lassen mich sauber wirken?«

»Genau – du wirkst sauber. Ich habe natürlich keine Ahnung, was deine Hygiene angeht. Und ich kann zwar bestätigen, dass ich regelmäßig dusche, morgens und abends Zähne putze, und doch …« Ich zeige auf meine Haare. »Ich kann mir Mühe geben, wie ich will – so sauber und ordentlich werde ich niemals aussehen.«

Er hebt fragend eine dunkle Braue. »Versuchst du es denn wirklich?«

»Gelegentlich. Also, ich habe es schon versucht. Und trotzdem sieht es nie so aus wie bei dir – also habe ich irgendwann begriffen, dass es vergebene Liebesmüh ist und dass ich meine Zeit besser anderweitig nutzen kann.«

»Wie zum Beispiel deinem Chef unanständige Topfpflanzen zu besorgen?«

Der humorvolle Unterton lässt mich innerlich strahlen. »Du machst Witze.«

»Tu ich nicht.«

»Das war definitiv einer.«

Er pustet einmal aus, dann wendet er sich wieder seinem Bildschirm zu. »Was magst du an diesem Arbeitsplatz am liebsten?«, fragt er dann gesetzt.

»Mich bei meinem Chef beliebt zu machen.«

Seine Finger ruhen auf der Tastatur. »Rush …«

»Willst du keine ehrliche Antwort hören?«

Ich bin zu neunzig Prozent sicher, dass er sich das Lachen verbeißen muss, während er sich mit der großen Hand durch die ordentlichen schwarzen Haare fährt. »Was magst du am wenigsten?«

»Dass mein Chef mich nicht leiden kann.«

Hunter stöhnt und beugt sich über den Schreibtisch. »Ich versuche wirklich, professionell zu sein.«

»Das musst du wohl noch üben. Für mich siehst du eher genervt aus.«

»Woran das wohl liegen könnte …«

»Wenn jemand genervt aussieht, liegt es im Allgemeinen daran, dass er tatsächlich genervt ist.«

Hunter dreht seinen Stuhl zu mir um und guckt mich streng an. »Ich glaube, ich habe dann alles, was ich brauche.«

»Na, das hat ja gar nicht weh getan.«

»Das hätte ich anders beschrieben.«

Was er stattdessen gesagt hätte, ist egal. Es ist vorbei. Ich habe ihn überzeugt, zu bleiben, und mir wurde nicht der Kopf abgerissen, weil ich eine Stunde zu spät gekommen bin. Das nenne ich einen erfolgreichen Vormittag.

Ich bin schon fast aus der Tür, als Hunter mir nachruft: »Hast du nicht was vergessen?«

Das würde mich zwar überhaupt nicht wundern, aber ich habe Tasche, Handy, Teds Kaffee habe ich schon abgeliefert … »Oh! Mein Gürtel.« Ich stelle den Rucksack ab und mache eilig den Gürtel zu. »Danke. Sonst hätte es am Ende noch unangenehme Gerüchte gegeben.«

Hunter fixiert meine Tasche. Die finstere Miene ist wieder da. »Du hast hoffentlich keine *Elfen*kostüme mehr da drin.«

»Kaum zu glauben, dass mein Chef schon meine besten Stücke zu sehen bekommen hat.«

»Das war definitiv nicht mein Hauptaugenmerk an diesem Abend.«

Ich mache einen Schritt Richtung Tür, dann hält Hunter mich erneut auf.

»*Rush.*« Er tippt den Blumentopf auf dem Schreibtisch an. »Ich werde das nicht behalten.«

Mir bleibt der Mund offenstehen. »Also *ich* kann sie unmöglich nehmen.«

»Wieso nicht?«

»Das Ding ist viel zu pornografisch für ein Großraumbüro. Wenn die Leute erfahren, dass mein Chef mir Popo-Pflanzen geschenkt hat, könnten sie Fragen stellen.«

Er klatscht sich buchstäblich mit der Hand vor die Stirn.

Das nehme ich als Zeichen, mich aus dem Staub zu machen.

HUNTER

RUSH' Schreibtisch liegt direkt in meinem Blickfeld. Vermutlich ist das kein Zufall.

Und es mag für meine Vorgänger super gewesen sein, aber für mich ist es ein verdammter Albtraum. Jedes Mal, wenn ich den Blick hebe, sehe ich ihn – oder eben nicht, was häufiger der Fall ist. Rush zu beobachten erschöpft mich. Entweder hat er jemanden in ein Gespräch verwickelt, läuft beim Telefonieren auf und ab, kippelt in absolut nicht ergonomischer Position mit seinem Stuhl, oder er verschwindet gleich ganz aus dem Büro.

Er ist für mich eine solche Ablenkung, dass ich noch derjenige sein werde, der sein Pensum nicht schafft, wenn das so weitergeht.

Ich bemühe mich, ihn nicht mehr zu beobachten.

Autumn klopft. »Bin ich jetzt dran?«

»Aber ja.« Ich zeige auf den Besucherstuhl. »Ich wollte mit allen einzeln sprechen. Eure Meinung zu ein paar Themen hören.«

»Zum Beispiel?«, fragt sie interessiert und zieht sich den Stuhl heran, auf dem Rush sich gerade geräkelt hat.

»Arbeit. Wie gefällt es dir hier?«

Ihr kantiges Gesicht verzieht sich. »Es ist … gut.«

»Das ist kein Test. Ich vermute mal, dass du es nicht schlimm findest, denn du bist ja noch da, aber wenn es etwas geben würde, das es angenehmer für dich machen würde, bin ich ganz Ohr.«

»Wirklich?« Autumn wird sichtlich lebhafter. »Tja … also ich meine …«

»Sag es einfach.«

»Es wäre toll, wenn wir an den Feiertagen schmücken würden.«

»Welche Feiertage?«

»Alle?« Autumn denkt nach. »Besonders gern mag ich Halloween. Ich verkleide mich jedes Jahr, aber das macht sonst niemand, und am Ende fühle ich mich lächerlich. Ich will einfach Spaß haben und Süßigkeiten verteilen, aber die schauen mich nur an, als hätte ich sie nicht mehr alle. Das kann einem wirklich die Laune verderben.«

»Nun, ich kann natürlich nichts versprechen, aber mir gefällt die Idee.« Besonders, weil das eine gute Möglichkeit ist, das Team einzubinden. Vielleicht sogar, mehrere Teams zusammenzubringen. Um das Klima zu verbessern. »Sonst noch etwas?«

»Es wäre auch toll, wenn wir Geld für wohltätige Zwecke sammeln könnten. Ein paar Aktivitäten für die ganze Firma. Ein Kuchenverkauf zum Beispiel …« Je länger Autumn redet, desto fröhlicher wird sie, und ich merke, dass auch ich lächle. Sie ist die Jüngste hier, erst Anfang Zwanzig, aber es ist ganz deutlich, dass sie es toll findet, gefragt zu werden. Solche Leute wie Autumn sind für jedes Team wichtig.

»Du hast gute Ideen.«

»Ich schaue mir oft Videos online an«, sagt sie trocken.

»Gut zu wissen, was ich falsch mache.«

»Wir haben alle unsere Stärken, Bossman.«

Der Spitzname gefällt mir. »Ihr habt schon einige Abteilungsleiter durch, oder? Was glaubst du, woran das liegt?«

Autumn lacht, und ihre sternförmigen Ohrringe schwingen an ihrem Hals. »An Rush. Er ist so ein Chaot, aber ich mag ihn total. So ein gutes Herz. Ein echt seltsames Gehirn. Ich weiß, dass es nicht ganz einfach ist, mit ihm klarzukommen – dein Vorgänger zum Beispiel wollte ihn dazu zwingen, Medikamente zu nehmen, und hat gedroht, ihn zu entlassen, wenn er das nicht macht. Ich muss dir sicher nicht erklären, warum es keine gute Idee war, jemandem solchen Druck zu machen.«

Etwas an ihrem Tonfall macht mich neugierig. »Willst du mir damit etwas sagen, … oder mich warnen?«

»Das kannst du nehmen wie du willst. Wir sind alle etwas eigen, und das finde ich auch gut. Ich würde mir nie anmaßen, Eloise zu sagen, dass es irre ist, so oft bei ihrem Babysitter anzurufen, oder Gates zu bitten, nicht jeden einzelnen Anruf mit *Na, wenn das nicht mein Lieblingskunde ist!* anzunehmen, obwohl ich mir manchmal am liebsten Nadeln in die Augen stechen würde.«

»Verstanden.«

»Gut.«

Ich halte kurz inne. »Geht er wirklich *jedes* Mal so ans Telefon?«

»In den zwei Jahren, die ich jetzt hier arbeite, auf jeden Fall. Brauchst du sonst noch etwas?«

Ich schüttele den Kopf. »Wenn dir noch etwas einfällt, schreib mir eine E-Mail.«

Sie geht, und ich nehme spontan das Telefon, um Gates zum Gespräch hereinzubitten.

»Na wenn das nicht mein Lieblings-Chef ist.«

Ich muss all meine Willenskraft zusammennehmen, um nicht laut herauszuplatzen.

Ja. Manchmal ist dieser Job nicht die allerschlimmste Beschäftigung.

———

Ich bin früher zu Hause als mir lieb ist, obwohl ich länger bei der Arbeit geblieben und noch einen Drink in der Bar genommen habe. Zu Hause ist übrigens nicht wörtlich zu nehmen. In einem mittelmäßigen Hotel aus dem Koffer von meinen Ersparnissen zu leben ist nicht das, was ich mir vorgestellt hatte, als ich vom Leben in Seattle geträumt habe.

Das war Ian.

Sein Haus.

Als ich es zum ersten Mal sah, hatte ich sofort unsere gemeinsame Zukunft ganz klar vor Augen. Die saubere Straße am Stadtrand. Das ordentliche Haus. Die Kinder, die im Vorgarten spielen.

All die Männer, die er durch unser Bett gezogen hat.

Mit einem Schnaufen ziehe ich mich aus und gehe duschen, was mich hoffentlich auf andere Gedanken bringen wird. Rush hatte gesagt, da waren noch mehr. Den Eindruck hatte ich auch von Ian bekommen, aber das habe ich zu ignorieren versucht.

Ob es so viele waren, dass mein eigener verdammter Verlobter schon vergessen hat, dass ich existiere?

Ich schrubbe mich so fest ab, dass meine Haut ganz rot ist, als ich tropfend aus der Dusche trete. Ich kann nicht umhin, an all die Nachrichten zu denken, die er Rush geschickt hat. Ob Ian *ihn* vermisst? Wenn er andere hat, warum ist er dann so hartnäckig darauf aus, mit Rush in Kontakt zu treten?

Sicher, der Kerl ist total sexy, aber das gilt auch für viele, viele andere.

Das kann nicht das Einzige sein. Oder vielleicht doch, und Ian ist wirklich so oberflächlich.

Ich trockne mich ab, rubbele meine Haare trocken, bis sie in alle Richtungen abstehen, aber sobald mir meine Gesichtspflege einfällt, schiebe ich den Gedanken beiseite. So durchorganisiert bin ich nun auch wieder nicht, Rush, danke auch.

Ich muss lachen, weil er das irgendwie von mir zu denken scheint. Das ganze Hotelzimmer ist hinter mir im Spiegel zu sehen. Einfache weiße Bettwäsche, Schrank aus Pressspan, kleiner

Fernseher an der Wand. Passend für den Mieter, der sich *irgendwie durchschlägt*. Ich sehe fix und fertig aus, obwohl ich lächle. Meine Haare sind verstrubbelt, meine Wangen ganz fleckig vom Schrubben, und meine Augen sind so blutunterlaufen, dass das Braun schmutziger aussieht als normalerweise.

Langsam versehe ich, warum es Ian kein großes Kopfzerbrechen bereitet hat, auf mich zu verzichten.

Aus einem Impuls heraus greife ich zu meinem Handy und öffne die E-Mail-App. Mein Daumen schwebt über der letzten von Rush. Es ist nur eine Frage. Ich brauche nur eine schnelle Antwort, um meine Neugier zu befriedigen. Dann kann ich weitermachen mit dem Vergessen.

Ich fange an zu tippen, bevor ich es mir anders überlege.

Rush,

Ich habe mich zwar vorhin entschuldigt, aber gerade fällt mir auf, dass ich mich nicht dafür entschuldigt habe, dich in der Bar so grob angefasst zu haben. Also auch dafür: Tut mir leid. Zu hören, dass Ian dir nach wie vor schreibt, hat mein Ego angekratzt, denn ich war genau zwei Nachrichten wert, seither ist Funkstille. Du bist offenbar ein Typ, für den Männer sich ins Zeug legen. Und ich offenbar nicht.

Aber wenn ich so dasitze und versuche, mein Leben weiterzuleben, gehen mir diese Nachrichten nicht aus dem Kopf. Was zum Teufel hat er einen Monat später noch zu sagen? Wie kann er nur denken, dass du schwach werden und antworten würdest, wenn du es bisher nicht getan hast? Was will er erreichen? Und während ich das alles schreibe, wird mir auch klar, dass es mich nichts angeht.

Wenn ich sage, dass es schwer für mich ist, dich bei der Arbeit zu sehen, sind solche Gedanken der Grund. Ich werde uns beide immer vergleichen und mich fragen, was an mir zu wünschen übrig lässt.

So, das war also mein Seelenquark für heute, anscheinend bin ich jetzt an der Reihe mit den unangebrachten E-Mails. Ich weiß, ich sollte es löschen, kann mich aber nicht dazu durchringen. Ich möchte, dass du mich verstehst.

Hunter

Je öfter ich durchlese, was ich geschrieben habe, desto schneller schwindet mein Selbstbewusstsein, als würde es durch den Ausguss abfließen. Unangebracht ist wahrscheinlich noch untertrieben für diese E-Mail – zumal ich das alles splitterfasernackt geschrieben habe. Zum Glück weiß er das nicht.

»Verdammt ...« Ich lache stöhnend auf. Wer ist denn jetzt der Ordentliche, der alles auf der Kette hat?

Es sind noch so viele Stunden bis es Schlafenszeit ist, und ich weiß aus Erfahrung, dass in den nächsten paar Stunden noch nicht mal irgendwelche sinnlosen Fernsehserien laufen. Ich war schon so oft spazieren, dass ich alle Beton-Trottoirs und Backsteingebäude auswendig kenne, und ich bin in Gefahr, ins Leere starrend hier rumzusitzen, bis es Zeit wird, Essen zu bestellen.

Was für ein Leben.

Erst eine halbe Stunde und mehrmaliges Abrufen der E-Mails später wird mir etwas klar.

Mit einem Seufzer öffne ich die E-Mail-App.

Rush,

Vergiss, was ich zu Arbeitszeiten geschrieben habe. Du hattest mich in einem schlechten Moment erwischt.

• • •

Hunter

Als hätte ich ein Zauberwort ausgesprochen, schreibt er binnen Minuten zurück.

Hunter,

Danke für deine Entschuldigung. Die wiederholte. Sie war unnötig, aber ich weiß sie zu schätzen. Was die These angeht, dass ich jemand bin, für den man sich ins Zeug legt – ich wollte wirklich, das wäre so. In Wirklichkeit bin ich sehr leicht auszunutzen – darum bin ich auch nie darauf gekommen, dass es ein bisschen schräg ist, wenn jemand tagelang sein Handy ausstellt. Inzwischen ist mir klar, dass es verdächtig war, denn meine Freunde haben mir ein Alarmzeichen-Poster für Dummys gemacht, das jetzt in meinem Zimmer hängt.

Die Nachrichten gehen dich vielleicht nichts an, aber ich kann dir gerne die zeigen, die ich gelesen habe. Es waren nicht viele. Die ersten paar handelten davon, dass er mich vermisst und versucht, mich zurückzubekommen. Dann ein paar Schwanzfotos und ein paar Drohungen, dass ich ihn für immer verlieren werde. Eine an unserem Jahrestag, eine um Mitternacht zu Silvester. Molly hat mich dann Cold Turkey auf Entzug gesetzt und prüft öfter nach, ob ich die Nachrichten gelesen habe, bevor er sie durchgeht und löscht. Ich weiß nicht, was er in den letzten geschrieben hat und bin nicht neugierig genug, um nachzuschauen.

Was deine Situation angeht: Ich verstehe das, wirklich. Außerdem frage ich mich, wieso du mir um acht Uhr abends schreibst, obwohl du den ganzen Tag Zeit hattest, mit mir zu reden. Aber das ist wohl etwas, das man andere Leute nicht fragt.

Rush

. . .

P.S. Danke, dass du das mit den Zeiten klargestellt hast. Ich wollte das erst speichern und morgen schicken, aber so ist es viel klarer.

Ob Rush weiß, dass ich keine Ahnung habe, wer die Leute sind, von denen er spricht? Es sind drei? vier Menschen, die er inzwischen erwähnt hat. Sind das Freunde? Seine Familie? Ich lasse mich rücklings aufs Bett fallen und lege die Hände übers Gesicht. Warum mich dieses beiläufige Erwähnen von Leuten, die ihn offensichtlich sehr unterstützen, eigentlich so trifft? Ich habe meine Eltern. Meine Schwester. Freunde, die ich seit Jahren kenne.

Freunde, die sich nicht gemeldet haben, um nach mir zu hören.

Wieder droht die Einsamkeit, mich zu überwältigen, aber jetzt nehme ich mein Handy und lese Rush' E-Mail noch einmal, vor allem den letzten Absatz.

Rush,

warum ich dir um acht Uhr abends schreibe? Ich habe den Gedanken nachgegeben, die zu laut sind, um sie zu ignorieren. Kann sein, dass ich nicht so erwachsen bin und mitten im Leben stehe wie du zu glauben scheinst.

Hunter

Hunter,
laute Gedanken sind so ziemlich meine Spezialität. Versuche mal lila

Musik, oder Malen, oder recherchiere Ameisen. Ich habe auch eine Liste von Podcasts, von denen ich die ersten paar Episoden empfehlen kann, aber gerade bin ich auf einer Taco-Jagd, kann sie also erst später schicken.

Rush

Und wie jedes Mal, wenn ich eine E-Mail von ihm bekomme, schwirrt mir schon wieder der Kopf. Eine Taco-Jagd? Nur die ersten Episoden? Ich finde mich damit ab, erneut einen einsamen Abend zu verbringen, öffne die Musik-App, suche nach lila Musik, und drücke auf Play.

»Musik« ist offensichtlich ein weit gefasster Begriff.

Ich will schon wieder abschalten, aber dann beschließe ich, noch etwas länger zuzuhören.

Dann öffne ich Google. Mit einem Schmunzeln auf den Lippen tippe ich ein Wort ein.

Ameisen.

Was ist nur aus meinem Leben geworden?

KAPITEL ZEHN

RUSH

DER BLUMENTOPF auf meinem Schreibtisch gehört dort nicht hin.

Das weiß ich sofort, weil ich ihn nicht dort gelassen hatte, und als ich näherkomme, wird klar, dass es der ist, den ich gestern Hunter geschenkt habe. Mindestens zwanzig bunte Popos glotzen mich an.

Aus der Erde am Rand schaut ein Schildchen mit einem niedlichen, gezeichneten Strichmännchen.

Ich lese: *Ich fand es wichtig, dies zurückzugeben. S. Pott.*

Ich pruste so laut, dass ich es kaum unterdrücken kann.

Autumn schaut von ihrem Platz auf. »Was hast du denn da?«

»Eine Verbindung.«

Sie reißt die Augen auf. »Willst du dich vielleicht etwas leiser verbinden?«

»Du würdest das nicht verstehen.«

»Das tu ich doch nie.« Sie nimmt das Telefon ab und wirft mir einen Blick zu, der besagt *Du bist seltsam, aber ich mag dich trotzdem*, und ich gebe einen ähnlichen Blick zurück: *Ich finde dich noch viel seltsamer, aber ich mag dich auch.*

Dann wende ich mich dem Strichmännchen zu. Es gibt nämlich nur eine Person, von der es sein kann … glaube ich. Ich kann mich nicht erinnern, mit jemand anderem über diese Pflanze mit förmigen Blättern gesprochen zu haben, und es wäre doch ein komischer Zufall, wenn das ausgerechnet jetzt hier auftauchen würde, kurz nachdem wir darüber gesprochen hatten.

Außerdem, naja, *war* der Blumentopf ja in Hunters Büro.

Na sowas. Da habe ich innerhalb eines Tages das Upgrade von Feindseligkeit zu Kollegen, die Kalauer miteinander machen, geschafft.

Dass Kalauer wahre Freundschaft bedeuten, ist allgemein bekannt.

Kalauer im Plural, denn das Geschenk war für ihn, und ich werde es auch gleich wieder zurückgeben.

»Würdest du bitte endlich abnehmen?«, motzt der schlecht gelaunte Gates, während er betont über die Trennwand mein Telefon anschielt. Das ist möglicherweise das Letzte, was ich tun will, aber es ist immer noch besser, es hinter mich zu bringen, als Gates den ganzen Tag vor sich hin murren zu hören – dieses Murren bekommt seinem Hals bestimmt nicht.

Leider kommen nach dem einen Anruf noch weitere, und ich springe von Job zu Job, bringe Unterlagen auf den neuesten Stand, reiche Schadensforderungen ein und erneuere Laufzeiten für das nächste Jahr.

Die anderen gehen zum Mittagessen, aber ich schlinge nur am Schreibtisch ein Sandwich runter und mache weiter. Es ist einer dieser Tage, an denen ich keine Sekunde aufhöre, und ich merke erst am späten Nachmittag, dass ich so zerstreut bin, weil ich vergessen hatte, eine To-do-Liste zu schreiben, und dass der Popo-Blumentopf immer noch auf meinem Schreibtisch steht.

Ich lehne mich auf meinem Stuhl zurück und spähe in Richtung von Hunters Büro. Es ist leer.

Bingo.

Der perfekte Zeitpunkt, zuzuschlagen.

Mein Strichmännchen ist deutlich weniger niedlich als seines, dafür anatomisch korrekter, und ich bin selbst beeindruckt, wie gut mir die mürrische Miene und die Hände-am Thorax-Pose gelungen sind.

VersPOTTest du etwa mein Geschenk?

Dann schleiche ich im superunauffälligen Tarnmodus in sein Büro und stelle den Blumentopf zurück auf seinen Schreibtisch. Ich bin versucht, seinen Stift zu klauen, damit er nicht zurückschreiben kann, bin aber viel zu neugierig auf seine Antwort.

Ich zucke zusammen, als mein Handy in der Hosentasche summt.

Ich fische es heraus, aber sobald ich »Ian« auf dem Display sehe, kippt meine gute Laune schlagartig. Objektiv bin ich zwar fertig mit dem Typ, aber ganz tief im Inneren glaubt immer noch ein winziger Teil von mir, dass ich ihn wirklich geliebt habe. Er fehlt mir nicht, aber mir fehlt das glückliche Gefühl, einen festen Freund zu haben.

Ich *dachte* schließlich, ich hätte einen festen Freund.

»War er das?«

Ich zucke zusammen beim Klang von Hunters tiefer Stimme. Als ich mich umdrehe, lehnt er ganz lässig im Türrahmen. Er kann lange erzählen, dass er angeblich nicht so erwachsen ist und so weiter, aber mich schüchtert er ein. Das war schon an dem Abend so, als wir uns kennengelernt haben. Wie es einer Person möglich ist, so sexy *er selbst* zu sein, werde ich nie verstehen.

»Macht es dir Spaß, dich an andere anzuschleichen und sie fast zu Tode zu erschrecken?«

Ein kleines Schmunzeln. »Du bist in meinem Büro.«

Ach ja? Ich schaue mich um und in der Tat, es scheint, als hätte er Recht. Ians Nachricht hat mich aus dem Konzept gebracht, und ich brauche einen Moment, um mich zu sammeln.

»Mir fällt auf, dass du die Frage nicht beantwortet hast«, sagt er. »Also gehe ich davon aus, es ist ein Ja.«

»Es ist kein Ja. Ich weiß nur nicht, was ich antworten soll.«

»Das liegt bei dir.«

»Richtige Entscheidungen zu treffen ist nicht meine Stärke, also hilft es mir manchmal, wenn mir andere sagen, was sie erwarten. Dann kann ich entscheiden, ob ich den Erwartungen entsprechen will oder nicht.«

Hunter zieht die dunklen Brauen zusammen und mustert mich einen Moment. »Okay, dann … ich schätze, ich hatte gehofft, dass du bestätigst oder abstreitest, was ich gefragt hatte.«

»Und wie würdest du dich fühlen, wenn ich es bestätigen würde?«

»Wie vor den Kopf geschlagen«, antwortet er mit schmallippigem Lächeln. »Und erleichtert, wenn du es abstreiten würdest. Deiner Miene nach zu schließen wird das aber wohl nicht passieren.«

»Ich kann seinen Kontakt blockieren.«

Hunter mustert mich mit undurchdringlicher Miene. »Willst du seinen Kontakt blockieren?«

»Es ist kompliziert, denn das will ich tatsächlich, aber ich hatte mich daran gewöhnt, mit ihm zu Textnachrichten auszutauschen, und es fällt mir schwer, mir Dinge abzugewöhnen. Ich will ihm nicht schreiben, aber wenn ich die Option nicht mehr habe, fühle ich mich ganz panisch und komisch.«

»Okay.«

Etwas an seinem Ton passt mir nicht. Etwas bringt mich dazu, zu zappeln, während ich versuche, seinen Gesichtsausdruck zu deuten, wie immer, wenn Menschen etwas meinen, aber nicht aussprechen. »Missfällt dir das?«

»Ich … ich werde dir nicht sagen, was du tun sollst.«

»Du bist mein Chef. Das ist buchstäblich deine Aufgabe.«

»Nicht, was dein Privatleben angeht.«

Das wäre aber so viel einfacher. Einen Zauberer für mein

Privatleben zu haben, der mir überall hin folgt und mich darauf aufmerksam macht, wenn ich mich falsch verhalte, oder wenn ich spät dran bin, und der mich daran erinnert, zu essen und zum Sport zu gehen, und mich bei anderen zu melden.

»Wieso ist das eigentlich kein Job?«

Hunter antwortet nicht sofort. »Was denn?«

»Ein Lebens-Zauberer«.

»Meinst du einen Life Coach?«

»Nein, ich meine einen Zauberer. Denn wenn er *das* alles könnte, wäre es magisch.« Nie mehr angeschnauzt zu werden, weil man zu spät kommt? Keine ungehaltenen Freunde mehr, bei denen ich mich monatelang nicht mehr gemeldet habe? Nicht den gesamten Tag nicht zu merken, dass ich vergessen habe, etwas zu essen? Ja, dafür würde ich richtig Geld ausgeben. Geld, das ich gar nicht habe.

Aber hey. Es sieht so aus, als würde ich nicht rausfliegen, also kann ich vielleicht darauf sparen?

Ich entsperre das Handy, um mir eine Notiz zu machen, als mir die Vorschau auf Ians Nachricht ins Auge springt.

Kannst du bitte wenigstens–

Verdammt, das ist eine blöde Stelle, um abzubrechen. Der Satz könnte auf viel zu viele verschiedenen Arten enden.

Kannst du bitte wenigstens mit mir reden?

Kannst du bitte wenigstens eine Klippe runterfallen?

Beide Versionen haben vollkommen unterschiedliche Bedeutungen, und ich muss in mich hinein lachen bei dem Gedanken an Mollys Reaktion, falls Ian etwas Gemeines schriebe. Er würde es Xander erzählen, und dann müsste ich meinen bösen kleinen Kampfhund zurückpfeifen. Ich kann mir die garstigen Sachen, die er zu Ian sagen würde, kaum ausmalen – wenn er jemals Gelegenheit dazu bekommen würde.

»So gut, hm?«

Ich blicke auf, überrascht zu sehen, dass Hunter mich immer noch beobachtet.

»Äh …« Ich stopfe das Handy in die Hosentasche. »Nee. Alles in Ordnung hier.«

»Ja klar.« Der Mistkerl verdreht doch tatsächlich die Augen. »Tu mir bitte einen Gefallen: Wenn ihr wirklich wieder zusammenkommt, will ich nichts darüber hören.«

Fast hätte ich ihn angeknurrt. »Ich hab dir doch gesagt, dass das nicht passieren wird. Wir können das doch nicht immer wieder von vorne besprechen. Mir ist klar, dass wir beide uns nicht sehr nahestehen und uns kaum kennen, aber wir haben schließlich Kalauer gewechselt! Das mache ich nicht mit jedem *Dahergelaufenen*. Was hauptsächlich daran liegt, dass die meisten Leute Kalauer nicht mögen – aber ich hätte gedacht, dass es zumindest eine freundliche Basis ist. Und Freunde lügen ihre Freunde nicht an.«

»Freunde lügen sich die ganze Zeit an.«

Ich lege mein Gesicht in Falten. »Was hast du denn für Freunde?«

»Ganz normale.«

Wenn das die Menschen sind, auf die Hunter in seinem bisherigen Leben gebaut hat, dann ist es kein Wunder, dass er zynisch geworden ist. Aber das ist schon okay. Vielleicht muss er doch mal meine Freunde kennenlernen. Um ein bisschen Abwechslung in sein Leben bringen.

Hunter reibt sich mit der großen Hand übers Gesicht. »Ich glaube, ich kann nicht loslassen, weil er glaubt, er ist damit durchgekommen, verstehst du? Es gab keine Konsequenzen, außer mich zu verlieren, und seiner Reaktion nach zu schließen war das in seinen Augen kein großer Verlust. Während ich also jeden Abend im Hotel sitze und Trübsal blase, ist er …«

»Im Hotel?«

Er winkt ab, als sei das unwichtig, aber wie lange wohnt er denn da schon? Hotels sind ganz nett im Urlaub, aber nicht langfristig. Was, wenn es Bettwanzen gibt? Oder Zimmernachbarn, die gleich nebenan lauten Sex haben? »Ich meine–«

»Ich hatte doch *vorgeschlagen*, dass wir uns zusammentun sollten, um es ihm heimzuzahlen. Das war kein Witz.«

Seinen fast komischen Gesichtsausdruck kann ich gar nicht deuten. »Was willst du machen? Sein Haus mit Eiern bewerfen oder so?«

Ich zucke die Achseln. »Nicht mein Spezialgebiet, aber ein paar meiner Mitbewohner sind echt nachtragend. Sie hätten bestimmt ausgefallene Ideen.«

»Deine Mitbewohner?«

»Genau.«

»Dieser Jacke-mit-Spermaflecken-Xander ist einer davon?«

»In der Tat.«

»Und die willst du um Hilfe bitten?«

»Warum denn nicht?«

Hunter mustert mich, ich mustere ihn, und so stehen wir eine Weile da und sehen uns nachdenklich an.

Ich warte, bis er gedanklich aufholt.

Tut er aber nicht.

»Also … Rache? Ja oder nein?«

»Es kommt mir so … drastisch vor.«

»Drastischer als hinter dem Rücken des eigenen Verlobten mehrere Typen zu vögeln?«

Hunter beißt die Zähne zusammen. Seine Miene ist plötzlich wütend. Es erinnert mich an den Abend, als wir uns zum ersten Mal begegnet sind. Damals sah er aus wie ein Titan, der kurz davor ist, Tod und Verwüstung anzurichten. »Da ist was dran.«

»Du kannst mir ja noch Bescheid sagen. Ich muss jetzt an mein Telefon, bevor Gates mir noch seine falschen Zähne entgegen spuckt.«

»Er hat falsche Zähne?«

»Haben das nicht alle über Vierzig?«

»Noch nicht mal ansatzweise.« Hunter sieht so angespannt aus, dass mir klar wird: Ich habe keine Ahnung, wie alt er eigentlich ist.

»Moment mal. Bist *du* über Vierzig?«

Hunter schnappt nach Luft und fällt fast vom Türrahmen ab. »Ich bin einunddreißig, Arschloch.«

»Ah. So gut wie also.«

Er wirft die Hände nach oben. »Geh an dein Telefon.«

»Klingelt es denn?«

Schnaufend packt Hunter mich am Arm und schiebt mich aus seinem Büro. Ich bin nicht auf den Blickkontakt gefasst. Als er mich aus dunklen Augen anschaut, vergesse ich, den Blick abzuwenden, vergesse, was er gesagt hat, und ob ich kommen oder gehen soll. In seinen Augenwinkeln erscheinen winzige Fältchen, dann schließt er die Tür zwischen uns.

Ich muss mich buchstäblich schütteln. Was war *das* denn?

Als ich wieder an meinem Schreibtisch ankomme, lächle ich und verschränke die Hände hinter dem Kopf. Ich warte, bis das Telefon aufhört zu läuten, dann ziehe ich den kleinen Stecker an der Rückseite des Gerätes und genieße den Luxus der Stille.

Das Büro ist nicht ideal für mich, wenn ich reizüberflutet bin, und heute war das reinste Chaos, also hole ich die Noise-canceling-Kopfhörer aus der Schublade und lehne mich wieder zurück, wobei ich versuche, in Hunters Büro zu spähen.

Unsere Blicke treffen sich, und er schüttelt kurz den Kopf, bevor er sich wieder seinem Computer zuwendet.

Das Chatfenster des Intranets geht auf meinem Monitor auf.

Hunter: *Jetzt weiß ich, was du mit »Kalauer gewechselt« gemeint hast.*

Ich: *Hast du den Ausdruck nachgeschlagen?*

Hunter: *Ich hätte einfach nicht gedacht, dass du so kackfrech mit dieser bekloppten Pflanze Bumerang spielen würdest.*

Ich: *Jetzt brichst du mir wirklich das Herz. Ich habe mir eine Menge Gedanken zu dem Geschenk gemacht.*

Hunter: *Netter Versuch, aber du hattest mir schon erzählt, dass du es aus einer Laune heraus gekauft hast.*

Ich: *Es ist nicht einfach, anderen ein schlechtes Gewissen zu machen, wenn man sich die Hälfte der Zeit nicht mehr daran erinnert, was man gesagt hat.*

Hunter: *Das klingt doch nach einer guten Eigenschaft.*

Ich: *Ja, weil du es jetzt gegen mich verwenden kannst. Viel Spaß mit dem Geschenk. Es gehört dir.*

Hunter: *Es lenkt mich ab.*

Ich: *Es ist eine Pflanze! Was ist denn das Problem?*

Hunter: *Das Problem ist, dass ich auf Ärsche stehe ;)*

Ich starre die Worte an und warte darauf, dass sie sich zur richtigen Antwort formieren. Aber sie bleiben so stehen. Starren mich an. Verspotten mich. Denn … das war ein Witz. Er macht Scherze mit mir. Der Hunter, der mich eingeschüchtert hat, ist plötzlich nicht mehr ganz so einschüchternd.

Und ich habe einen *richtig guten* Arsch.

HUNTER

KEINE AHNUNG, welche Schraube in meinem Oberstübchen sich gelockert hat, als ich dem hier zugestimmt habe. Jetzt stehe ich mit dem Auto in einer ruhigen Straße vor einem viktorianischen Wohnhaus hinter ein paar verwilderten Bäumen, und versuche, mich zum Aussteigen durchzuringen. Da drin warten Rush und all seine Mitbewohner auf mich.

Das läuft garantiert irgendeiner Verbrüderungs-Regel bei der Arbeit zuwider.

Andererseits gilt das wahrscheinlich auch für unsere ganzen E-Mails.

Wir hatten gestern Abend noch weitergeschrieben. Mir ist zwar klar, dass ich diesem Austausch ein Ende machen sollte, aber ich kann nicht aufhören, an seine Nachrichten zu denken, egal wie oft ich das Handy weglege, ohne zu antworten. Ich muss einsamer sein als ich dachte, und der E-Mail-Verkehr mit Rush hilft, diese Leere zu füllen.

Vielleicht ist das eine der Situationen, in denen Menschen, die beide ein Trauma erlebt haben, sich anfreunden. Kann man es wirklich als Trauma bezeichnen, den Betthasen meines Verlobten halb nackt vor unserer Haustür vorzufinden? Angenehm war es jedenfalls nicht.

Vielleicht sind geteilte unangenehme Erfahrungen auch ein Ding.

Was immer es auch ist – wenn ich an Rush denke, geht es darüber hinaus, dass er ein Mitarbeiter ist, dessen Chef ich zu sein habe.

Im Fenster, das man durch die Bäume sehen kann, taucht ein Gesicht auf. Ich bin entdeckt worden. Ich kann also noch nicht mal verschwinden und so tun als hätte ich mich verfahren und die Adresse nicht gefunden.

Also steige ich aus und laufe den Pfad entlang zum Haus. Ich spüre, wie sich meine Schultern verspannen. Was Rush' Freunde wohl denken werden? Was hat er ihnen eigentlich von mir erzählt? Bin ich in dieser Situation der Arsch? Ob sie es komisch finden, dass sein Vorgesetzter einen privaten Besuch macht, um einen Racheplan für unseren *gemeinsamen* Ex zu schmieden?

Ach, egal, jetzt bin ich hier.

Jetzt heißt es Selbstvertrauen vortäuschen, um durchzukommen. Wenn mich alle hassen sollten, werde ich die Tür schon finden. Ich habe nichts falsch gemacht, aber ich weiß aus eigener Erfahrung, dass das einen Scheiß bedeutet, wenn man unbedingt einen Schuldigen finden will.

Ich hatte Rush die Schuld gegeben; es gibt keinen Grund anzunehmen, dass seine Freunde nicht mich in der Rolle sehen werden.

Aber die Vorstellung gefällt mir nicht recht. Ein kleiner Teil von mir wünscht sich sogar, von diesen Männern gemocht zu werden. Abgesehen von meiner Schwester Audrey, die ich zwar liebe, aber nicht wirklich zu meinen Freunden zähle, habe ich niemanden in Seattle, und ich will nicht gleich die ersten Menschen verprellen, die ich kennenlerne.

Mit den Händen in den Hosentaschen laufe ich die Treppe zur

Eingangstür hoch. Neben der weiß lackierten Tür prangt eine Plakette, auf der *Big-Boned Bertha* steht, und als ich gerade klopfen will, wird die Tür schon aufgerissen.

Ich habe den kleinen Mann mit blauen Haaren kaum registriert, als er sich mir schon in die Arme wirft.

»Es tut mir so, so leid! Ian ist ein ganz mieser Typ, der zur Hölle fahren kann dafür, was er euch beiden angetan hat. Wenn ich ihn jemals sehe, reiße ich ihm die Eier durch die Kehle ab und teebeutele ihn dann damit.« Der Klammergriff wird fester, während ich mühsam meine Hände aus den Taschen ziehe und sie sanft auf seinen Rücken lege. Keine Ahnung, was hier passiert, aber es ist gar nicht so übel.

Dann schnuppert er an meinem Kragen. Und nochmal. »Du riechst in echt genauso gut.«

Ah. Ich lehne mich etwas zurück. »Xander?«

Er beginnt, übers ganze Gesicht zu strahlen. »Rush hat über mich gesprochen?«

Und es mag vielleicht böse sein und mir keine Freunde einbringen, aber ich kann mich nicht bremsen, zu sticheln. »Er sagte, dir hat meine Jacke gefallen.«

Xander löst sich von mir. »Da ist sie also gelandet.«

»Ich freue mich, dass du meinen Geschmack zu schätzen weißt.« Dann wird mir klar, was ich gesagt habe, und ich beeile mich, hinzuzufügen: »Was Kleidung betrifft!«

Xander lacht, nimmt meine Hand und zieht mich ins Haus. Dieser ganze Körperkontakt überrascht mich etwas. Es ist nicht unbedingt schlimm. Nur anders. »*Du* bist also Rush' Chef?«

»Genau genommen ja.«

»Genau genommen?«

»Ich habe gerade erst in der Firma angefangen, und dank der Art und Weise, wie Rush und ich uns kennengelernt haben ... habe ich ... kann ich diese Dynamik noch nicht ganz verinnerlichen.«

Mit einem Augenaufschlag bemerkt Xander: »Also mich dürftest du jederzeit rumkommandieren.«

Das bringt mich dann doch etwas aus dem Konzept.

»Pfoten weg von ihm, Z«, sagt ein großer Mann mit dunkelroten Haaren, der gerade in die Diele tritt. Xander lässt schmollend meine Hand los, dann findet eine Art stummer Blickwechsel statt, worauf Xander mit verschränkten Armen in den Raum verschwindet, aus dem der Rotschopf gerade kam.

»Ich entschuldige mich für ihn.«

»Schon gut.«

Der Rotschopf verschwindet auch wieder. Ich höre jemanden die Treppe herunter gedonnert kommen, und dann klingt es, als sei die Person auf der Treppe gestürzt.

Und als ich nach oben laufe, um nachzusehen, stellt sich heraus, dass genau das passiert ist.

»Jesses, Rush!«

Er blinzelt von den letzten paar Stufen, auf denen er liegt, zu mir hoch. Sein Shirt hat er von vorne nach hinten an, und seine beiden Beine stecken auf derselben Seite seiner Sweatpants. »Äh … hi …«

Ich beuge mich hinunter und helfe ihm, sich hinzusetzen. »Alles okay? Du hast dir nicht den Kopf gestoßen, oder?«

Ich taste unter seine Haare, aber Rush hält mich an den Handgelenken zurück. »Mir geht's gut. Wahrscheinlich habe ich ein paar Prellungen abbekommen, aber das kommt vor. Ich bin hier noch nicht mal der Tolpatschigste.« Er lacht, während er nach seinen Sweatpants tastet.

Mir bleibt nur zuzusehen, während er ein Bein herauszieht, was ein ellenlanges Stück behaarten Oberschenkel und eine respektable Beule in der Unterhose zur Schau stellt, dann schiebt er das Bein wieder in die Sweatpants, dieses Mal richtig, und der schöne Ausblick ist weg.

Ich räuspere mich und zwinge mich, an die Wand zu schauen.

»Hat es einen bestimmten Grund, dass du nur halb bekleidet bist?«

»Ich hatte die Zeit vergessen, bis ich dich kommen gehört habe. Soviel ich weiß, gehört es sich, Menschen einander vorzustellen, aber da du schon drin bist, nehme ich an, dass du bereits jemanden getroffen hast. Es sei denn, du bist einfach reingekommen, was ziemlich dreist, aber für mich okay wäre.«

»Ich habe Xander getroffen.«

»Oh nein. Hat er versucht, dich zu Sex zu nötigen?«

Mir fällt die Kinnlade herunter, und ich überlege, wie ich das am besten beantworten soll. »Er sagte, ich rieche gut, aber das war auch schon das Übergriffigste.«

»Oh gut, er lernt also dazu. Lass uns gehen.«

»Wohin?«

»Ins Wohnzimmer. Da finden bei uns alle wichtigen Besprechungen statt.«

»Und das hier ist eine wichtige Besprechung?«

»Natürlich.« Er schenkt mir eines seiner strahlenden Lächeln.

Und das ist genau der Grund, warum ich es schwer finde, ihn zu ignorieren und ihn genau so zu behandeln wie alle anderen Mitarbeiter. Er ist absolut unmöglich. So ... unschuldig. Fröhlich. Und verdammt naiv. Mir wird immer klarer, warum Ian so leichtes Spiel mit ihm hatte, und warum Rush nicht gemerkt hat, dass er belogen und betrogen wurde.

Ich in einer anderen Stadt, Rush zerstreut und unkonzentriert – wir waren die perfekten Opfer. Ich frage mich, was er bei den anderen Männern gesucht hat.

Ich schüttele es ab, bevor es mir die Laune verderben kann. Für Rachepläne muss man wütend sein, nicht traurig. Aber bevor wir ins Wohnzimmer treten, hält Rush inne, dreht sich zu mir um und legt mir die Fingerspitzen auf die Brust. Die Berührung ist so unerwartet, dass ich einen Moment brauche, zu realisieren, dass er etwas gesagt hat.

»Wie bitte?«

»Ich wollte nur nachfragen, ob du immer noch einverstanden bist. Es ist ein bisschen komisch, dich hier zu haben. Und ich möchte nicht, dass du meine Freunde später verurteilst, denn es kann gut sein, dass es gleich schräg wird. Gib ihnen eine Chance. Sie haben alle das Herz am rechten Fleck.« Rush klingt leicht heiser, aber seine Worte kommen ehrlich und von Herzen. Seine grün-braunen Augen tanzen im schummerigen Licht der Diele.

»Moment mal. Du glaubst, ich würde *sie* verurteilen?«

»Na logisch. Wir sind nicht so wie du.«

Wie ich. Verdammt nochmal. Am liebsten würde ich mit dem Kopf an die Wand rennen, um ihm deutlich zu machen, dass ich keineswegs alles unter Kontrolle habe, wie er offensichtlich denkt. »Ich bin den ganzen Vormittag schon nervös, weil ich damit gerechnet habe, von ihnen verurteilt zu werden.«

»Ehrlich?«

»Ja. Ich hätte natürlich gern, dass sie mich mögen.«

»Aber wieso? Du siehst sie nach heute vielleicht nie wieder.«

Tja, genau das ist die Frage. Warum mache ich mir überhaupt Gedanken darüber, was dieses Grüppchen Unbekannter von mir hält? Ich fühle mich sonst in sozialen Situationen meist ganz wohl, aber nach meinem Umzug hierher hat mein Selbstbewusstsein einen ziemlichen Dämpfer bekommen. Der Typ mit dem sicheren Job und der stabilen Beziehung zu sein hat mir geholfen, die Rolle des perfekten Familienmenschen anzunehmen. Und ohne die habe ich glaube ich eine Identitätskrise.

Ich stehe in einem Haus mit meinem Mitarbeiter, der meinen Ex gevögelt hat, verdammt nochmal.

Ich fahre mit den Händen durch meine perfekt gestylten Haare und ignoriere den Impuls, sie wieder zu glätten.

»Können wir es einfach hinter uns bringen?«

Rush lacht und zupft an einer Haarsträhne, die mir ins Gesicht gefallen ist. »Du wirst noch so aussehen wie ich, wenn du nicht aufpasst.«

Damit dreht er sich um und geht voraus. Ich mustere ihn. Die wirren blonden Locken am Oberkopf, seine gebräunte, schlanke Gestalt, und … Jesses. Rush hat einen klasse Hintern. Der in diesen Sweatpants voll zur Geltung kommt.

Ja. So werde ich nie aussehen.

»Hallo, alle«, sagt er beim Eintreten. »Das ist der Hunter. Hunter, das sind die anderen.«

Alle anderen stellt sich als Oberbegriff für sechs Männer heraus, die uns aufmerksam beobachten.

Eine Runde Hallos, und ich sehe Rush mit erhobenen Brauen an. »Der Hunter? Als ob ich eine Sagengestalt wäre oder so?«

»Ich weiß, das soll ein Scherz sein, aber es ist wirklich so. Ich glaube, du unterschätzt, wie viel ich von dir spreche.«

Da Rush in den letzten Tagen vermutlich wenig Positives über mich zu sagen hatte, erfüllt mich das nicht gerade mit Selbstvertrauen. »Okay, aber um das klarzustellen: Ich habe mich schon für mein arschiges Verhalten entschuldigt.«

»Du warst gemein zu Rush?«, knurrt der Rotschopf.

»Reg dich ab, Seven«, sagt ein Kerl mit braunen Locken und großen Augen, während er ihm eine Hand aufs Bein legt. »Ich bin sicher, der Hunter hat eine gute Erklärung dafür, warum er zu jemandem wie Rush arschig war.«

»Es ist so. Ich war wütend über das, was passiert war, und über die Art und Weise, wie ich es erfahren habe. Es war zwar fehl am Platz, aber an dem Abend, an dem wir uns getroffen haben, war ich etwas Scheiße zu ihm.«

Seven runzelt die Stirn. »Hast du ihm nicht einen Fahrdienst bestellt?«

»Und hast du ihm nicht deine Jacke gegeben?«, fügt Xander boshaft hinzu.

»Ja, aber ich war arschig dabei.«

Sie wechseln Blicke, dann lacht Rush. »Ich habe ihnen erzählt, dass du freundlich warst.«

»Ich … das war nicht …«

Ein blonder Mann mit britischem Akzent mischt sich ein: »Du

hast sichergestellt, dass Rush okay war, trotz deiner eigenen Gefühle. Das ist in meinen Augen ein Zeichen für Anstand.«

Ich bin Lob nicht so recht gewöhnt, schon gar nicht von Fremden. Er kann es sehen wie er will – ich war wütend auf Rush, weil er mein Mitgefühl geweckt hat, obwohl ich ihn in dem Moment einfach nur loswerden wollte. Am besten für immer.

Aber das klingt nicht nach etwas, das man den Freunden dieser Person auf die Nase bindet.

»Wie dem auch sei«, sage ich, während ich mich neben Rush setze. »Ich bin jetzt darüber hinweg. Mehr oder weniger. Und darum sind wir hier.«

Seven lächelt auf beängstigende Weise. »Rache.«

»Ja. Das.«

Rush zieht ein Knie an die Brust und schlägt das andere Bein über die Armlehne, was ihn näher zu mir rücken lässt. »Okay. Wer hat Ideen, wie das am besten geht?«

Xander hebt sofort die Hand. »Ist es nicht offensichtlich? Als Rache dafür, dass er hinter eurem Rücken mit euch beiden gepoppt hat, müsst jetzt ihr beide poppen.«

KAPITEL ZWÖLF

RUSH

HUNTER UND ICH? Na, auf diesen Gedanken war ich tatsächlich noch nicht gekommen. Eigentlich überraschend, wenn man bedenkt, wie sexy Hunter ist – aber angesichts unserer ersten Begegnung hat mein Gehirn ihn wohl eher nicht mit Sex assoziiert.

Eine Strafe wäre es sicher kaum. Vor allem, weil er mich inzwischen nicht mehr zu hassen scheint. Das würde es auf jeden Fall einfacher machen.

»Aber wie würde das überhaupt funktionieren?«, frage ich. »Er müsste ja davon erfahren.«

»Ihr könntet euch filmen«, schlägt Christian vor.

»Aber nur, wenn beide einverstanden sind«, beeilt sich Seven zu bemerken. »Ihr solltet nichts tun, das ihr später bereut.«

Ich deute auf Hunter. »Würdet *ihr* es bereuen, mit diesem Mann in die Kiste zu gehen?«

»Ich nicht«, sagt Madden. »Und du?«

»Na ja, wir arbeiten zusammen, es könnte danach kompliziert werden.«

Hunter fährt herum und schaut mich an. »Das ist das einzige Problem, das du mit diesem Plan hättest?«

Was denn sonst? Ich verziehe mein Gesicht und denke nach. Ich nehme an, es könnte sein, dass es Ian egal wäre, aber da er mir noch so oft schreibt, würde es sein Ego wenigstens ein bisschen ankratzen. Er war mit Hunter verlobt, und hat mich ein Jahr lang an der Nase herumgeführt; wenn er einfach Sex mit einer beliebigen Person gewollt hätte, hätte er sich nicht die Mühe machen müssen. Zum Glück haben wir immer Kondome benutzt! Oh. Vielleicht ist es das?

»Ich habe Kondome, falls es das ist, was dir Sorgen macht.«

»Kondome ...« Er sieht aus, als würde er gleich loslachen, aber er unterdrückt es. »Die reden davon, dass wir beide Sex haben sollen. Miteinander.«

»Ich weiß. Hatte ich mitbekommen.«

»Du ...« Er mustert mich von Kopf bis Fuß, dann sieht er mich direkt an. »Du würdest also mit mir schlafen?«

»Hast du in letzter Zeit mal in den Spiegel geguckt? Das kann doch keine allzu große Überraschung sein.«

»Nein, es ist ... es ist nicht ...«

»Du meinst, dass es peinlich werden könnte? Ich dachte, das hätten wir hinter uns gelassen. Wir sind Freunde, oder etwa nicht?«

»So weit würde ich glaube ich nicht gehen.«

»Aber–«

Er legt seine große Hand auf das Knie, das ich umschlungen halte, und ich muss fast schielen, um hinzuschauen. Diese Hände auf mir zu haben? Ja, bitte. Und ich sollte wohl aufhören, mir das weiter auszumalen, da ich es für eine schlaue Idee gehalten habe, heute Sweatpants zu tragen.

»Irgendwelche anderen Ideen?«, fragt Hunter. »Bei denen wir uns nicht prostituieren müssen?«

Xander knurrt. »Meine Idee hätte funktioniert.«

»Aber sicher«, bestätigt Madden. Dankenswerterweise hat er

die Regel beherzigt, die besagt, dass er Klamotten anhaben muss, wenn Besuch kommt, auch wenn er nur lockere Shorts trägt, durch die man ihm aus bestimmten Winkeln bis ins Gehirn gucken könnte. »Wenn der Hunter unseren Jungen nicht vögeln will, ist das seine Sache. Wenn man mich fragt, entgeht ihm da etwas, aber–«

Den Rest höre ich nicht mehr, denn ich bleibe daran hängen, dass Hunter mich nicht vögeln will. Bin ich nicht sexy genug? Glaubt er nicht, dass ich der Champion aller Schwanzlutscher bin? Ian hatte schon seine Gründe, ihn mit mir zu betrügen, verdammt.

»Entschuldigung«, sage ich scharf. »Ich bin ein verdammter Star im Bett.«

Alle schweigen, als Madden unterbrochen wird.

Um Hunters Mundwinkel zuckt es. »Wie bitte?«

»Ich sage ja nur – es gibt niemanden, den du besser zum Schein vögeln könntest als mich.«

»Zum Schein?«

»Na ja, *schon* in echt, aber die Gründe wären zum Schein.«

Er starrt mich eine Weile an. Das macht er recht oft. Anscheinend nimmt Hunter sich Zeit, nachzudenken, statt einfach alles zu sagen, was ihm gerade in den Sinn kommt. »Ich werde niemanden aus Rache vögeln.«

Xander lacht boshaft. »Du hast aber nicht gesagt, dass du Rush nicht vögeln würdest, stimmt's?«

»Können wir das jetzt mal abschließen?«, fragt Hunter seufzend.

»Einen Moment«, sagt Émile. Dank seines Akzents klingt er feiner als wir anderen, also wird Hunter vielleicht auf ihn hören. »An der Ausführung fehlt es zwar, aber ich denke, Xander hat nicht unrecht. Ian klingt wie ein Narzisst. Rush war sein Gespiele, und im Geiste hat er Hunter eins ausgewischt, indem er sich Rush nebenher gehalten hat. Es klingt, als hätte er das Gefühl gehabt, Hunter unterlegen zu sein, wie das wohl den meisten von uns neben einem solchen eins neunzig großen König ergehen würde. Er hat sich also bewiesen, dass er begehrenswert war. Rush gehörte ihm. Gebunden an seine Manneskraft. Zu erfahren, dass Hunter ihm sein Spielzeug weggenommen hat, wäre ein schwerer Schlag für ihn. Und, um ganz ehrlich zu sein, hättet ihr sicher beide euren Spaß dabei.«

»Ich hatte doch *gerade* gesagt–«, setzt Hunter an, aber Émile fällt ihm ins Wort.

»Ich sage nicht, dass ihr Sex haben sollt. So weit müsstet ihr glaube ich gar nicht gehen. Aber wie wäre es mit Küssen? Oder auch nur zum Schein Küssen. Ihr müsstet nur ein Foto haben, das ihr ihm schicken könnt. Es kann sogar mit geschlossenen Lippen sein und so weiter.«

Hunter wendet sich zu mir um. Seine Miene ist finster. »Ich dachte, du hast gesagt, sie würden gute Ideen haben.«

»Nein, ich bin sicher, dass ich ausgefallene Ideen gesagt habe. Und bisher übertrifft das alles meine Erwartungen.«

»Und meine erst. Fällt irgendjemandem etwas ein, das nicht erfordert, dass Rush und ich Körperflüssigkeiten austauschen?«

Das Schweigen ist ohrenbetäubend.

»Vielleicht sollten wir wirklich sein Haus mit Eiern bewerfen.« Was bleibt uns denn noch groß übrig?

Hunter stöhnt auf und rauft sich erneut die Haare, was sie noch mehr verstrubbelt. Mir gefällt's. Der Kontrast zwischen dem zugeknöpften Arbeits-Hunter und dem T-Shirt-und-Jeans-Hunter. Es ist aber ein bisschen enttäuschend, dass er keinen Sex möchte, denn ich hätte nichts dagegen gehabt, diese Baumstamm-Oberschenkel mit der Zunge zu erkunden.

Aber es ist schon okay. Wir müssen ja noch miteinander arbeiten.

Meine Freunde werfen noch ein paar Ideen in den Raum, und Molly macht Gesprächsnotizen. Ich versuche so zu tun, als wäre ich interessiert und würde mich beteiligen, aber manche Sachen sind eher Streiche auf College-Niveau, und ich kann mir kaum vorstellen, dass Hunter an so etwas Interesse hätte.

Wir wollten Rache.

Wir haben einen guten Plan.

Aber wenn Hunter mich nicht begehrenswert findet, werde ich nicht darauf bestehen; sexuelle Anziehung kann man nicht erzwingen.

Gefühlt eine Sekunde später reckt er die Arme über den Kopf. »Tja, vielen Dank dann. Ich denke, da sind ein paar gute Ideen zusammengekommen.«

»Moment, willst du schon gehen?«

Er wendet sich mit einem kleinen Lächeln zu mir um. »Wir sind schon über eine Stunde dabei.«

»*Wirklich?*«

Das Lächeln wird breiter. »Die Zeit vergeht wie im Flug, wenn man Rachepläne schmiedet.«

Und das mag ja sein, aber ich bin noch nicht bereit, ihn gehen zu lassen. Ich war den ganzen Vormittag so abgelenkt wegen meiner Freunde, und wie sich das alles vermischen würde, und jetzt ist er hier … ich bin ärgerlich, dass wir keinen Moment allein waren. Abgesehen davon, dass er mich beim Treppe Runterpurzeln ertappt hat, und halbnackte peinliche Momente zähle ich nicht mit in unserem Verhältnis zueinander. Auch wenn es im Grunde damit begonnen hat.

»Willst du gehen, weil du genug von diesem Gespräch hast, oder weil du etwas vorhast?«

Hunter mustert mich neugierig. »Warum? Was hattest du denn vor?«

Eigentlich nichts. Ich weiß nur, dass ich nicht will, dass Hunter schon geht. Es ist Samstagvormittag, wir müssen erst Montag wieder arbeiten, und die E-Mails sind ja gut und schön, aber mir macht es mehr Spaß, von Angesicht zu Angesicht zu kommunizieren als mit einem Bildschirm. Ich will mehr davon.

Wir könnten Kismet aufstöbern und schauen, ob er mehr

Glück hat, von dem kleinen Fellknäuel gemocht zu werden als wir anderen. Oder wir könnten Nackt-Yoga mit Madden machen. Etwas zu Mittag essen gehen? Ich kaue an meiner Unterlippe, während ich in Windeseile Ideen habe und sie wieder verwerfe.

Dann fällt mir mein Atelier ein. Es ist nichts Besonderes, und er wird vielleicht verwirrt sein, aber es ist etwas, worüber ich viel weiß, und es wird uns Gesprächsstoff geben. Nur wir beide. Vielleicht wird er dabei etwas auftauen.

»Du magst Klamotten.«

Er schaut sich um, dann landet sein Blick wieder auf mir. »Ja, schon ...«

»Folge mir.« Ich springe auf und spüre, wie Hunter mir folgt. »Danke für eure Hilfe, Jungs!«

»Möchtest du die Liste?«, fragt Molly, der sie hochhält, und ich zupfe sie ihm im Vorbeilaufen aus der Hand. Das wird sicher praktisch sein, falls ich später etwas anzünden will. Ians Haus mit Klopapier dekorieren? Einen Dildo im Baseballschlägergröße in sein Büro schicken lassen? So ein Quatsch. Den würde er wahrscheinlich aus Trotz sogar benutzen, um uns zu ärgern.

Wir steigen die Treppe hoch und gehen den Flur entlang, bis wir das Hinterzimmer erreicht haben, in dem ich mein Atelier habe. Das Zimmer hat hohe Decken und lange Fenster, durch die das Nachmittagslicht hereinfällt, was alles in ein altrosa Licht taucht. Hier reinzukommen ist wie Aufatmen, nachdem man sich zu lange in einer stickigen Kammer aufgehalten hat. Ich liebe diesen Raum.

»Was ist das?«, fragt Hunter mit seiner tiefen Stimme, die in der Stille vibriert.

»Mein sicherer Ort.«

»Sicher?«

Ich trete an den Arbeitstisch und streiche mit den Händen über den Stoff, den ich dort liegenlassen habe. »Manchmal ziehe ich mich hierher zurück. Wenn meine Gedanken mir zu viel werden. Oder die Welt zu hektisch. Es ist ruhig, und die anderen wissen, dass ich Abstand brauche, wenn ich hier bin. Wir haben alle unsere Bewältigungsstrategien. Christian die Decken-Burritos. Seven das nächtliche Abtauchen ins Internet.«

»Ich weiß nicht, was das bedeutet.«

»Musst du auch nicht. Wir verstehen es. Wir alle. Sie sind meine Familie, und ich hoffe wirklich, du findest sie nicht zum Davonlaufen, denn ich liebe sie mehr als ich sagen kann, auch wenn ich sie nicht immer verstehe.«

»Toll, dass du so etwas hast.«

»Ja?«

Hunter nickt. Er hat die Hände in die Hosentaschen geschoben und schlendert zu dem Anzug an der Schneiderpuppe, den ich schon halb aufgegeben habe. »Keiner meiner Freunde hat sich bei mir gemeldet, seit ich hier bin.«

»Hast du dich denn gemeldet?«

»Sie sind nicht diejenigen, die durch die Hölle gegangen sind.«

»Vielleicht wissen sie nicht, was sie sagen sollen.«

Er antwortet nicht, und ich wiederhole im Geiste die Frage – habe ich vielleicht etwas Falsches gesagt? Er behält seine Gedanken für sich, meine dagegen scheinen umso lauter zu werden. Schneller. Sie rasen durch alle Facetten, die sich hinter diesen dunklen Augen mit dem intensiven Blick verbergen könnten.

War das Ganze ein Fehler? Hätte ich das mit der Rache nie erwähnen, ihn nicht hierher zerren und meine Freunde nicht mit einbeziehen sollen? Findet er es merkwürdig, dass ich einen Rückzugsort brauche? Dass ich nähe?

»Wieso ist der nicht fertig?«, fragt er, während er mit dem Finger über eine Kante am Anzug fährt.

»Ich wurde abgelenkt.«

In seinen Augenwinkeln erscheinen Fältchen, als er sich ein Lächeln verkneift. »War ja klar. Machst du überhaupt je etwas fertig?«

»Ob du es glaubst oder nicht, das tue ich. Als Christian geheiratet hat habe ich mir eine Woche Urlaub genommen, nicht geschlafen, sondern uns allen Anzüge und dann noch ganz kurzfristig Elle ein Kleid genäht. Und alles sah verdammt großartig aus.«

Er dreht sich zu mir um. »Ich finde es so toll, dass du immer all diese Menschen erwähnst und davon ausgehst, dass ich weiß, wer das ist.«

»Ach ja. Sorry.«

»Nein, ich mein's ernst.«

Ich mustere ihn einen Moment. »Du kannst mit mir reden.«

»Machen wir das nicht gerade?«

»Nein, ich meine …« Was meine ich eigentlich? »Du sagtest, dass deine Freunde sich nicht gemeldet haben. Zugegeben, ich weiß vielleicht auch nicht, was ich sagen soll, aber wenn du mal reden musst, können wir uns ja zusammen durchwursteln.«

»Danke«, sagt er leise.

»Gib mal dein Handy. Ich speichere meine Nummer ein, dann musst du nicht mehr die Arbeits-E-Mail benutzen.«

Hunter reicht mir sein Handy und sieht mir beim Eintippen der Zahlen zu. Als ich fertig bin, gebe ich es ihm wieder. Zu meiner Überraschung stehen wir näher voreinander als ich dachte. Er mustert mein Gesicht, sein Blick bleibt an meinen Lippen hängen, dann wandert er wieder zu meinen Augen. Es ist schwierig, seinem steten Blick standzuhalten. Den Blickkontakt zu halten und mich zu fragen, was er wohl sieht.

»Du würdest ernsthaft aus Rache mit mir schlafen?«

Ich nehme mir einen Moment Zeit und versuche dahinterzukommen, was er gerne hören würde. »Ich … würde das nicht mit jedem x-Beliebigen machen. Also, ich habe schon ab und zu Sex-Dates, aber es ist nicht meine Präferenz. Du, na ja, wir sind Freunde. Zumindest aus meiner Sicht. Und es gefällt mir nicht, dass Ian dir weh getan hat. Logischerweise gefällt mir auch nicht, dass er mir weh getan hat, aber wenn Émile recht hat und wir ihm so eins auswischen könnten …« Ich zucke die Achseln und zwinge mich, ihm in die Augen zu sehen. »Dann wäre es das wert. Und du bist extrem sexy, also wäre es nicht so, dass ich dabei nicht auf meine Kosten kommen würde.«

Ich hätte erwartet, dass er lacht, aber das tut er nicht. »Und danach?«

»Nun, ich würde dich nicht aus dem Bett werfen, wenn du deswegen Sorge hast.«

Seine Miene wird ernst. »Würde es nicht ganz komisch werden?«

»Hätten wir das nicht selbst in der Hand? Außerdem hast du doch gesagt, dass du es nicht machen würdest, also ist die ganze Diskussion überflüssig, oder?«

»Richtig.« Er atmet tief und bewusst durch. »Ich habe aber nicht gesagt, dass ich dich nicht küssen würde.«

Na, das verblüfft mich aber. »Ehrlich?«

Um seine Lippen zuckt es. »Ich habe auch nicht gesagt, dass ich es tun würde.«

»Also ich bin bereit.«

»Wie würden wir das überhaupt machen? Du weißt schon. Wenn wir es machen würden.«

Ich schaue zur Nähmaschine am Arbeitstisch hinüber. »Wir würden das Handy da aufstellen.«

Hunter zögert, dann nimmt er das Handy, das ich immer noch in der Hand halte, und tritt einen Schritt zurück. Er schaltet auf Video und stellt das Handy so auf, dass ich im Bild bin. »So?«

Ich nicke. Nicht ganz sicher, was hier gerade passiert, aber die Aufregung, die ich verspüre, ermutigt mich, mitzumachen. »Dann würden wir es anstellen. Und du würdest mich küssen.«

»Ich würde dich küssen?«

»Ja … das würde besser aussehen. Glaube ich.«

Hunter ist wie erstarrt, fünf Sekunden … zehn … dann drückt er auf den roten Knopf, und als er sich wieder umdreht, ist der belustigte Ausdruck völlig verschwunden. Er kommt näher. Legt eine Hand um meine Taille, und umfasst mit der anderen meinen

Nacken. Er zieht mich an sich, bis unsere Oberkörper sich berühren und unsere Oberschenkel aneinanderstoßen, und während ich noch scharf einatme, presst er den Mund auf meine Lippen.

Hunter kontrolliert den Kuss, wie er auch einen ganzen Raum beherrscht, sobald er ihn betritt. Er übernimmt die Führung, mein verwirrter Geist ordnet sich neu, und ich weiß nicht mehr, wo oben und unten ist. Er beißt in meine Unterlippe, und als ich bei dem plötzlichen Schmerz leicht aufstöhne und dabei den Mund öffne, schiebt er seine Zunge hinein. Ich umfasse seine Schultern, versuche, ebenso leidenschaftlich zu sein wie er, versuche mich zu erinnern, warum wir das überhaupt machen, aber diesen Kampf verliere ich, als meine Lust übernimmt und die Gehirnfunktionen einstellt.

Wir pressen uns enger aneinander, alle Distanz vergessen, gefangen in der Leidenschaft des Küssens und der knisternden chemischen Reaktion tief im Inneren.

Wie besitzergreifend Hunter mich umschlungen hält, jagt Erregung durch meine Venen, und mein Schwanz reagiert ohne Zurückhaltung und sehr fordernd. Hoffnungslos angetörnt reibe ich mich an seiner Hüfte, und das köstliche Stöhnen, das er von sich gibt, erregt mich noch mehr.

Hunter lässt die Hand von meiner Taille zu meinem Arsch wandern und packt so fest zu, dass es fast schmerzhaft ist. Er gräbt die Finger in meine Pobacke, und ich löse mich mit einem kehligen Stöhnen von seinem Mund.

»Fuck«, keucht er, dann lässt er den Mund nach unten wandern und leckt an meinem Hals. Meine Beine sind nutzlos, wie aus Gelatine, und ich kann nicht mehr alleine stehen.

Ich fange in seinen Armen an zu zittern, als er seine Zähne in die Kuhle gräbt, an der mein Hals in die Schulter übergeht. Mein Schwanz schmerzt, und ich versuche ächzend wieder zu Atem zu kommen.

Er umfasst meinen Arsch fester, drückt und knetet, dann lässt er plötzlich los, als hätte er einen elektrischen Schlag bekommen. Er löst die Lippen von meinem Hals und atmet ebenso schwer wie ich. »Ich glaube … ich glaube, das sollte es gewesen sein.«

»Gewesen sein?«

»Die Aufnahme. Die wir Ian schicken wollten.«

»Oh. Ach ja. Die Aufnahme. Ja.«

Er zieht sich ein bisschen zurück, um mir ins Gesicht zu sehen. »Ist das immer noch okay?«

»Sicher, darum haben wir es ja gemacht. Nur deswegen. Rache. Ha. Dem haben wir's aber gegeben.«

Hunter mustert mich. Er streicht mit dem Daumen über meine Wange, was der Situation in meiner Hose überhaupt nicht hilft. »Hätte ich das nicht machen sollen?«

Ich schüttele das vernebelte Gefühl ab. »Einen solchen Kuss würde ich niemals bereuen.«

KAPITEL
DREIZEHN

HUNTER

ALS ich heute Morgen aufgewacht bin, hatte ich nicht damit gerechnet, später vor einem solchen ethischen Dilemma zu stehen. Schon das erste Abspielen des Videos von dem Kuss mit Rush hat mich völlig umgehauen. Inzwischen habe ich es sicher fünfzig Mal gesehen, und ja, ich musste mir einen runterholen.

Ich war absolut nicht vorbereitet darauf, wie sexy der Kuss sein würde.

Was ich erwartet hatte war ungeschickt. Gezwungen. Darum bin ich auch gleich so rangegangen, bevor ich es mir wieder ausreden konnte, aber wie Rush sofort nachgegeben und unter meinen Händen ganz willig geworden ist, sich lustvoll an meinem Bein gerieben hat …

Ich lasse den Kopf in den Nacken sinken, weil das Bild so verdammt erotisch ist, und ich jetzt wirklich nicht nochmal einen hochbekommen will. Außerdem muss ich am Montag arbeiten und Rush in die Augen sehen können.

Aber das beantwortet die Frage mit dem Video nicht. Und mit Ian. Dem ich es zuschicken sollte.

Das war es, was Rush wollte, aber jetzt, da ich es gesehen habe, will ich diesen Moment nicht teilen.

Macht mich das zum Arschloch, das Rush unter falschen Vorgaben geküsst hat?

Oder darf ich plötzlich Grenzen entdecken, von denen ich gar nicht wusste, dass ich sie habe?

Und wie so ungefähr alles, was ich in letzter Zeit angefasst habe, ist es mir gelungen, aus diesem Kuss mit einem sexy Mann einen Riesenschlamassel zu machen. Vielleicht hätte ich wirklich Sex mit ihm haben sollen. Ein schneller, unpersönlicher Fick. Filmen. Versenden. Und vergessen.

Normalerweise küsse ich meine Sex-Dates nicht – vielleicht ist das der Unterschied?

Oder liegt es vielleicht daran, dass alles mit Rush bereits so kompliziert ist, dass es unweigerlich schwierig geworden wäre, egal was wir gemacht hätten? Ich bin immer noch verblüfft, wie bereitwillig er zugegeben hat, mich scharf zu finden und mit mir schlafen zu wollen. Er war eindeutig ehrlich, und obwohl ich mein Interesse besser verborgen habe, ist es eindeutig da. Sobald Xander davon gesprochen hat, war meine Phantasie schon mit der Idee unterwegs, und jetzt, nachdem wir uns geküsst haben, verlangt es mich einfach nach mehr.

Wahrscheinlich ist es ein wahres Glück, dass Rush nicht Ians Geschenkidee für uns beide war. Jetzt, da ich weiß, wie er schmeckt, begehre ich ihn. Wäre einmal genug gewesen? Fast verstehe ich Ian; der einzige Unterschied zwischen uns ist, dass ich niemals fremdgegangen wäre, egal, wie verzweifelt scharf ich auf jemanden wäre.

Mein postorgiastisches Hoch verfliegt.

So sehr ich mich auch zu Rush hingezogen fühle, selbst, wenn Ian, er und ich zu dritt miteinander geschlafen hätten, wäre es danach für mich nicht weitergegangen. Wenn ich eine Beziehung habe, dann war's das. Diese Grenzen würde ich niemals überschreiten, nicht emotional, nicht mental, nicht körperlich.

Ian ist eine widerwärtige Erinnerung daran, dass nicht alle Menschen das so halten.

Und Rush?

Dieses Risiko kann ich nicht eingehen. Nicht nach allem, was passiert ist.

Ich muss ignorieren, wie sehr ich mich zu ihm hingezogen fühle, das Video löschen und dem Drang widerstehen, ihm E-Mails zu schreiben.

Das Video lösche ich nicht, aber ich halte den Rest des Tages durch, ohne mich bei ihm zu melden.

Sonntag ist es schon schwieriger. Ich bin unruhig, und kann mich nicht erfolgreich mit Arbeit ablenken. Allzu schnell habe ich im Laden an der Ecke alles eingekauft, um den kleinen Kühlschrank und den kleinen Vorratsschrank in meinem Zimmer aufzufüllen. Also drücke ich mir selbst die Daumen und schaue in die Immobilien-Anzeigen.

Ein paar hübsche Wohnungen, ein paar Häuser, von denen ich schon wusste, dass sie zu teuer für mein Budget sind, und … Moment. Ich halte bei einem Häuschen mit zwei Schlafzimmern inne. Es sieht verdammt perfekt aus.

Es ist hellgelb, hat eine ordentliche Veranda davor und ein Erkerfenster nach hinten zum begrünten Hof. Küche und Bad haben schon bessere Tage gesehen, was es vermutlich bezahlbar macht.

Der kleine Stadtplan besagt, dass es in gut erreichbarer Entfernung zum Büro liegt.

Mein Herz klopft, als ich das Formular ausfülle und mich erkundige, wann ich das Haus besichtigen kann. Ich brauche es. Ich kann – meinem Kontostand und meiner geistigen Gesundheit zuliebe – nicht noch eine Absage ertragen. Schon die Fotos geben mir ein Gefühl von Zuhause.

Die Antwort kommt schon wenige Minuten später:

Tut mir leid, Mr Barrett, das Haus ist bereits vermietet.

Was zum *Teufel*?

Fast hätte ich mein Handy gegen die Wand geworfen. Heute. Es ist heute erst inseriert worden. Wie viele Immobilienmakler arbeiten denn am Wochenende, und wie viele vermieten ein verdammtes Haus innerhalb eines Tages? Haben die Leute es sich überhaupt angeschaut? Oder haben die einfach einen Scheck ausgestellt?

Das langgezogene, laute Knurren, das ich von mir gebe, klingt wie das eines wilden Tieres.

So kann ich nicht weitermachen. Ich kann einfach nicht.

Ich hatte entschieden, den Job zu behalten, weiter daran zu arbeiten, mir ein Leben in Seattle aufzubauen, und jetzt werde ich von allen Seiten ausgebremst. Wie viele Zeichen muss das Schicksal mir noch an den Kopf knallen, bis ich aufgebe? Jesses. Selbst der Kuss mit Rush wird alles nur schräg machen. Wäre es nicht besser, nach Hause zurückzugehen? Bei meinen Eltern muss ich wenigstens keine hundertfünfzig Dollar Miete pro Nacht zahlen.

Schon bei dem Gedanken zieht sich innerlich alles bei mir zusammen.

Miete.

Eltern.

Zurück nach Hause ziehen.

Ich versuche so sehr, auf eigenen Füßen zu stehen. Das ist das, was mich am meisten frustriert. Kann man wirklich so viel Pech haben? Oder stimmt mit mir so vieles nicht, dass ich unfähig bin, zu erkennen, wo ich immer wieder Fehler mache?

Ich sehne mich so danach, mit jemandem zu reden. Mich nicht so einsam zu fühlen.

Meine Eltern würden mich nur wie ein Kind behandeln, und obwohl ich ihre Unterstützung gerade echt brauchen könnte, brauche ich eigentlich eher liebevolle Strenge. Jemanden, der mich anspornt, weiterzumachen.

Ich rufe Audrey an.

»Bruder«, begrüßt sie mich sofort.

»Schwester.«

»Brauchst du was, oder hast du nur Langeweile?«

Ich lache spöttisch. »Ein Bisschen von beidem?«

Audrey lacht auch, und ich höre einen gedämpften Wortwechsel im Hintergrund, dann ist sie wieder da. »Okay, schieß los.«

»Ich glaube, ich versage gerade.«

»Mach das nicht.«

»Wow. So einfach geht das?«

»Ich wüsste nicht, warum nicht.«

»Ich finde dein Vertrauen zwar schmeichelhaft, aber mit der Ausführung brauche ich etwas Hilfe. Ich bin immer noch im Hotel, ich finde keine Wohnung, und ich habe einen meiner Mitarbeiter geküsst. Den gleichen Mann, mit dem Ian mich betrogen hat,«

Nach einer langen Pause fragt sie: »War der Kuss gut?«

»Das ist der einzige Grund, warum ich ihn überhaupt erwähne.«

»Okay, dann halte dich daran.«

Ich stöhne. Das ist nicht der Teil, auf den wir uns konzentrieren sollten.

»Können wir bitte eines nach dem anderen besprechen?«

»Mehr schaffe ich sowieso nicht.«

Ich strubbele mir durch die Haare. »Ich glaube, wenn ich eine Bleibe finde, wird der Rest nicht mehr so schlimm aussehen. Dann kann ich mich endlich entspannen.«

»Dann finde eine Bleibe.«

»Ich versuch's ja, aber jedes Mal, wenn ich eine Anfrage schicke, ist das Haus schon weg oder viel zu teuer für mich.«

»Leih dir Geld von Mom und Dad.«

Ich beiße die Zähne zusammen. Audrey hatte noch nie Schwierigkeiten damit, um Hilfe zu bitten, was wahrscheinlich der Grund dafür ist, dass sie erfolgreiche Kleinunternehmerin ist und schon einen Großteil ihrer Schulden abbezahlt hat. Aber

Audrey war immer sehr schwarz-weiß, eine sehr geradlinige Denkerin. Wenn es einen einfachen, logischen Weg zu einem Ziel gibt, dann geht sie den.

Sie würde niemals nach Seattle ziehen, ihrem Verlobten den Laufpass geben, aus dem Koffer leben und dann das einzig Gute an der Sache in Flammen aufgehen lassen.

Wenn Ian ihr Verlobter gewesen wäre, wäre *er* vermutlich auf der Straße gelandet.

»Nächster Plan?«

Sie seufzt. »Keine Ahnung, Hunt. Warum machst du es dir denn so schwer?«

»Tu ich nicht. Ich versuche, das alleine durchzuziehen. Ist das denn so schlimm?«

»Natürlich.«

»Was würdest du denn an meiner Stelle machen?«

»Zurück nach Hause ziehen.«

Langsam habe ich Schwierigkeiten, gelassen zu bleiben. »Und wenn das keine Option wäre?«

Ich merke, dass Audrey sich schon zu langweilen beginnt. »Lass uns mal annehmen, dass ich in Seattle bleiben *müsste*, aus welchen Gründen auch immer. Ich würde entweder meinen Chef um Antrittsgeld bitten, um die erste Monatsmiete zahlen zu können, *oder* ich würde in eine Maklerfirma reinmarschieren und fragen, was sie anzubieten haben, und deutlich machen, dass ich das nötige Kleingeld habe. Und dann würde ich meinen Mitarbeiter vögeln.«

»Würdest du nicht«, sage ich höhnisch.

»Okay, stimmt. Aber du wirst es tun, also dachte ich, ich gebe dir am besten gleich meinen Segen.«

Meine Wangen brennen. »Ich werde meinen Mitarbeiter nicht vögeln.«

»Dann vögel jemand anderen. Ich bin nach dem Sex immer klarer im Kopf, und so im Eimer, wie du gerade bist, kann es nur helfen, denke ich.«

»Es ist immer noch so seltsam, mit meiner kleinen Schwester über solche Sachen zu reden.«

»Ich tue nur Dad zuliebe so, als wäre ich Jungfrau. Bitte zwing mich nicht dazu, es bei dir auch zu machen.«

»Ja, klar, du hast Sex, schon kapiert. Also, eine Bleibe suchen und dann einen Sexpartner. Das ist dein Rat?«

»Japp, wobei ich wirklich nicht verstehe, wieso du dafür meinen Rat brauchst, wenn das Ganze doch so offensichtlich ist.«

Manchmal hätte ich wirklich Lust, sie durchzuschütteln. »Abgesehen davon, dass ich keine Kontrolle darüber habe, eine Bleibe zu finden. Ich kann all diese Dinge tun und trotzdem mit leeren Händen dastehen.«

»Oder du könntest es durchziehen und Erfolg haben. Hast du schon bei der Arbeit rumgefragt? Leute, die jemand kennen. Das machen doch alle so.«

»Aber dann wüssten sie, dass ich in einem Hotel lebe.«

»Und genau das ist dein Problem. Du warst schon immer viel zu stolz. Du kannst also entweder stolz sein oder ein Dach über dem Kopf haben; beides zu wollen ist einfach nur gierig.«

»Verstehe.«

»Hey … du weißt, dass ich dich liebhabe. Wie auch immer du entscheidest.«

»Ja, ich dich auch.«

»Denk nur daran: nicht versagen.«

Wir legen auf, und ich fühle mich kein Stück besser als vor dem Anruf.

Nicht versagen …

Es wäre motivierend, es so einfach sehen zu können wie Audrey, aber ich bin Realist. Wenn das Leben wirklich so einfach wäre, dann wäre ich schon auf der Überholspur.

Vielleicht hätte ich wirklich meine Eltern anrufen sollen. Audrey hat mir die Dosis Ruhe gegeben, die ich brauchte, aber ich hätte wirklich auch Trost brauchen können, und den hätte Mom reichlich zu bieten gehabt … um dann sofort darauf zu bestehen, dass ich nach Hause kommen soll, wo sie sich um mich kümmern kann.

Ich könnte mich bei einem meiner Freunde melden, aber die würden meine Sorgen eher beiseite wischen und einen Scherz machen, damit ich mich besser fühle.

Du kannst mit mir reden.

Ich schnaufe wütend vor mich hin, sauer auf mich selbst, denn ich weiß *genau*, bei wem ich mich eigentlich melden will. Ich weiß, wen ich eigentlich sprechen wollte, als ich Audrey anrief.

Die Sache ist die: Ich bin eigentlich ziemlich sicher, dass Rush mir überhaupt nicht helfen könnte. Er würde von einem ganz anderen Thema anfangen, irgendwelche Fakten aufzählen, über Leute reden, die ich nie getroffen habe … aber es wäre immerhin eine Ablenkung. Und es hört sich vielleicht total dämlich an, aber ich höre gern seine Stimme. Ich rede gern mit ihm.

Ich sollte besser auf mich aufpassen, aber ganz offensichtlich bin ich zu dämlich dazu.

Mein Interesse an Rush wird mir nicht helfen, ein Dach über dem Kopf zu finden, und am Ende kann ich nicht meinen Job – das einzig Stabile in meinem Leben – aufs Spiel setzen wegen eines einzigen Kusses.

Rush wird sich in meinem Kopf hintenanstellen müssen. Meine Libido kann sich die Woche frei nehmen.

Genau wie mein Stolz, offensichtlich, denn ich muss ihn runterschlucken und mit anderen Menschen über meine Wohnungssituation reden, und dann hoffen, dass sie mir helfen können.

Wenn das nichts bringt … keine Ahnung, was ich dann machen soll.

Nicht versagen.

Das ist viel leichter gesagt als getan.

KAPITEL
VIERZEHN

RUSH

DER BLUMENTOPF STEHT WIEDER auf meinem Schreibtisch. Ich sollte vielleicht genervt sein, aber inzwischen finde ich es eher lustig.

Wie beim letzten Mal ist auch jetzt ein Zettel dabei, und in der Zeichnung deutet das Männchen auf mich. Es ist bekleidet mit einer Fliege. Sowas von süß.

Komm zu POTTe!

Ich stecke den Zettel schmunzelnd in meine Schublade, dann krame ich in meiner Tasche nach meinem Block. Mein Männchen ist etwas süßer als das, das ich vor ein paar Tagen gezeichnet habe. Es hält abwehrend eine Hand hoch.

Nicht so desPOTTisch bitte.

Ich will gerade nach dem Klebeband greifen und meine Zeichnung an den Blumentopf kleben, als mir auffällt, dass der Halter auf dem Schreibtisch fehlt, auf dem nur der leere Umriss zu sehen ist, den ich um die Stelle gezogen hatte, an der er normalerweise steht. All meine Utensilien haben solche an Kreide-Umrisse erinnernden Umrisse, damit sie an ihrem Platz bleiben. Mein Tisch sieht aus wie der Schauplatz eines Verbrechens. Und jetzt fehlt Miss Peacock im für das Klebeband vorgesehenen Umriss.

Oder so.

Ich will gerade Autumn fragen, ob sie weiß, wo das blöde Ding hingekommen ist, aber dann spricht Eloise sie zuerst an.

»Hast du gehört? Der arme Hunter ist quasi obdachlos.«

Ich schaue auf. Offenbar muss man neuerdings nur Hunters Namen erwähnen, um meine Aufmerksamkeit zu erregen. »Er ist *was*?«

Ihre Lippen zucken, und sie schaut besorgt zu mir herüber. »Ich weiß – ich konnte es selbst kaum glauben. Hannah aus der Buchhaltung hat heute Morgen gesagt, dass er sich nach Wohnungen umhört. Und du kennst ja unsere Einliegerwohnung hinten, aber die haben wir gerade erst vermietet. Ich fühle mich ganz schrecklich.«

»Ja, aha, okay. Obdachlos – können wir darauf zurückkommen?«

»Er wohnt im Hotel, Rush. Es ist furchtbar.«

Ich reibe mein unrasiertes Kinn. »Ich glaube, das hatte er schon mal erwähnt.«

»*Ehrlich*? Wie lange wohnt er denn schon da?«

»Woher soll ich das wissen? Wenn er bei seinem Ex einziehen wollte und das nicht geklappt hat, wahrscheinlich seither.« Über einen Monat. »Warum mietet er denn keine Wohnung?«

»Er bekommt lauter Absagen«, sagt sie traurig.

Autumn dreht ihren Stuhl zu mir um. »Habt ihr nicht ein paar freie Zimmer?«

»Nein. Die vier, die derzeit keine Schlafzimmer sind, werden anderweitig genutzt.«

»Wofür denn?«

»Xanders Malzimmer, mein Atelier, das Büro von Molly und Seven, und der Abstellraum.«

»Warum kann er nicht den Abstellraum nehmen?«, fragt sie.

»Weil da Sachen abgestellt werden.«

Autumn lacht leise. »Ich wusste, dass du das sagen würdest.«

»Wieso fragst du dann überhaupt?«, gebe ich bissig zurück.

Eloise macht große Augen. »Ihr könntet eure Sachen doch aus dem Zimmer wegräumen, dann wäre es kein Abstellraum mehr, Carey. Er könnte bei euch wohnen.«

Sie schaut mich an, als hätte ich sie nicht mehr alle. Ich erwidere den Blick mit einem ähnlichen Ausdruck.

»Aber wo sollen denn dann unsere Sachen hin?«

»Keine Ahnung. In den Müll vielleicht?«

In den Müll? Ich fange an zu stottern. »Aber wenn wir dann etwas aus dem Abstellraum brauchen, das dann kein Abstellraum mehr ist, und wir keinen Zugriff mehr darauf haben, weil wir es weggeschmissen haben und es dann auf der Mülldeponie gelandet ist?«

»Wenn es im Abstellraum steht und ihr es nicht benutzt habt, sind die Chancen doch recht gut, dass das nie passieren wird.«

»Aber in dem hypothetischen Szenario *wäre* es so, und dann wäre es nicht mehr möglich.«

»Dann kauft man es eben nach«, sagt Eloise, und ich bin sicher, dass sie nur aus Respekt für den Arbeitsplatz nicht *du Schlaumeier* anfügt.

»Aber wenn ich es nachkaufe und dann wieder habe, also nur in diesem Szenario, und dann keinen Abstellraum mehr habe, um es aufzubewahren, bedeutet das doch, dass ich es wieder wegwerfen muss, und dann wären schon *zwei* Dinge, die ich nicht mehr nutzen kann, auf der Mülldeponie.« Ich schüttele traurig den Kopf. »Ehrlich, Eloise, es klingt so einfach, einem Mann vorzuschlagen, er soll seinen Abstellraum aufgeben, aber das hast du glaube ich nicht wirklich durchdacht.«

Ihr bleibt der Mund offenstehen. »Ich mache mir mal einen Kaffee.«

Ich greife nach dem Thermobecher auf meinem Schreibtisch und halte ihn ihr hin. »Bitte bitte.«

Sie nimmt ihn mit einem tiefen Seufzer. Wenn sie sich schon um zehn Uhr morgens so fühlt, kann das ein langer Tag für sie werden. Vielleicht bestelle ich ihr ein paar Blumen, um sie aufzumuntern. Ich nehme mein Handy, aber als ich das Headset einstecken will, sehe ich wieder die verschwundene Leiche – äh, das fehlende Klebeband.

»Hast du dir mein Klebeband ausgeliehen?«, frage ich Autumn.

Sie blickt auf, und reicht mir ihres, während sie ihren Anrufer begrüßt.

Ja, das sollte gehen.

Ich reiße ein Stück Klebeband ab, dann klebe ich *endlich* meine Zeichnung an den Blumentopf.

Und jetzt, da ich das geschafft habe, sitzt Hunter wieder an seinem Platz.

Ach ja. Was soll er schon groß machen? Mich und S. Pott rauswerfen? Wird er sicher nicht.

Wir stoßen die halb offenstehende Tür auf und ich trete ein. »Morgen!«

Um seine Mundwinkel zuckt es. Und da ich ihn und dieses Zucken seit zwei Tagen nicht gesehen habe, wird mir ganz warm ums Herz.

»Rush.«

»Hunter.«

»Carey.«

Ich halte den Blumentopf hoch. »S. Pott. So heißt er ab jetzt."

Er betrachtet den Blumentopf. »Er hat einen Namen.«

»Natürlich. Wir befinden uns quasi in einem Sorgerechtsstreit – und er braucht das Zugehörigkeitsgefühl.«

Hunter leckt sich die Lippen, aber sein Blick ist amüsiert. »Willst du den Blumentopf auch noch mit einer Fliege sehen?«

»Das könnte die beste Idee sein, die du je hattest.«

Er summt. »Was hältst du denn von Gleitzeit?«

»Ich bin glaube ich immer noch Fan der Fliege.«

Er lacht und deutet auf den Besucherstuhl. »Setz dich mal hin.«

Ich nehme Platz. Den Blumentopf halte ich an mich gedrückt. »Okay, erzähl mehr von deiner Idee.«

»Du bist ohnehin unfähig, pünktlich zu sein, also ist es ab jetzt nicht mehr nötig.«

Ich brauche einen Augenblick, um folgen zu können. »Ich höre.«

»Du – und die anderen im Team – könnt euch eure Arbeitszeiten flexibel einteilen. Zwischen sieben und einundzwanzig Uhr arbeitet ihr so viele Stunden, wie es euer Vertrag vorsieht, und erledigt euer Pensum. Ihr loggt euch ein und aus, wenn ihr kommt oder geht, damit ihr den Überblick behaltet. «

»Das soll wohl ein Scherz sein.«

»Nein.« Das selbstzufriedene Lächeln hat er sich wirklich verdient. »Dafür müssen wir vier aber kommunizieren. Glaubst du, du kriegst das hin?«

»Also ich habe kein Problem damit, zu kommunizieren«, sage ich zum Schein ungehalten. »Alle anderen haben ein Problem, mit mir zu kommunizieren.«

»Und doch schaffen wir es.«

Ich denke an unsere Gespräche zurück. Seitdem wir reinen Tisch gemacht haben, hat Hunter mich kein einziges Mal angeblafft. Ich ihn auch nicht.

Das ist irgendwie ganz süß.

»Warum erzählt man sich, dass du obdachlos bist?«

»*Wie* bitte?«

»Dass du obdachlos bist. Haben wir nicht gerade darüber gesprochen, dass wir keine Kommunikationsprobleme haben?«

»Ich weiß, was du gesagt hast. Wer zum Henker hat das denn erzählt?«

»Eloise. Sie hat es von Hannah aus der Buchhaltung gehört. Sie klingen ganz besorgt, aber mir hattest du erzählt, dass du im Hotel wohnst, oder?«

»Das tue ich.«

»Warum tun die dann so als hättest du kein Dach über dem Kopf?«

Hunter setzt an, sich die Haare zu raufen, hält aber rechtzeitig inne und reibt sich stattdessen den Nacken. Unter dem schmalen Hemd bewegt sich sein Bizeps, und ich muss mir fest auf die Lippe beißen, um nichts zu sagen. Hunter ist ein verdammtes Zuckerstückchen.

Außerdem mein Chef. Nicht vergessen.

»Darum wollte ich eigentlich gar nichts sagen.«

»Worüber?«

»Ich habe Schwierigkeiten, eine Bleibe zu finden. Es ist kein großes Drama, aber ich dachte, ich frage nach, ob vielleicht jemand jemanden kennt. Das ist alles.«

Ich lache, als mir einfällt, dass Ian Immobilienmakler ist. »Wie blöd, dass ausgerechnet die Person, die die da helfen könnte, der Grund dafür ist, dass du eine Wohnung suchst.«

Hunters Blick wird schärfer. »Also den werde ich ganz sicher nicht anrufen.«

»Ich habe nie gesagt, dass du das solltest.«

»Verdammt.« Dieses Mal gibt er dem Impuls nach und vergräbt die Finger in seinen Haaren. Mit rauer Stimme fügt er hinzu: »Aber er könnte meine letzte Chance sein.«

»Bist du wirklich so verzweifelt?«

»Ich kann nicht ewig im Hotel wohnen, Rush.«

Ich sinke in mich zusammen, als ich an unseren Abstellraum denke. Er braucht ihn wahrscheinlich dringender als Madden für seine zahlreichen nächtlichen Käufe. Wo ich all meinen Kram hinstellen soll, weiß ich auch nicht, und ich fühle mich überhaupt nicht wohl, es ohne Plan anzubieten, aber ich … ich *kann* nicht anders.

»Wir haben ein Zimmer übrig«, sage ich. »Du kannst bei mir und meinen Freunden einziehen, aber ich sag's gleich dazu: Xander wird zu dir ins Bett kommen, um zu kuscheln. Es ist harmlos und ganz süß, aber er wacht immer mit einer Latte auf, also ist es am besten, ihn gleich in seine Schranken zu weisen, damit es nicht peinlich für euch beide wird. Es sei denn, du wirst gerne von steifen Schwänzen wach gestupst, das wäre dann nämlich garantiert. Mach dir wegen des Sperrmülls keine Sorgen. Ich … wir …«

»Das ist wirklich nett, aber ein klares Nein. Nachdem …« er atmet scharf aus. »Ich kann nicht mit dir im gleichen Haus wohnen.«

»Hast wohl Angst, dass du mich nochmal küssen wirst.«

Er senkt schnell den Blick. »Ich würde es vorziehen, wenn keiner im Büro das rausbekommt.«

»Gute Idee.«

»Hast du es jemandem erzählt?«

»Nein. Noch nicht mal Madden.«

»Okay. Gut.«

Ich verziehe den Mund zum schiefen Grinsen. »Was hat Ian denn gesagt?«

»Über Wohnungen?«

»Über den Kuss.«

»Oh.« Hunter wendet plötzlich den Blick ab, und dreht seinen Stuhl zum Computer. »Ich habe es nicht … ich konnte ihm das Video nicht schicken.«

»Ah. War es nicht gut genug?«

Er schluckt heftig. »Ja. Genau.«

»Wir können es nochmal versuchen.«

»Vielleicht besser nicht.« Er sieht mich wieder aus den dunklen Augen an. Er hat einen so intensiven Blick. »Es überschreitet Grenzen, und um ehrlich zu sein, will ich nicht an ihn denken, während ich dich küsse. Ich will gar nicht an ihn denken, und im Zusammenhang mit dir passiert das eigentlich automatisch.«

Ich zucke die Achseln. »Wenn du mich richtig küsst, solltest du an gar nichts anderes denken.« Als wir uns geküsst haben, war Ian das Letzte, was ich im Sinn hatte.

Nur Hunter.

Und wie verdammt sexy er ist.

»Aber es war wahrscheinlich schlau, das Video nicht zu schicken, denn jetzt kannst du ihn anrufen, damit er dir hilft, eine Bleibe zu finden.«

Er legt das Gesicht in die großen Hände und stöhnt. »Ich habe wirklich keine Lust dazu.«

»Dann wohnst du eben weiter im Hotel.«

»Das *kann* ich nicht.«

»Dann ruf ihn an.«

»Rush …«

Ich werfe die Hand, mit der ich nicht S. Pott halte, hoch. »Ich weiß wirklich nicht, was ich noch sagen soll. Das wird schon wieder, das wird schon wieder? Hilft dir das?«

»Es hilft gar nicht, aber mir fällt gerade auf, dass du dich sehr gut mit meiner Schwester verstehen würdest.«

»Ich weiß nicht recht. Normalerweise bin ich ein echter Flop bei Familienmitgliedern.«

»Bei ihr wäre das anders. Das kannst du mir glauben.«

Ich lasse ihm seine Überzeugung. Ich werde sie wohl kaum je kennenlernen, also spielt es keine Rolle, ob er recht hat oder ich.

»Sie hat gesagt, ich soll nicht versagen«, sagt Hunter leise.

»Warum denkt sie, dass du versagen wirst?«

»Weil es so ist, bei so gut wie allem.«

Ich lege den Kopf schief. »Du bist befördert worden. Du baust dir in einer ganz neuen Stadt ein neues Leben auf. Du bist gerade mal eine Woche hier, und schon arbeitest du mit dem Team anstatt dagegen. All meine Freunde finden dich super. Und du hast ein Pflanzenbaby mit mir. Wobei hast du denn versagt?«

Hunter lacht auf. »Ich habe immer noch keine Bleibe gefunden.«

»Okay, dann ruf doch Ian an. Wir sind uns sicher einig, dass er dir zumindest das schuldig ist. Wenn du etwas gefunden hast, musst du nie wieder mit ihm sprechen, dann wirst du ein Zuhause haben und ich kann dich wieder aus tiefster Seele bewundern und du musst nicht mehr an dir zweifeln.«

»Ja, aber du vergisst, dass ich dafür mit ihm reden muss.«

»Das habe ich nicht vergessen. Ich habe dir doch gesagt, du sollst ihn anrufen.«

»Ja, aber ... es wird wehtun.«

Ohh ... es ist nicht das Reden, wovor Hunter Angst hat. Es sind die Gefühle, die das Gespräch mit sich bringen könnte. »Soll ich bleiben?«

»Ich ... sollte mich nicht bei jeder Kleinigkeit auf dich verlassen.«

»Sagt wer?«

»Es wäre nicht richtig, Rush.«

Mit einem Schnaufen stelle ich S. Pott auf seinem Schreibtisch ab, dann lehne ich mich mit verschränkten Armen zurück. »Lass es mich dir ganz einfach machen: Du hast einen Anruf zu erledigen, und ich gehe nirgendwo hin. Wir stehen hinter dir.«

»Wer?«

Ich deute auf den Blumentopf. »Wir.«

Wieder erscheint dieses sexy Zucken in Hunters Mundwinkeln, dann greift er zum Handy. Er sucht einen Moment, dann tippt er aufs Display und hebt das Handy ans Ohr, aber dann entscheidet er sich um und stellt stattdessen auf laut.

Es klingelt so lange, dass ich schon denke, er wird nicht antworten, aber dann erklingt leise Ians Stimme. »Hallo?« Er hört sich extrem genervt an.

»Ian.«

»Ja?«

Ich unterdrücke ein Knurren – ist ihm denn nicht klar, dass er Hunters Namen sagen müsste? So sind doch die Spielregeln.

Hunter sieht mich warnend an, und ich mache eine Geste, als würde ich einen Reißverschluss über meinen Lippen zuziehen.

»Ich würde dich nicht anrufen, wenn ich nicht mit meinem Latein am Ende wäre.«

Pause. »Okay …«

»Ich brauche Hilfe bei der Wohnungssuche. Seit deiner Scheißaktion ziehe ich von Hotel zu Hotel.«

»Und wieso rufst du da mich an?«

Nicht einmischen, ermahne ich mich.

»Weil du Immobilienmakler bist, und ich eine Wohnung brauche.« Hunters Stimme wird angespannter. »Nach dem, was du mir angetan hast, ist das ja wohl das Mindeste, was du tun könntest.«

»Ich *dir*? Du bist doch der, der gegangen ist. Dann hatte ich eben einen Betthasen nebenher, und wennschon? Du hast in einer anderen Stadt gewohnt, verdammt nochmal. Ich habe Bedürfnisse. Das hätte aufgehört, nachdem du umgezogen warst. Der Kerl war nichts weiter als ein Loch, aber du hast mir noch nicht mal Gelegenheit gegeben, zu erklären. Du kannst mich mal.«

Und ich bin zwar einhundert Prozent über Ian hinweg, aber was er über mich gesagt hat, klingt mir in den Ohren. Ein Loch? Nach einem ganzen Jahr? Nachdem ich mich verliebt hatte und geplant hatte, mein Leben mit ihm zu verbringen … das war alles, wozu ich für ihn gut war?

»Wie kannst du es wagen«, sagt Hunter, und bei dem gefährlichen Ton in seiner Stimme blicke ich auf. Er sieht mich unverwandt an, und ich fühle mich ganz klein. Verletzlich. »Ein Loch? *Bedürfnisse*? Du bist sowas von armselig. Das Hinterletzte. Viel Spaß noch bei der Midlife-Crisis. Wenn du eines Tages alleine dastehst, hast du es niemandem zuzuschreiben außer dir.«

»Ja, aber wenigstens bin ich dann nicht obdachlos. Und nach den Unterlagen, die ich hier sehe, stehst du bei jedem einzelnen Makler in Seattle auf einer schwarzen Liste. Ein schönes Leben noch, Babe. Ich hoffe, du vermisst mich nicht allzu sehr.«

Er legt auf, und die Stille nach dem Gespräch ist ohrenbetäubend.

Anstatt ihn zu verfluchen, wie ich es von Hunter erwartet hätte, räuspert er sich und fragt: »Bist du okay?«

»Ähm… ja. Nur … darauf war ich nicht vorbereitet.«

»Ich auch nicht. Und wir wissen beide genau, dass es nicht stimmt. Und ganz eindeutig denkt er das auch nicht wirklich, da er dir ja pausenlos schreibt.«

»Richtig. Ja.« Aber ich fühle mich keinen Deut besser. Das Problem ist, dass Ian nicht der erste ist, der mich mies behandelt hat, und ich habe das mulmige Gefühl, dass er auch nicht der letzte sein wird. Ich wünsche mir Liebe. Ich wünsche mir einen festen Freund, der genau so verrückt nach mir ist wie ich nach ihm. Der nicht versucht, mich zu verändern und mich nicht *trotz* meiner »Eigenheiten« liebt. Ich habe keine Eigenheiten. Ich bin nur ich selbst. Wird das jemals genug sein?

»*Carey.*«

Ich hebe schnell den Blick.

Mit sanftem Lächeln zieht er den Blumentopf näher heran. »Unserem Baby gefällt es nicht, wenn du traurig bist.«

In meiner Brust wird es warm. »Sorry.«

»Nein. Der einzige, dem etwas leidtun sollte, ist Ian, wie gewöhnlich.«

»Ja, das war …« Ich atme laut aus. »Geht es *dir* denn gut? Es hörte sich so an, als ob–«

»Er seine Beziehungen spielen lassen hat, damit mir niemand eine Wohnung vermietet. Ja. Immerhin weiß ich jetzt, warum ich die ganze Zeit so ein Pech hatte.«

»Was wirst du machen?«

Er verschränkt die Arme vor der Brust und für einen Moment sieht er völlig unbesiegbar aus. »Nicht versagen. Dieser Scheißkerl hat mir gerade Feuer unter dem Hintern gemacht. Ich werde nicht aus Seattle weggehen. Mir egal, wie lange ich suchen muss.«

KAPITEL
FÜNFZEHN

HUNTER

»WILLST DU DAS WIRKLICH MACHEN?«, frage ich, als wir über Rush' Handy die Köpfe zusammenstecken. Ich hatte mir zwar vorgenommen, mich nicht nach der Arbeit mit ihm zu treffen, um etwas Distanz zwischen uns zu bringen – und doch sitzen wir nun im Urban Dive und lesen die Nachrichten von Ian.

»Es wäre wohl einen Versuch wert. Für mich und für dich. Ich habe inzwischen nichts mehr zu verlieren.« Rush hat so ein süßes Fältchen zwischen den Augenbrauen, während er eine Nachricht tippt.

Ich lese an seiner Seite sitzend: »Sorry, dass ich nicht zurückgeschrieben habe. Ich brauchte Zeit.«

»Denkst du, das reicht?«, fragt er.

»Ja. Du solltest nicht übertrieben interessiert klingen.«

Rush lässt seufzend das Handy auf den Tisch fallen und greift nach seinem Bier. «Ich hasse es.«

»Du musst es nicht tun. Es wird sicher keine Freude, ihn hinzuhalten.«

»Er muss zugeben, was er getan hat. Wenn wir dann den

Beweis haben, zeigen wir ihn seinem Chef und dann ist zur Abwechslung mal er abserviert.«

Ich grinse ihn an. »Du bist ein richtiger Superbösewicht, stimmt's?«

»Ich finde, Rush klingt eher nach einem Superhelden.«

»Was wäre denn deine Superkraft? Geschwindigkeit?«

»Machst du Witze?« Rush spannt einen runden Bizeps an, bei dem mir das Wasser im Mund zusammenläuft. »Stärke. Ich könnte ein Gebäude hochstemmen, ohne müde zu werden.«

Ich tätschele seine Hand, versuche aber, nicht allzu gönnerhaft zu klingen, als ich sage: »Na klar.«

Anscheinend kam das trotzdem so rüber, denn er schnappt gespielt beleidigt nach Luft. »Armdrücken. Jetzt gleich.«

Ich mustere ihn. Meint er das etwa ernst? »Mir war nicht klar, dass das ein Schwanzvergleich wird.«

»Ist es nicht.« Er legt den Kopf schief. »Wir machen nur Armdrücken.«

Schwer zu sagen, ob er das gerade wörtlich genommen hat oder mich nur veräppelt. Das kleine Zucken um seinen Mund-winkel ist der einzige Hinweis. Er setzt den Ellbogen auf den Tisch und fixiert seine Hand. Das fühlt sich zwar dämlich und kindisch an, aber ich beschließe, mitzuspielen.

»Also gut.« Ich stelle den Arm auf und umfasse seine Hand. »Auf drei?«

»Moment. Wollen wir keinen Gewinn festlegen?«

»Einen Gewinn?«

»Ja. Ich denke, es sollte eine Art Belohnung für den Gewinner geben.«

»Ich dachte, deine Belohnung ist, mir zu zeigen, wie stark du bist.« Ich grinse. »Und jetzt bettelst du schon.«

»Du bildest dir wohl ganz schön was ein, oder?«

Rush kann nicht einschätzen, warum ich so zuversichtlich ich bin. Meine Anzüge verdecken vielleicht das Meiste, aber ich war immer gut in Form, und seit ich im Hotel lebe, habe ich morgens immer Zugriff auf einen Fitnessraum.

Rush' Bizeps mag ausgesprochen lecker aussehen, aber er hat meinem nichts entgegenzusetzen.

Aber was würde ich denn gewinnen wollen?

»Was wünschst du dir also?«, fragt er, als könnte er meine Gedanken lesen.

Ich mustere sein Gesicht und bleibe an seinen Lippen hängen. Es gibt etwas, das ich mir wünsche. Etwas, das mir nicht mehr aus dem Kopf geht, seit es das erste Mal geschehen ist, aber ich möchte keine Küsse von Rush bei einer Wette gewinnen. »Keine Ahnung.«

»Wenn ich gewinne, möchte ich, dass S. Pott eine ganze Woche bei dir ist.«

Wider Erwarten muss ich lachen. »*Das* wünschst du dir?«

»Es würde mir ein Gefühl der Wertschätzung geben.« Er schmollt.

»Du bist sowas von verrückt.«

Jetzt ist es Rush, der zu lachen anfängt, aber dann piepst sein Handy dazwischen.

Die Belustigung erstirbt abrupt auf unseren Gesichtern, als er prüfend aufs Display schaut.

»Ist es von ihm?«, frage ich.

»Allerdings.« Er beißt die Zähne zusammen, während er das Handy entsperrt. Er liest vor: »*Ich verstehe das, Babe, ich wollte nur Gelegenheit haben, zu erklären.*«

Nachdem Ian so kaltschnäuzig zu mir war, kann ich nicht gerade behaupten, dass diese Freundlichkeit Rush gegenüber mich nicht trifft. Auch wenn sie nicht echt ist.

»Hat dein Sperma etwa Biergeschmack oder so?«, brumme ich finster.

»Das würdest du wohl gerne wissen!«, gibt er mit einem Augenzwinkern zurück. Das ist zwar süß und gibt mir auch einen

Kick, denn ja, das wüsste ich tatsächlich gern, aber das miese Gefühl bleibt.

»Ich glaube, dafür brauche ich noch ein Getränk.« Ich stehe vom Tisch auf, aber Rush legt sofort die Hand auf meine.

»Bist du sauer?«

»Nur … frustriert.«

»Hätte ich das nicht vorschlagen sollen?«

Ich drehe unsere Hände um und drücke seine, dann lasse ich sie los. »Nein, es war eine gute Idee. Ich brauche schließlich einen Platz zum Wohnen, und der Gedanke, den zu bekommen und ihm gleichzeitig eins auszuwischen ist wunderbar. Es ist nur … schwerer als ich dachte.«

»Weil du ihn liebst?«

Ich schnaube nur. »Nein. Darum ist es ja schwerer. Ich liebe ihn nicht. Ich vermisse ihn nicht. Ich hätte also nicht gedacht, dass es mir überhaupt etwas ausmachen würde.«

»Tut mir leid.«

Ich muss lächeln bei seinem verwirrten, etwas steifen Tonfall. »Das ist keine Situation, in der du dich entschuldigen müsstest, aber danke, dass du versuchst, mich zu verstehen.«

Den Ausdruck, der über Rush' Gesicht huscht, kann ich nicht deuten, denn ich stehe auf, um uns beiden neue Getränke zu holen, wobei ich versuche, mir nicht vorzustellen, wie ich wieder seine Hand nehme.

Als ich wiederkomme hat Rush ausgetrunken und nimmt sich sofort das zweite Bier vor. »Es ist fast, als würdest du mich abfüllen wollen.«

»Und wieso sollte ich das vorhaben?« Wenn überhaupt will ich mir einen kleinen Schwips erlauben, damit ich nicht mehr all meine Worte und Sehnsüchte auf die Goldwaage lege. Damit ich mir erlaube, Rush zu fragen, ob er den Kuss genauso toll fand wie ich. Ob er Lust hätte, ihn zu wiederholen.

»Damit ich dich ranlasse.«

Ich verschlucke mich fast an meinem Bier. »Du glaubst ernsthaft, ich bin der Typ Mann, der dich so ausnutzen würde?«

»Nee, aber betrunkener, schluderiger Sex kann Spaß machen.«

Mein Schwanz reagiert interessiert. »Nur wenn beide Parteien im nüchternen Zustand einverstanden sind.«

»Ich habe dir schon gesagt, dass ich Sex mit dir haben würde«, erinnert er mich, so beiläufig, als würde er über das Wetter reden. »Aber du hast nicht darauf reagiert, also verstehe ich das. Das mit dem Betrunkensein sollte ein Scherz sein. Aber ich lasse mich total gern den ganzen Abend von dir aushalten.«

Ich stupse ihn unter dem Tisch mit dem Knie an. »Ah, aber das klingt ja verdächtig nach einem Date.«

»Wirklich? Ich dachte, heute teilen sich alle die Rechnung. Hat irgendwas mit dem Patriarchat zu tun.«

»Ich nicht. Wenn ich jemanden zu einem Date einlade, zahle ich auch.«

»Sehr wohlerzogen von dir.«

»Nee, darum geht es nicht. Ich denke, wenn ich der bin, der gefragt hat, dann geht es auf mich. Wenn die andere Person fragt, bin ich flexibler.« Dann kann ich nicht widerstehen. »Ich schätze, ich mag es, andere zu verwöhnen.«

»Das ist eine sehr gute Eigenschaft.«

»In allen Bereichen des Lebens.«

Rush sieht mir kurz in die Augen, dann wieder weg. Er rutscht auf seinem Stuhl hin und her. »Da ich also dich gefragt habe, ob du etwas trinken gehen möchtest, müsste ich bezahlen?«

»Das ist kein Date, Rush.« Irgendwie haben wir es geschafft, etwas näher aneinander zu rutschen. »Und die Drinks gehen auf mich.«

»Tja, das –«

Ich erfahre nicht mehr, was er sagen wollte, denn sein Handy leuchtet auf. Wieder beiße ich die Zähne zusammen, aber jetzt nicht mehr wegen des potenziellen Inhalts der Nachricht, sondern weil wir unterbrochen wurden … bei was auch immer das ist, das gerade zwischen uns passiert.

»Was schreibt er?«, frage ich angespannt.

»Ich hatte geschrieben, dass ich nicht sicher bin, ob ich bereit bin, ihn anzuhören, und er hat mich gebeten, ihm eine Chance zu geben.«

»Eine Chance, dich wieder zu hintergehen.«

»Vermutlich. Aber zum Glück habe ich jetzt eine Geheimwaffe.« Er hebt den Blick – ein seltener Moment, in dem er mir in die Augen sieht. »Dich.«

Ich fange innerlich an zu strahlen »Mich?«

»Japp. Ich werde ihm nur schreiben, wenn du dabei bist. Dann kannst du mir helfen. Das wird der Realitäts-Check, den wir beide brauchen.«

Mein Bedürfnis, ihn zu berühren, ist so stark, dass ich mich hinüberlehne und ihm auf die Schulter tippe. »Teamwork?«

»Genau.«

»Glaubst du, der Plan wird aufgehen?«

Rush denkt einen Moment über die Frage nach. »Es ist ein bisschen riskant. Er muss glauben, dass wir beide seit diesem Abend keinen Kontakt hatten, wenn er über die Sache ins Plaudern kommen soll. Die Variable ist, dass keiner von uns weiß, ob ihm klar ist, dass wir zusammen arbeiten.«

»Hast du ihm nicht erzählt, wo du arbeitest?«

»Wer weiß? Er wusste, dass ich bei einer Versicherung angestellt bin, aber das war's auch schon. Unsere Gespräche handelten eher von –« Rush' Wangen röten sich, aber er setzt sich gerade auf und fährt fort: »Es ging mehr um Sex. Wie sehr er mich vermisst. Die Sachen, die er mit mir anstellen wollte.«

Jedes einzelne Wort macht mich wütend. »Verstehe.«

»Es wird immer deutlicher, dass er mich tatsächlich so gesehen hat. Als Loch.«

»Daraus solltest du dir nichts machen.« Ich nehme Rush das

Handy ab. »Wenn er dich nicht besser kennenlernen wollte, ist das sein Pech. Er hat Probleme. Nicht du.«

»Ich würde dir ja zustimmen, wenn da nicht eine Sache wäre.«

»Und zwar?«

»Das war in all meinen Beziehungen ein wiederkehrendes Motiv.«

Rush klingt sachlich, als er das sagt, aber mein Puls beschleunigt sich wie eine Rakete. All diese Männer, die Dinge mit ihm tun durften, an die ich nicht aufhören kann zu denken, und die nichts Besseres zu tun hatten als ihn für selbstverständlich hinzunehmen.

»Ich könnte Abendessen vorschlagen«, sagt er.

Ich versuche stirnrunzelnd, zu verstehen, was das Gespräch in diese Richtung gelenkt haben könnte. »Abendessen?«

»Ja.« Rush nimmt sein Handy wieder an sich. »Er kann sich beim Abendessen erklären – das er bezahlt – und ich werde versuchen, Informationen über dich aus ihm herauszuholen. Ohh, vielleicht könnte ich so tun, als hätte ich Angst, mit ihm gesehen zu werden … das ist doch sicher eine berechtigte Sorge für ein nebenher benutztes Loch, oder?«

»Hör auf, dich so zu nennen.«

»So sieht er mich eben.«

»Aber keiner von uns beiden sieht dich so.« Ich stupse ihn in die Seite, bis er mich ansieht. »Ich mein's ernst. Genug davon.«

»Okay. Ja, du hast recht.«

Ich bin nicht sicher, ob ich ihm das abnehme. Ich beobachte sein Gesicht, während er die Nachricht an Ian tippt, in der er fragt, ob sie sich treffen können, um zu reden. Mir gefällt dieser Plan ganz und gar nicht. Die Antwort kommt sofort, Zeit, Datum und Restaurant in der Innenstadt, gleich morgen Abend.

Mir ist alles andere als wohl dabei, aber es ist nicht an mir, das zu erwähnen. Rush ist nicht mein Kerl, den ich zu beschützen habe, und die ganzen widerstreitenden Gefühle in meinem Inneren sind jetzt schon zu viel für mich. Rush ist in erster Linie mein Untergebener, aber wegen all der anderen Aspekte fällt es mir schwer, mich darauf zu konzentrieren. Betrogen und verlassen zu werden, nach dieser miesen Erfahrung Rush näher zu kommen, wesentlich näher noch, seit wir uns geküsst haben. Außerdem ist er ein anständiger Kerl.

Ich habe wirklich versucht, ihn zu hassen.

Und jetzt scheint es so, als hätte ich mich sogar noch in ihn verguckt.

Ich bin wirklich armselig, verdammt nochmal.

Unmöglich, mich aus einer langen Beziehung mit bösem Ende sofort in etwas Neues zu stürzen, und schon gar nicht mit dem Mann, mit dem mein Ex mich betrogen hat.

Aber Rush hat eine Beziehung mit keinem Wort erwähnt.

Nur Sex.

Unverbindlichen Sex.

Und während ich beobachte, wie er einen langen Schluck von seinem Bier nimmt, die Bewegung seines Adamsapfels beim Schlucken bewundere, steigen in meinem Geist die schmutzigsten Fantasien von uns beiden auf.

Ich kann den weicheren Gefühlen, die ich für ihn entwickele, nicht nachgeben – aber sein Angebot annehmen, *das* würde gehen.

Ein Angebot, von dem ich langsam glaube, dass ich nicht stark genug bin, ihm zu widerstehen.

SECHZEHN

RUSH

AUS ZWEI BIER WERDEN VIER ... dann fünf. Ich vertrage Alkohol recht gut, mag aber, wenn alles einen kribbligen, fröhlichen Schleier bekommt. Besonders Hunter. Die Sorge, die auf seiner Stirn abzulesen war, ist verschwunden, und er ist wieder er selbst. Die schwarzen, ordentlich gescheitelten Haare, das kantige Kinn, die mit Selbstbewusstsein geäußerten Gedanken. Er ist ein Typ, der mit beiden Beinen im Leben steht. So fühlt er sich zwar vielleicht im Augenblick nicht, aber das wird nicht lange vorhalten. Nicht bei jemandem wie ihm. Die Welt ist für solche Männer gemacht.

Und meine Beine spreizen sich wie von selbst für Männer wie ihn, nach fünf Bier allemal.

Auch Hunter ist jetzt lockerer. Ich merke es an seinem offenen Lächeln, und an den Augen, die so funkeln wie meine Gedanken.

Ich fühle mich wohl in seiner Gesellschaft, was außerhalb meiner Bertha-Mitbewohner nicht oft vorkommt. Ich muss keine Gehirnakrobatik veranstalten, um ihm folgen zu können, oder sinnlose Fragen beantworten, und unser beider Zeit damit verschwenden, zu begründen, worüber ich gerne reden will und wieso.

Ich bin relativ extrovertiert, aber Gespräche mit manchen Leuten fallen mir schwer. Das hat keinen bestimmten Grund. Es ist schön, jemanden zu finden, mit dem ich reden kann, ohne dass es mich anstrengt.

Unsere Stühle sind auch näher aneinandergerückt, mit jedem neuen Getränk schwindet der Abstand zwischen uns, bis mein Knie auf seinem Oberschenkel liegt, ohne dass einer von uns großen Aufhebens darum macht.

Ich tue so, als würde ich es nicht merken, und hoffe wirklich, dass er sich auch nur verstellt.

»Wir kamen vorhin gar nicht mehr zum Armdrücken«, sagt er plötzlich.

Ich habe Mühe, mich an alles zu erinnern, was vor Bier Nummer vier passiert ist. Das Aufziehen und die Herausforderung scheinen gerade ganz unwichtig. Ich grinse ihn an. »Willst du wieder Schwanzvergleich machen?«

»Genau genommen haben wir das ja nicht gemacht.«

»Ich wette, ich hab' den größeren.«

Hunter lacht erstickt auf. Es ist ein Geräusch, das ich inzwischen mag, denn es bedeutet, dass er mochte, was ich gesagt habe, ohne es wirklich zu wollen. »Sprechen wir immer noch von einem hypothetischen Männlichkeits-Test?«

»Definitiv nicht. Ich spreche von richtigen Schwänzen.«

Hunter fährt sich mit der Zunge über die Unterlippe, und in seinen Augenwinkeln erscheinen Fältchen. »Ich habe deine Zuckerstange gesehen und kann bestätigen, dass du *auf jeden Fall* den größeren hast.«

Mir bleibt der Mund offenstehen. »Du hast gesagt, du hättest nichts gesehen.«

»Ich sagte, dass ich auf andere Dinge geachtet habe.« Seine Augen funkeln spöttisch. »Ich habe gelogen.«

»Wow. Wooow. Und ich dachte, unsere Beziehung basiert auf gegenseitigem Vertrauen und Rache.«

»Wir kamen ja noch nicht wirklich zur Rache. Also könnte man genauso gut auch auf das Vertrauen verzichten.«

Ich verschränke die Arme und sage empört: »Das liegt nur daran, dass du gesagt hast, der Kuss war nicht sexy genug. Er war total sexy, danke auch. Um ehrlich zu sein … glaube ich dir kein Wort, da du ja ein unverfrorener Lügner zu sein scheinst. Ich bestehe darauf, ihn selbst zu sehen.«

Hunter sieht sich in der Bar um. »Gleich hier?«

»Ja.«

»Jetzt?«

»Natürlich jetzt, denn sonst riskiere ich, es zu vergessen, und je mehr ich darüber nachdenke, desto dringender will ich es sehen.«

Er lacht und mir gefällt, dass es leichtherziger klingt als sonst. »Ich will nicht, dass alle das mitbekommen.«

»Wieso? Glaubst du, es würde eine spontane Orgie auslösen?«

»Hat dir schon mal jemand gesagt, dass deine Stimme keinen Lautstärkeregler hat?«

»Schon häufig bei der Arbeit. Ich ignoriere es.«

»Warum wundert mich das nicht?« Er zieht seine Lippe durch die Zähne. »Ich zeig's dir. Aber nicht hier.«

»Wo denn dann? Im Flur vor den Toiletten? Willst du den Ort nochmal besuchen, wo du mich an die Wand geschubst hast?«

In Hunters Ausdruck flackert eine Emotion auf. »Nein. Mein Auto steht auf dem Parkplatz. Wir könnten dahin gehen.«

»Du hast aber nicht vor, nach Hause zu fahren, oder?«

»Nein, Mom.«

Ich lege den Kopf schief und versuche zu ermitteln, ob er zufällig den falschen Namen gesagt hat, oder ob das sarkastisch war. Da es mir nicht gelingt, beschließe ich, ihn damit aufzuziehen. »Du hast also einen Mama-Kink?«

»Rush!« Hunter legt mir die Handfläche über den Mund,

während er sich umschaut. Als er sich wieder zu mir dreht, sind wir nur einige Zentimeter voneinander entfernt und in seinen Augen funkelt … etwas. Etwas, das mir ein angenehmes Gefühl gibt. »Dich kann man wohl nirgend hin mitnehmen, was?«

Wenn mein Mund nicht verschlossen wäre, würde ich ihn darauf hinweisen, dass er mich gerne mit ins Schlafzimmer nehmen könnte, ohne dass ich mich sträuben würde.

Stattdessen lecke ich seine Handfläche.

Er nimmt die Hand nicht weg. Ich ernte nur einen strengen Blick, den mein Schwanz nur schwerlich ignorieren kann.

»Bist du dann soweit?«, fragt er mit köstlich rauer Stimme.

Ich kann nur nicken.

Als er mich loslässt, bin ich im Handumdrehen aufgesprungen und zur Tür geeilt. Ich weiß schon, was ich hoffe, das in diesem Auto passieren wird, aber ich kann mir nie sicher sein, die Zeichen richtig gedeutet zu haben.

Wenn sich das Video als so scharf herausstellt wie der Kuss sich angefühlt hat, könnte die Sache eskalieren. Wenn es so peinlich ist wie Hunter es beschrieben hat, kann ich der sexuellen Spannung Lebewohl sagen.

Ich drücke meinem Penis zuliebe die Daumen und hoffe, dass meine Instinkte richtig liegen.

Nach ein paar Schritten halte ich auf dem Parkplatz inne, da ich keine Ahnung habe, was für einen Wagen er eigentlich fährt. Wir sind nicht gemeinsam gegangen, denn das wird einem in den Filmen so suggeriert, wenn man ein heimliches, nun, in unserem Falle *Rache-Verhältnis* hat, aber das ist jetzt egal. Hunter lässt sich Zeit beim Näherkommen, und ich kann meinen langen Seufzer nicht unterdrücken.

»Du ruinierst das Ganze.«

»Was ruiniere ich?«

»Die Spannung.«

Er kneift die Augen etwas zusammen. »Die Spannung … auf unser Debut auf dem Bildschirm.«

Und hoffentlich anderer Dinge. »Genau. Das Video. Auf dem wir uns küssen. Und den Beweis, dass es passiert ist.«

»Ich brauche keine Beweise.«

Und damit kommt meine boshafte Seite zum Vorschein. »Wieso? Du denkst wohl oft daran? Erinnerst dich daran beim Einschlafen? Oder vielleicht beim Duschen? Hast du schon mal an mich gedacht, wenn du deinen Schwanz in der Hand hattest?«

»Verdammt nochmal, Rush. Sowas kannst du nicht zu deinem Chef sagen.«

Ich runzele die Nase. »Du verhältst dich nicht wie ein Chef. Aber wenn du willst, kann ich dich gerne *Sir* nennen.«

Ich kann nicht deuten, ob das Stöhnen von der guten oder schlechten Sorte ist, bis er mir die Hand auf die Hüfte legt, mich zu einem silbernen Auto zieht und mir ins Ohr flüstert: »Als ich dich zum ersten Mal gesehen habe, dachte ich, du wärst als Spielzeug für Ian und mich gedacht, bevor mir klar wurde, was wirklich los war. Und ich wusste ganz genau, an welcher Zuckerstange ich lecken wollte.«

Ah. Ein Blitz der Erregung durchschießt mein Inneres, dann drehe ich mein Gesicht zu ihm. Wenn ich ihn anschauen will, muss ich fast schielen. »Da hat wohl jemand eine Schwäche für Süßigkeiten?«

Auf Hunters Gesicht erscheint langsam ein raubtierhaftes Lächeln, und die kleinen zerbrochenen Stückchen in meinem Inneren fangen an Feuer. So angeschaut zu werden ist meine Schwäche; es könnte der Grund sein, warum ich immer wieder so viel Ärger mit Männern habe; aber schon einer dieser Ich-muss-dich-anfassen-Blicke reicht aus, um ihnen meine volle Erlaubnis zu geben.

Selbstwertgefühl? Wer braucht das schon.

Ich habe eben so meine Themen, genau wie alle Leute.

Aber wenn *Hunter* mich so ansieht verspüre ich ein Begehren, das überwältigender ist als je zuvor.

Er lacht leise. »Einsteigen?«

»Ein …«

»Um das Video anzuschauen.«

Ich wäre zwar eher dafür, es zu wiederholen – aber ich steige ein, denn ich bin ein guter Junge, habe mich zurückgehalten und mich nicht an Hunters Bein gerieben. Es war aber knapp.

Kaum fällt die Tür hinter mir zu, bin ich von seinem Duft eingehüllt. Ich atme tief ein und lasse mich in das beruhigende Gefühl sinken, das sich in all meinen Sinnen breit macht. Am liebsten würde ich fragen, welches Eau de Cologne er benutzt, weiß aber, dass er mir eine Marke nennen würde statt Zutaten und Duftnoten, also lasse ich es. In der Bar war es laut und lebhaft, und die dunkle Stille hier ist ein zu krasser Wechsel, denn jetzt werden meine Gedanken lauter.

»Hier.« Er reicht mir sein Handy. Der sanfte Klang seiner Stimme fühlt sich gut an meiner Haut an, mehr ein Gefühl als ein Klang.

Ich nehme es und drücke auf Play.

Da stehe ich, etwas ungeschickt, dann tritt Hunter ins Bild. Schnell, fokussiert wie eine Viper, und von der Sekunde, in der sich unsere Lippen berühren, schlägt es vom potenziellen Snuff-Film zur eindeutigen Pornografie um. Wenn man es so nennen kann, voll bekleidet ohne nackte Haut.

Ich spüre meinen Schwanz reagieren. Ich achte in erster Linie auf Hunter und sein verdammt dominantes Verhalten. Seine Hand auf meinem Arsch, sein Körper, der meinen umfangen hält, wie er mich festhält, als würde er nicht mehr loslassen wollen.

Und als der Hunter im Video sich meinem Hals zuwendet, spüre ich es. Es prickelt und vibriert an der empfindlichen Haut. Das Summen in meinem Blut mit dem beschleunigten Herzschlag, das noch mehr Blut in meine steinharte Erektion pumpt.

Dann ist es zu Ende, und die Stille klingt in meinen Ohren wider und verursacht mir eine Gänsehaut.

Vollkommen unmöglich, dass Hunter diesen Kuss nicht sexy

genug findet, es sei denn, er ist jemand, der auf Würgen steht oder so.

Oder wollte er es einfach nicht verschicken?

Oder ist es etwas anderes? Ist es ihm peinlich, sich mit mir sehen zu lassen, oder macht er sich Sorgen, Ian niemals zurück zu bekommen? All diese störenden Gedanken sind falsch und nicht willkommen, aber das hindert sie leider nicht daran, mir durch den Kopf zu gehen und sich dort mit überzeugender Wucht breit zu machen.

»Siehst du?« Er räuspert sich. »Überhaupt nicht scharf. Nicht die Spur. Auf keinen Fall etwas, das man verschicken könnte.« Nach einer gewichtigen Pause. »Aber das war ja zu erwarten. Es war unser erster Versuch.«

Erster Versuch. Ich schaue nicht auf, als ich antworte: »Ich bin sicher, der zweite Versuch wäre viel schärfer.«

»Da könnte etwas Wahres dran sein. Aber wenn du vorhast, so zu tun, als ob wir uns nicht kennen, können wir es Ian sowieso nicht schicken, stimmt's?«

Er hat recht. Solche Bilder würden ihm sicher kein Geständnis dazu entlocken, Hunter auf die schwarze Liste gesetzt zu haben. Andererseits …

»Es schadet aber nie, einen Plan B zu haben.«

»Ich bin gerne vorbereitet. Organisiert. Bereit für alles.«

»Dann wäre es doch sinnvoll. Um sicherzugehen, dass wir etwas haben, worauf wir zurückgreifen können.«

Hunters große Gestalt lehnt sich über die Mittelkonsole. »Es würde bedeuten, dass wir uns nochmal küssen müssen.«

Ich spüre die freudige Erwartung schwer auf der Zunge. »Bis wir es richtig gut machen. Man kann nicht erwarten, dass es gleich beim zweiten Mal perfekt ist. Vielleicht auch beim dritten Mal noch nicht.«

Als ich mich zwinge, den Kopf zu heben und ihn anzusehen, erkenne ich, wie groß Hunters Pupillen aussehen. »Mit harter Arbeit kenne ich mich aus.«

Ich tippe an die Seite der Konsole, auf die er sich stützt. »Nicht allzu viel Platz zum Manövrieren.«

»Rückbank?«

Ich antworte gar nicht erst, reiße einfach die Tür auf, springe aus dem Auto und lasse mich auf den Rücksitz fallen. Hunter folgt mir, und ich rechne mit der gleichen ungebremsten Leidenschaft wie beim letzten Mal, aber er zögert. Nicht lange genug, um ihn darauf anzusprechen, aber so lange, dass er meinen Blick festhalten kann, bevor ich mich abwende. Er legt die Fingerspitzen an meine Wange, eine Sekunde, zwei, dann umfasst er meinen Kiefer und zieht mich zu sich herunter. Sobald ich den Mund aufmache, schiebt er seine Zunge hinein.

Für den zweiten Versuch machen wir das perfekt.

Es ist etwas unbequem, und mein eines Bein verkrampft sich, aber dann rutscht Hunter ein Stück, packt mit der freien Hand meinen Oberschenkel und zieht mein Knie über seinen Schoß. Ich spüre sein sexy zufriedenes Summen auf der Zunge.

Wir können noch die ganze Nacht üben, wenn es sein muss.

KAPITEL
SIEBZEHN

HUNTER

ICH WOLLTE, ich könnte mir vormachen, dass es nicht genau das ist, worauf ich gehofft hatte. Dass ich so tun könnte als wäre ich ein anständiger Kerl, der sich nur unterhalten und ganz platonisch bleiben wollte, und dass dies ein totaler Zufall ist.

Aber in der Sekunde, in der ich vorgeschlagen habe, in mein Auto zu gehen, habe ich gehofft, dass es genau hiermit enden würde.

Kann sein, dass ich dafür in die Hölle komme. Aber wenn, dann wäre ich mit Rush zusammen da.

Ein Plan B?

Wenn er so tun möchte, als ob es das ist, was sich hier abspielt, mache ich liebend gerne mit. Zumal, wenn er halb auf mir liegt und in meinen Mund stöhnt. Ich kann nicht aufhören, ihn zu berühren. Ihn zu spüren. Ihn zu küssen. Unsere Zungen sind ein ineinander verschlungenes Chaos, das Begehren zwischen uns anfacht. Beide ringen um die Oberhand, aber gewinnen tun wir verdammt nochmal beide. Ich erkunde die festen Flächen seines

Rückens, umfasse seinen Hals und streichele genüsslich mit dem Daumen über die kratzigen Bartstoppeln an seinem Kinn.

Mein Schwanz schmerzt von dieser Nähe zu Rush', dem Geräusch seiner schweren Atemzüge, die stetig lauter werden.

Ich will so viel mehr machen als knutschen.

Es ist eine Qual.

Teile von ihm zu schmecken und zu wissen, dass der Rest mir verboten ist. Mich mit sicheren Berührungen zu begnügen, wenn ich meine Hand am liebsten in seine Hose schieben und ihn streicheln würde, bis er kommt. Sehen, wie er seinen köstlichen Körper der Lust hingibt.

Der Drang, ihn zu befriedigen, hat mich gepackt. Ein Sturm braut sich in meiner Brust zusammen, die Rush gerade schamlos angrabscht, während er sich an mich drängt und seinen Schwanz an meinem Bein reibt.

»Willst du mir etwas sagen?« *Sag ja, und ich werde es dir geben. Liebend gern.*

Er reibt sich erneut an mir. „Nur, dass mein Schwanz hart ist und dich zu mögen scheint.«

»Tja … ich hatte ja den Rache-Sex abgelehnt, aber …«, sage ich und beiße ihn in die Unterlippe. »Ich kann mich nicht erinnern, gesagt zu haben, dass Handarbeit vom Tisch ist.«

Rush gibt mir keine Zeit, an mir zu zweifeln, umfasst mein Kinn und küsst mich hungrig. Dann lässt er seine Hände nach unten wandern, öffnet meine Knöpfe einen nach dem anderen, und als er meinen Hosenbund erreicht hat, fällt auch der ihm zum Opfer.

So sehr ich mir wünsche, von ihm angefasst zu werden – ich will ihn genauso gern berühren, also schiebe ich seine Hand beiseite, bevor er mich herausholen kann.

»Du … bist du auch sicher?«, fragt Rush. »Soll ich mich nicht erst um dich kümmern?«

»Ich will nur eins: Sehen, wie du kommst, und wissen, dass es alles für mich ist.« Damit öffne ich seine Hose mit beiden Händen und ertaste seinen großartigen Schwanz, der schon auf mich wartet. Seine Baumwollunterhose hat einen nassen Fleck, und ich empfinde pures Glück, als ich seinen Schaft befreie und mir bewusst mache, dass ich *diesen* Schwanz nicht nur berühren darf, sondern dass er zu Rush gehört.

Ich spucke in meine Handfläche, lege sie um ihn und streichele ihn einmal fest.

»Oh, okay. Ja. Genau so. Perfekt.«

Es fällt mir schwer, nicht zu lachen, so süß ist er, also küsse ich ihn wieder, bevor ich dem Impuls nachgeben kann. Mit der freien Hand packe ich ihn um die Taille, drücke ihn an mich und bringe seine Hüften dazu, sich in einem sexy Rhythmus zu bewegen, während er meine Faust vögelt. Ich wollte, ich könnte mir Zeit nehmen, ihn beobachten, schmecken, es genießen, wie er sich mit der kräftigen, langen Erektion an meiner Hand Lust verschafft. Seine Hoden sind noch verhüllt, ich kann seinen Körper nicht sehen, und all dies könnte so viel besser sein – aber ich muss mich damit begnügen, was ich habe. Es wird mich anspornen. Wird wahrscheinlich zu viel werden, wenn wir wieder bei der Arbeit sind und ich so tun muss, als wollte ich ihn nicht so sehr wie es der Fall ist.

Der Hunter der Zukunft wird mich hassen.

Aber der Hunter im Hier und Jetzt hält Rush' Schwanz in der Hand und hat den Konsequenzen den Laufpass gegeben.

Rush' kehliges Stöhnen schickt mir Schauer die Wirbelsäule hinunter, während sich die Geräusche und der Duft von Sex um uns verbreiten. Die Autofenster sind beschlagen, Rush klammert sich an meine Schultern, und dieser wunderschöne Mund lächelt, während er sich mir hingibt.

Ich löse mich von seinen Lippen und flüstere ihm ins Ohr: »Ich will deine Sahne, und ich will sie jetzt. Spritz meine Hand voll. Dann werde ich deine Ladung benutzen, um mir einen runterzuholen, und wissen, dass du sie mir gegeben hast, damit ich mich damit befriedigen kann. Dass du mir Lust verschaffen wolltest. Das willst du doch, Rush?«

»Ja. Gut. So gut.«

Mit dem Daumen mache ich bei jedem festen Streicheln kleine Kreise um seine Eichel, wo ich die Liebestropfen sammle und auf mehr hoffe. Ich genieße es, ihn zu erregen. Es Rush zu besorgen. Ich will ihm Erlösung bringen, den kurzen Moment, wenn die schmerzhafte, schwindelerregende Lust zersplittert und ihn mit unglaublicher Erleichterung erfüllt.

»Bist du kurz davor?«

»So kurz.«

»Schneller.« Ich packe seine Hüfte fester. »Nimm dir, was du brauchst.« Mein einziges Bedauern ist, dass ich seine Eier nicht umfassen kann, im Wissen, dass ich mir ihren Inhalt gleich nehmen kann. »Willst du, dass ich komme, Rush?«

»Ja. So sehr.«

»Dann gib mir etwas zum Wichsen.«

Er erschauert und krallt die Finger in meine Schultern. »Mein Sperma. Du willst mein Sperma.«

»Nur deins. Mehr brauche ich nicht, um mich gut zu fühlen.«

Er schreit auf, sein ganzer Körper wird von Krämpfen geschüttelt, und sein Schwanz ergießt seine pure Erleichterung in meine Hand. Ich fange jeden Tropfen auf, streichele ihn die ganze Zeit weiter und warte darauf, dass er sich an mich sinken lässt.

»Jetzt kannst du meinen rausholen«, sage ich.

Rush beeilt sich, meinen Schwanz zu befreien, und beugt sich sofort vor, um ihn in den Mund zu nehmen. Hier drin ist nicht viel Platz dafür, aber Rush' Mund ist verdammt nochmal magisch. Ein warmer Kuss, der meinen Schaft in ein Kribbeln einhüllt, das mich gleichzeitig um Erlösung und darum betteln lässt, es möge noch ewig so weitergehen.

Er zieht sich mit einem ploppenden Geräusch zurück und lächelt schief. »Nicht der beste Winkel, sorry.«

»Da muss ich widersprechen.« Mein Blick wandert über seinen Körper. »Der Winkel ist großartig für mich.«

Dann nehme ich meinen Schwanz in die mit Sperma befeuchtete Hand und bewege sie auf und ab, als würde ich dafür bezahlt werden. Bei jeder Bewegung macht die leicht zähflüssige Schicht ein glitschiges Geräusch. Rush mag größer gebaut sein als ich, aber ich weiß meinen Schwanz zu gebrauchen, und wenn er jetzt auf mir reiten würde, könnte ich ihm Lustschreie entlocken.

Aber das hier muss reichen, ermahne ich mich. Das hier ist perfekt. So sexy und erotisch. Rush' Sauce auf diese Weise zu benutzen und in meine empfindliche Haut einzumassieren, erweckt in mir ein ganz neues Gefühl: Besitzerstolz.

»Zieh dein Hemd aus.«

Er knöpft es hastig auf und öffnet es. Seine Krawatte baumelt zwischen seinen festen Nippeln herab, sein weicher Schwanz hängt noch vorn aus der Hose. Rush ist noch verstrubbelt von meinen Händen, seine Wangen sind gerötet, und er ringt immer noch nach Atem.

Ich stoße in meine Faust, mein Hintern hebt sich wie von selbst vom Sitz – das Ziel ist in Sicht. Rush bietet wieder seine Hilfe an; ich versichere ihm, dass ich es im Griff habe. Würde ich gern von Rush berührt werden? Gottverdammt, und wie. Wäre es schlau, bei all den Gedanken, die mir durch den Kopf gehen? Auf keinen Fall. Es gibt einen Unterschied zwischen Selbstschutz und Selbstzerstörung, und anscheinend balanciere ich auf dem schmalen Grat, der die beiden trennt, flirte mit dem Begehren und verstärke es damit.

Ich bearbeite mich schneller. Atme tiefer. Alle Bauchmuskeln angespannt zur scharfen Erleichterung.

Rush beißt mir ins Ohrläppchen, bis ich schmerzhaft aufstöhne. »Ich stelle mir gerade vor, wie ich auf dir sitze und mein Sperma als Gleitgel benutze, während ich auf deinem Schwanz reite.«

Ich explodiere. Es ist unerwartet und plötzlich, und mein

Orgasmus überspült mich in Wellen. Ich lasse mich in das Hochgefühl sinken, erreiche den Höhepunkt, der erst nach und nach
abebbt, dann bemühe ich mich langsam darum, meinen Blick
wieder scharfzustellen.

Rush' selbstzufriedenes Gesicht ist das erste, was ich sehe.

»Dirty Talk magst du also.«

»Ich werde mich sicher nicht beschweren, ab und zu etwas
davon zu hören zu bekommen.«

Er lacht und gibt mir einen Kuss, der jetzt weicher ist, eine
sanfte Berührung der Lippen. Er streichelt meine Zunge mit
seiner, als wollte er sich bedanken.

Dann löst er sich von mir und sinkt weich und gelöst auf den
Sitz neben mir.

»Alles in Ordnung?«

»Das war die beste Probe, die ich je erlebt habe.«

»Für mich auch.«

Er setzt sich abrupt auf und fasst sich an den Kopf, als sei ihm
schwindelig. »Das Video!«

»Was?«

»Wir haben gar nicht gefilmt!«

»Hätten wir das tun sollen?«

Er fixiert mich mit einem ungläubigen Blick. »Das war doch
der Sinn der Übung. Wir haben keinen Plan B, wenn wir keine
Aufnahme haben. Was sollen wir denn sonst machen? Ihm eine
Geschichte schreiben?«

»Rush. Ist schon okay.«

»Nein, ist es nicht. Du verstehst das glaube ich nicht.«

»Was verstehe ich nicht?«

»Wenn wir es nicht gefilmt haben, ist es … nur Küssen.
Einfach so. Keine Rache, kein Beweis, um Ian das Handwerk zu
legen.«

Mir liegt auf der Zunge, dass wir uns natürlich nicht *nur*
geküsst haben. Dass mir nicht klar war, dass ich eigentlich filmen
sollte. Dass ich nichts hiervon für Ian mache – nur, weil ich es

selbst will. Aber wenn es für ihn nur um Rache geht, wie kann ich ihm meine Gedanken verraten, ohne dass er sich total betrogen fühlt?

»Muss mir wohl entfallen sein«, sage ich also.

»Beim nächsten Mal denken wir aber daran.«

»Beim nächsten Mal?« Ich kann es nicht verhindern – ich horche auf. Ich dachte schon, das war's, aber Rush scheint das alles sehr ernst zu nehmen. Ich fühle mich ausgesprochen unbehaglich.

»Ist das nicht der Grund, warum man übt? Um für das Hauptereignis vorbereitet zu sein?« Seinem Ton nach ist Rush völlig unberührt von dem, was zwischen uns passiert ist, als wäre es nicht mehr als eine Transaktion gewesen. Wenn das mein Selbstvertrauen nicht beflügelt …

»Für mich hat es sich schon wie ein Hauptereignis angefühlt.«

»Oh, versteh mich nicht falsch, der Sex war unglaublich, aber unser Ziel war ja Küssen. Also ist das auch das Hauptereignis, für das wir üben sollten. Es sei denn, du willst ihm einen selbst gedrehten Porno schicken – dann können wir auch das üben, so lange du willst.«

Natürlich hat er das gemeint. Was für ein Idiot ich doch bin. Rush hat nicht von Sex gesprochen, als er das nächste Mal gesagt hat. Er meint das nächste Mal, wenn wir uns küssen. Da sind meine Wünsche mit mir davongaloppiert. Ich habe den kurzen Gedankenblitz, dass das auch Ian so gegangen sein könnte, aber das schiebe ich sofort beiseite.

Ich verstehe zwar, dass Rush so verführerisch ist, verstehe, warum man das mehrmals erleben möchte und die Geräusche, die er beim Kommen macht, immer und immer wieder hören will – aber Ians Verhalten bleibt unverzeihlich.

Die Welt ist voller sexy, netter Menschen; es bedeutet nicht, dass man fremdgehen darf, um sie alle zu erleben.

»Okay«, sage ich. »Wir üben also nochmal Küssen.«

»Genau.«

»Und lassen die Finger vom Penis des anderen.«

»Warum lassen wir das nicht offen?«

Da muss ich lachen. »Aber ohne Kamera ist es nur Vögeln. Das war's«, wiederhole ich seine Worte von vorhin.

»Stimmt. Aber ich habe nicht gelogen.«

Was meint er? »Wann denn?«

Seine grün-braunen Augen blitzen, als er sich näher zu mir beugt. »Ich will *tatsächlich* gerne auf deinem Schwanz sitzen.«

»Du wirst mich noch in Schwierigkeiten bringen.«

»Wieso?«

»Weil der Tag kommen wird, an dem ich nicht mehr nein sagen kann.«

Er stupst meine Wange mit der Nase, dann drückt er vorsichtig meinen Schwanz. »Wann war das nochmal, als du es konntest?«

»Leck mich.«

»Hatte ich nicht *gerade* gesagt …?«

»Das meine ich nicht so.«

»Dann hör auf damit, leere Versprechungen zu machen.«

Mit einem Knurren ziehe ich ihn auf meinen Schoß und küsse ihn, um ihn zum Schweigen zu bringen. Nur darum. Sonst nichts. »Seit ich dich kenne, bist du eine Nervensäge. Das bedeutet nicht, dass du gewonnen hast. Es war ein schwacher Moment und ich war geil.« Wir wissen beide ganz genau, dass das glatt gelogen ist.

»Du meinst also, ich muss warten, bis du wieder einen schwachen Moment hast und geil bist?«

»Spricht man so mit seinem Chef?«

»Vielleicht nicht.« Er reibt seine Nase an mir. »Aber für den Verlobten meines Exfreundes scheint es mir passend.«

Ich stöhne auf. »Bitte erinnere mich nicht daran, dass *er* Sex mit dir hatte.«

Es bringt mich um, daran zu denken, dass Ian Rush auf alle erdenkliche Weise erlebt hat. Die Eifersucht wegen des Fremdgehens ist schnell der Eifersucht darauf gewichen, dass er Rush vor mir haben durfte.

Rush zieht einen Flunsch. »Aber *ich* muss mich doch erinnern. Ist das fair?« Dann nimmt er mein Kinn und zieht mich an sich. An meinen Lippen sagt er: »Vielleicht kannst du mir im nächsten schwachen Moment, wenn du geil bist … helfen, die Erinnerungen zu vergessen.«

ACHTZEHN

RUSH

NACH EINEM ABEND mit Hunter im Restaurant zu sitzen und auf Ian zu warten müsste eigentlich verboten werden. Erstmal bin ich zu früh dran – kaum zu glauben, aber ich bin vor Ian hier, der sich verspätet. Ich kann aber an nichts anderes denken als an die mit Hunter verbrachte Zeit und meine wilde Entschlossenheit, alles für ihn wieder einzurenken.

Ich muss mich zurückhalten. Weniger Emotionen zeigen. Und hoffen, dass Molly nie herausbekommt, was ich getan habe. Molly mag zwar der reinste Sonnenschein sein, aber Seven ist es nicht, und Molly würde ihn auf mich ansetzen, ohne mit der Wimper zu zucken.

Ich bin nicht überzeugt, dass es mich vor seinem Zorn schützen würde, zu beteuern, dass ich das hier aus gutem, absolut vernünftigem Grund mache.

Und trotzdem bin ich hier.

Weil Hunter es verdient hat. Und Ian es verdient hat, Schlamm zu essen.

Ups. Diese Gedanken sollte ich mir besser nicht anmerken lassen.

Ich bin kurz davor, anzunehmen, ich sei versetzt worden, als er auftaucht. Er sieht so atemberaubend teuer aus wie immer. Ich erinnere mich, dass er mich auf die gleiche Weise beeindruckt hat wie Hunter. Männer, denen die Welt gehört. Die sich in der Welt zuhause fühlen, weil ihnen bewusst ist, dass sie ihnen zusteht. Aber jetzt, da ich Hunter kenne, springen mir die Unterschiede umso deutlicher ins Auge.

Hunter ist selbstbewusst.

Ian ist großspurig.

Er beeindruckt mich nicht mehr.

Während er auf mich zukommt, betrachtet er mich aus seinen grün gesprenkelten Augen, und ich ermahne mich innerlich, schüchtern zu wirken. Traurig. Ich muss bewusst meinen Gesichtsausdruck verändern, aber dankenswerterweise habe ich eine Menge Erfahrung damit, Emotionen nachzustellen und vorzutäuschen. Ich habe Gefühle. Sehr tiefe sogar. In meinem Inneren. Sie brechen nicht oft aus mir heraus. Meist zeige ich absichtlich das, was die Leute gerne sehen wollen, um sie nicht in Verlegenheit zu bringen.

Und was Ian sehen will, ist ein verletztes kleines Lämmchen, das ihn vermisst.

Ich vermisse ihn ungefähr so sehr wie meine Nabelschnur.

»Rush«, sagt er leise, als er mich erreicht hat. Er zieht seinen Stuhl heran. Das scharrende Geräusch kratzt in meinem Gehirn, und ich schiebe die Hände unter den Tisch, bereit, die Fingernägel in meine Handfläche zu krallen, falls es nötig wird.

»Hey …«

»Ich bin so froh, dass du bereit warst, dich mit mir zu treffen. Verdammt, wie ich dich vermisst habe. So sehr.«

»Äh, okay …« Ich schleudere meinen Gehirnsalat und suche nach einer besseren Antwort. »Ich meine, ich habe dich vermisst. Ist ja klar. Aber ich bin … verletzt. Und verwirrt.«

»Ich weiß, Babe, ich weiß.« Er streckt mir über dem Tisch die offene Handfläche entgegen, wartet darauf, dass ich meine hineinlege. Ich weiß zwar, was ich tun sollte, muss aber an das Bild davon, schimmeligen Käse anzufassen, denken. Ich kann ihm nicht geben, was er will.

»Ich denke … ich brauche eine Erklärung.«

Sein Seufzer ist kurz und ungeduldig. »Es war ein Riesenchaos. Ich war so lange so chaotisch. Du hast mich *gerettet*, Rush.«

Ich schaue zu ihm auf, kann ihn aber nicht lange genug ansehen, um zu beurteilen, ob er die Wahrheit sagt. »Was meinst du?«

»Ich habe dir verschwiegen, dass ich verlobt war. Das ist mir bewusst. Das war – ist – mein größtes Bedauern.« Ian hebt die Hand, um einen Kellner heranzuwinken und uns beiden etwas zu trinken zu bestellen. »Es ist eine schwierige Geschichte für mich, und ich habe Zeit gebraucht, um damit klarzukommen.«

»Womit klarzukommen?«

Er zieht die Hand zurück und verschränkt die Arme auf dem Tisch. »Bist du sicher, dass du das hören willst?«

»Ja.«

»Also gut, aber schön wird das nicht. Ich habe meinen Ex – Hunter – bei einer Konferenz kennengelernt. Wir haben im gleichen Hotel gewohnt. Wir haben uns gut verstanden, und es war wie ein Märchen. Er war lieb und aufmerksam und freundlich. Eine Granate im Bett. Wir haben uns nicht viel gesehen, weil wir in verschiedenen Städten gelebt haben, aber wir haben uns beide Mühe gegeben.« Er lacht freudlos. »Also besonders er. Erst habe ich es nicht gemerkt, aber er wurde immer kontrollierender. Wollte wissen, wo ich war und wo ich hinging. Mit wem. Hat jeden Tag angerufen und wurde gemein, wenn ich aus war oder lange gearbeitet habe. Dann kam er einmal überraschend zu Besuch – und du weißt, wie ungern ich überrascht werde – aber ich habe nicht geschafft, ihn wieder wegzuschicken. Er hat ein romantisches Dinner organisiert und mich gefragt, ob ich ihn heiraten will. Ich wollte eigentlich nicht ja sagen, hatte aber das

Gefühl, ich könnte nicht anders. Es war in der Öffentlichkeit, verdammt nochmal. Das ganze Restaurant hat uns angestarrt. Ich wollte lieber später nochmal darüber reden, aber das hat er abgewimmelt, gesagt, ich würde überreagieren. Ich bin nicht stolz darauf, aber er hatte mich unter Kontrolle. Ich hatte ihm erlaubt, mich zu kontrollieren, und wusste nicht mehr, wie ich da rauskommen sollte.«

Je länger Ian spricht, desto deutlicher malt er ein Bild von einem Hunter, den ich nicht kenne, und desto verwirrter werde ich. So ist Hunter nicht, und mir ist klar, dass er diese Dinge nur sagt, um sich selbst in besserem Licht darzustellen, aber … glaubt er das alles wirklich? Ich kann keinerlei Zweifel erkennen. Spüre keine Lüge. Ich wünschte wirklich, mir würden diese Dinge leichter fallen, denn ich kann mich zwar verstellen und mich durch alle möglichen Situationen durchmogeln, aber das Schwierige ist das Einschätzen. Hier wäre wohl ein guter Augenblick, Verständnis zu zeigen.

»Das klingt ja furchtbar.«

»Das war es. Ich dachte schon, das würde mein ganzes Leben lang so bleiben, dass ich einfach mitspielen und hoffen musste, es würde sich bessern. Und dann habe ich dich kennengelernt.«

In mir regt sich Misstrauen. »Was war denn mit mir?«

»Du hast mich befreit. Du bist in mein Leben getreten und hast mir jemand Ehrlichen gezeigt. Jemanden, der Anteil nahm und geliebt hat. Jemanden, für den ich Hunter gehalten habe, bevor er sein wahres Ich gezeigt hat.«

Es ist wirklich schwer, Hunter nicht zu verteidigen.

»Ich habe so sehr versucht, mich nicht in dich zu verlieben, aber dann habe ich es trotzdem getan. Du warst mein ein und alles, Rush. Ich habe versucht, auf Abstand zu bleiben. Dann habe ich mir gesagt, ich würde mir einen Ausrutscher erlauben, aber du hast mich verzaubert. Es war unmöglich, dir zu widerstehen. Jedes Mal, wenn du angerufen oder geschrieben hast. Jedes Mal, wenn ich dein Gesicht gesehen habe.«

Sein leidenschaftlicher Tonfall soll mich wohl überzeugen, aber ich bin seltsam unbeteiligt. Glaubt er wirklich, dass es sich so abgespielt hat? Unsere Erinnerungen sind sehr verschieden, und ich gebe ja zu, dass mein Gedächtnis nicht das Zuverlässigste ist, aber ich bin *sicher*, dass er es war, der sich um mich bemüht hat. Er tauchte an Orten auf, von denen er wusste, dass ich dort sein würde. Er rief an und bat darum, mich sehen zu können. Er gab mir ein schlechtes Gewissen, wenn es Tage her, war, dass wir uns getroffen hatten, und ich war immer froh, ihn zu sehen, weil ich verliebt war. Zumindest glaubte ich das damals.

Heute glaube ich das nicht mehr.

»Ich wusste, dass du meine Zukunft warst«, flüstert er. »Ich wusste, dass ich nicht von dir loskomme. Ich hatte vor, mich nach Weihnachten zu trennen – wir hatten gar nicht geplant, dass er bei mir einzieht. Plötzlich stand er mit seiner Familie vor der Tür und sagte, er würde hierbleiben. Ich bin in Panik geraten.«

Das ist plausibel. Beinahe glaubhaft. Es heißt doch immer, dass alles zwei Seiten hat, und die Wahrheit irgendwo in der Mitte liegt. In diesem Fall sind wir sogar drei. Ich kenne Hunter und sehe das Ganze anders, aber es steckt ein Kern Wahrheit in unser beider Erinnerungen. Ob das auch auf Ian zutrifft? Ich mache einen Kratzer in meine Handfläche.

»Warum hast du es mir nie erzählt?«

»Es war mir peinlich. Ich hatte fast schon Angst vor ihm. Ich fühlte mich schwach. So wollte ich mich vor dir nicht zeigen.«

»Danke, dass du das sagst.«

Er setzt sich auf. »Du glaubst mir nicht.«

»Das habe ich nicht gesagt.«

»Das musst du nicht, Rush. Ich kenne dich.«

Ich schüttele den Kopf. Ich will, dass er mir glaubt. »Ich bin im Zwiespalt«, sage ich. Es ist das erste Wort, das mir einfällt. »Aufgewühlt. Es war ein echter Schock, und ich fühle mich seither miserabel.« Oh Mann, ob ich noch mehr Emotionen auflisten kann?

»Ich weiß. Und ich hasse es, dass ich dir das angetan habe. Wenn ich gekonnt hätte, hätte ich mich von ihm getrennt, sobald ich mich in dich verliebt hatte.«

»Okay ...«

»Bitte nimm mich wieder zurück.«

Ich schaue überrascht auf – dass er das einfach so sagt, hätte ich nicht erwartet. Er ist immer so verhalten und vorsichtig mit seinen Worten, aber ich schätze mal, wenn man keine Beziehung mehr verschweigen muss, muss man auch nicht mehr so vorsichtig sein.

»Ich brauche dich, Babe.« Wieder hält er mir die Hand hin, und jetzt bohre ich den Daumennagel in meine Handfläche. Ich muss sie jetzt nehmen. Ich *muss*.

Ich schaffe es nicht.

In der Hoffnung, ihn abzulenken, ändere ich meine Taktik. »Ich habe Angst, dass er uns zusammen sieht«, flüstere ich, während ich mich im Geiste bei Hunter für das entschuldige, was ich gleich sagen werde. »An dem Abend ... er hat mich bedroht. Er sagte, wenn er uns je zusammen sieht, würde er ...« Was sagen die Bösen normalerweise in so einem Szenario? »Mir weh tun.« Das ist zwar total lächerlich, aber Ian nimmt es mir sofort ab.

»Ich würde nie, nie zulassen, dass dir etwas passiert.« Er schiebt seinen Stuhl neben mich. »Schau mich an, Babe.«

Ich tue es. Sehe ihm in die Augen. Zwei Sekunden ... drei ... bis ich es körperlich nicht mehr kann.

»Ich werde dich beschützen.«

»Aber *wie*?«

»Ich tue, was immer notwendig ist.« Er legt seine Hand auf meinen Oberschenkel und beugt sich zu mir. »Ich liebe dich so sehr, verdammt nochmal, Baby. Ich würde alles für dich tun.« Er fasst mir zwischen die Beine. »Ich habe dich vermisst. Habe das hier vermisst.«

Ich habe eine Gänsehaut. Zwinge mich, nicht zurückzuweichen. Noch nie war mein Schwanz so weich.

»Du kannst mich nicht vor ihm beschützen«, sage ich. »Er sagte, er würde uns beobachten.«

Ian lacht leise. »Das will ich sehen.«

»Was meinst du?«

»Sagen wir es so: Seine Zeit in Seattle neigt sich dem Ende entgegen.«

»Wieso?«

»Es gibt da eine, ähm ...« Er unterdrückt sein Lachen. »Wohnungsknappheit, Babe. Vertrau mir.« Seine schmeichelnde Stimme bereitet mir Übelkeit. »Ich garantiere dir, dass er nicht mehr lange bleiben wird, wenn er keine Wohnung findet.«

»Das kannst du doch nicht wissen. Dass er keine findet.«

Er zwinkert mir zu. »Ich bin sehr, sehr gut in meinem Job.«

»Ja, aber was kannst *du* denn ausrichten?«

Ian antwortet nicht gleich. »Du musst mir nur vertrauen. Kannst du mir das versprechen?«

Ich rutsche weg von ihm und vom Tisch. Hoffentlich wirkt es ganz normal und nicht, als ob ich seine Hand an mir nicht mehr ertrage. Er wird eindeutig nicht mehr preisgeben.

»Ich kann es nicht riskieren. Er macht mir Angst. Ich will auch mit dir zusammen sein, aber wenn du mir keinen eindeutigen Beweis geben kannst, dass er nichts unternehmen wird, kann ich einfach nicht.«

Ich halte inne, in der Hoffnung, dass er sprechen wird, aber er schweigt.

Also drehe ich mich um und stürme aus dem Restaurant. Hoffentlich hat er den Köder geschluckt. Bis dahin muss ich so weit weg von ihm bleiben wie nur möglich.

NEUNZEHN

HUNTER

RUSH IST NICHT bei der Arbeit. Er hat auch nicht angerufen. Normalerweise taucht er irgendwann vormittags auf, aber inzwischen ist es schon Nachmittag, und ich fange an, mir Sorgen zu machen.

Zum millionsten Mal rufe ich E-Mails ab, aber da ist nichts. Auch keine Textnachrichten.

Wenn er sich nicht gestern mit Ian getroffen hätte, würde ich davon ausgehen, dass er krank ist und vergessen hat, sich abzumelden, aber ich konnte gestern Abend nicht aufhören, an die beiden beim Abendessen zu denken. Auch heute Morgen kreisen meine Gedanken darum. Ich habe sogar S. Pott auf seinen Schreibtisch gestellt mit einem Zettel, auf dem steht *POTTenzieller Gesprächspartner*. Erst klang das ganz süß, eine unverbindliche Bemerkung, um ihn wissen zu lassen, dass ich gerne bereit bin, darüber zu reden – darüber reden muss, um genau zu sein ... aber das nützt ja nichts, wenn er gar nicht hier ist.

Ich laufe in meinem Büro auf und ab und frage mich, ob es zu weit führt, ihn anzurufen. Ich will ihm nicht das Gefühl geben, er müsste sich wegen jeder kleinen Kleinigkeit melden, aber ich bin wirklich verdammt neugierig. Und besorgt.

Irgendwie muss ich mich zwingen, mich auf meine Arbeit zu konzentrieren, aber mein Blick wandert immer wieder an die Stelle, an der Rush normalerweise sitzt.

Dann gebe ich das Stillsitzen auf und gehe ins Großraumbüro. Die anderen Team-Mitglieder sind alle am Telefon, und ich warte, bis Gates aufgelegt hat.

»Hast du heute schon etwas von Carey gehört?«

Er schnaubt. »Der wird wahrscheinlich um drei hereinschlendern und denken, es sei neun.«

»Ich bin sicher, er kann die Uhr lesen«, sage ich spitz.

Gates lächelt nur und nimmt den nächsten Anruf entgegen. Autumn ist die nächste, die auflegt.

»Weißt du, wo Carey ist?«

Ihre großen Augen schauen schnell zu seinem leeren Schreibtisch hinüber. «Ähm, Arzttermin!«

»Wirklich?«

»Ja, er hat es gestern erwähnt. Entzündeter, äh, Kehl … kopf?«

»Du kannst wirklich nicht gut lügen.«

»Nein, ich schwöre.«

Ich lache leise, damit sie weiß, dass ich nicht sauer bin. »Und sehr loyal. Ich mache mir nur Sorgen, weil er noch nicht hier ist.«

Sie lässt sich in den Stuhl sinken und presst die Lippen zusammen. »Ich glaube nicht, dass er schon mal so spät dran war. Ich nehme an, er hat sich nicht krankgemeldet?«

»Das hat er lange nicht gemacht, also wurde es mal höchste Zeit«, wirft Eloise ein. »Der Junge hatte immer viel zu große Angst, seinen Job zu verlieren, um sich um seine Gesundheit zu kümmern. Er hat es verdient, mal einen Tag freizuhaben.« Sie sieht mich an, als wollte sie mich herausfordern, zu widersprechen.

»Da kann ich dir nur zustimmen.«

Aber diese Gespräche haben mich nur umso besorgter

gemacht. Rush hat sich noch nie krankgemeldet? Weil er zu große Angst hat, seinen Job zu verlieren? Das macht mich fertig.

Anstatt in mein Büro zurückzugehen steuere ich das von Ted an. Zum Glück ist er da und macht auch kein Aufhebens, als ich etwas tue, was ich normalerweise nie in der Probezeit machen würde. »Es tut mir sehr leid, dir das anzutun, aber wäre es schlimm, wenn ich heute früher gehe? Ich fühle mich nicht besonders.«

»Nein, natürlich nicht. Alles okay?«

»Es wird schon wieder. Ist nur ein Magenvirus.«

»Okay, dann ruh dich aus. Wir sehen uns morgen.«

»Wird gemacht.« Und ich sage das im Brustton der Überzeugung, weil ich ein verdammter Lügner bin. Und ein ganz miserabler Chef, wenn man es recht bedenkt. Ich lasse zu, dass mein persönlicher Kram meine Arbeit beeinträchtigt. Wie habe ich es nur geschafft, diese Beförderung zu ergattern?

Ich verabschiede mich vom Team und sage, dass ich per E-Mail erreichbar bin, falls sie etwas brauchen, dann gehe ich. Anstatt nach Hause fahre ich aber in die entgegengesetzte Richtung zu Rush.

Als ich fast da bin, fällt mir wieder ein, dass ich eigentlich zurückhaltender sein und vorher anrufen wollte, aber da bin ich nun, unaufgefordert bei ihm zu Hause. Am Ende ist er noch nicht mal hier. Vielleicht hat er Besuch. Vielleicht hat Ian ihm furchtbare Sachen über mich erzählt und ihn ganz durcheinandergebracht.

Ich habe keine Ahnung, was mich erwartet, aber als ich vor dem Haus parke, habe ich mir erfolgreich eingeredet, dass ich das Richtige tue.

Ich bin nicht so eingeschüchtert wie beim letzten Mal, während ich den langen Pfad zum Haus hochlaufe, und doch stockt mir kurz der Atem, bevor ich anklopfe. Ich hatte mit Xander gerechnet, aber der Mann, der mir die Tür öffnet, ist wesentlich unheimlicher. Seven. Gut über eins neunzig, kräftig gebaut, über und über tätowiert und gepierct, mit roten Haaren und misstrauischer Miene.

»Der Hunter.«

»Einfach Hunter.«

»Was willst du?« Er lehnt sich in den Türrahmen und hält die Tür beiläufig fest. Ich versuche, mir nicht zu Herzen zu nehmen, dass er mich nicht sofort hereinbittet.

»Ich wollte Rush sehen.«

»Weiß er, dass du kommst?«

»Nee.« Dabei belasse ich es. Ich starre ihn an, er starrt mich an. Es ist, als würden wir beide darauf warten, dass der andere nachgibt.

»Wer ist denn–« Ein hübscher Mann mit braunen Haaren duckt sich unter seinem Arm durch, und ich muss einen Moment nachdenken, bis mir der Name einfällt. Molly. »Hunter!«

Ich lächle. Immerhin macht er einen wesentlich freundlicheren Eindruck. »Hey. Ist Rush zu Hause?«

Molly legt den Kopf schief, und seine Körpersprache gleicht auf etwas unheimliche Weise der seines Freundes. »Weiß er, dass du kommst?«

Meine Fresse.

Ich könnte lügen und ja sagen, und dann so tun, als hätte Rush es vergessen, aber ich bin kein Arschloch. »Nein, aber er war nicht bei der Arbeit und ich wollte nach ihm sehen.«

»Das Telefon funktioniert wohl nicht?«

Ich kneife die Augen zusammen und schaue von einem zum anderen. »Was ist denn los?«

»Gar nichts ist los.«

Ich hebe eine Augenbraue und diesmal bin ich es, der ihre Haltung imitiert. »Warum seid ihr dann so unhöflich?«

»Es ist nicht unhöflich zu fragen, ob man erwartet wird.«

»Nein, aber es ist unhöflich, jemandem nicht zu sagen, dass er Besuch hat.«

So stehen wir uns also gegenüber, Seven unbeeindruckt, Molly hin- und hergerissen, und ich hoffentlich mit siegessicherer Miene – ob sie angebracht ist, weiß ich aber nicht so recht.

Schließlich macht Seven einen Schritt zurück, legt den Kopf in den Nacken und brüllt: »Rush! Besuch!« Er sieht mich herausfordernd an. »So. Jetzt weiß er Bescheid.«

Ich beschließe, ein Risiko einzugehen, verdrehe einfach die Augen und laufe um die beiden herum. Glücklicherweise versucht keiner von ihnen, mich aufzuhalten. Das Haus ist so warm und beruhigend wie bei meinem ersten Besuch hier. Es mag alt und groß sein, aber es hat eine gemütliche Atmosphäre. Ich verstehe, warum Rush sich hier so wohl fühlt.

»Wenn ihr nicht wollt, dass ich jede einzelne Tür oben aufmache, solltet ihr mir vielleicht zeigen, wo sein Zimmer ist«, rufe ich auf der Treppe nach oben.

Molly überholt mich. »Da du mir ja keine andere Wahl lässt …« Er klingt nicht ärgerlich, also täusche ich weiter Selbstbewusstsein vor und folge ihm.

Vor einer Tür bleibt er stehen. »Das ist sein Zimmer, er ist aber nicht hier drin.«

Möglich, dass Molly lügt, aber ich riskiere einen Schuss ins Blaue. »Atelier?«

»Äh …«

»Also ja.« Schmunzelnd gehe ich an Seven vorbei in die Richtung. Kurz vor ich um die Ecke biege, höre ich Molly flüstern: »Mein Herz wird ganz schrumpelig werden und sterben, wenn die beiden sich nicht verlieben.«

Liebe wäre sicher verfrüht, aber das werde ich ihm nicht auf die Nase binden. Mollys Worte machen mir trotzdem Mut, auch wenn ich Sevens Antwort nicht mehr mitbekomme. Ich habe das Gefühl, der Kerl mag mich nicht besonders. Das scheint aber seine Einstellung zu den meisten Leuten zu sein.

Die Tür zum Atelier ist zu, also klopfe ich leicht an, und als keine Antwort kommt, mache ich die Tür einen Spalt auf. »Rush?«

»Wer ist da?«

»Hunter. Kann ich reinkommen?«

Er antwortet nicht gleich. »Hunter?«

Fast muss ich lachen. »Von der Arbeit?«

»Nein, nein, ich kenne Hunter.« Die Tür wird aufgerissen. »Wieso ist Hunter hier?«

»Du bist heute nicht zur Arbeit gekommen.« Ich mustere ihn auf Anzeichen von Krankheit oder Probleme. Ihm ist nichts anzusehen, aber irgend etwas stimmt nicht, soviel steht fest.

»Arbeit? Wieviel Uhr ist es?«

»Zwei.«

»Uhr morgens?« Seine Stimme klingt vage und unbeteiligt.

Ich lache leise und schaue in Richtung Sonnenlicht, das durch die Fenster hereinströmt. Rush folgt meinem Blick und kneift die Augen gegen die Helligkeit zusammen.

»Hmm.« Er schlendert zu seinem Arbeitstisch und kramt in den Stoffbahnen, Bändern und Kunststoffdosen, die etwas enthalten, das nach Stecknadeln klingt.

»Was machst du denn?«

»Mein Handy muss hier irgendwo sein.«

»Soll ich es anrufen?«

»Warum denn? Ich hab' es nicht.«

Ich lache, dann rufe ich seine Nummer an.

Der Klingelton schallt durch den Raum, und er zuckt zusammen und fasst an seine Tasche. »Da ist es.«

»Ein Glück.«

Er zieht es heraus und schaut aufs Display. »Es ist vierzehn Uhr fünfzehn.«

»Das ist richtig.«

»Ich dachte, es ist noch Nacht.«

»Der Mond muss besonders hell gewesen sein.«

Er murmelt etwas, dann wendet er sich wieder seiner Arbeit zu. Die gesamte Ablage ist mit Papieren übersät, und als ich verstohlen nähertrete, sehe ich mehrere Entwürfe für Anzüge.

Manche sind ausgestrichen, andere sind übertrieben detailreich, and wieder andere bestehen nur aus Strichmännchen. Während Rush mit dem Stift über das Papier fährt, beobachte ich ihn eine Weile.

Er bewegt sich schnell, sorglos, murmelt tonlos vor sich hin, und sein Gesicht ist angespannt vor Konzentration.

»Alles okay?«

»Arbeit«, sagt er.

»Nur nicht an deinem Arbeitsplatz?«

Keine Antwort. Stattdessen knüllt er knurrend das Papier zusammen und nimmt ein neues von einem Stapel. Sein T-Shirt hat Kaffeeflecken, seine Locken sind verstrubbelt und wirr. Ein Bein seiner Sweatpants ist hochgerollt und er trägt weiche Socken an den Füßen. Und offenbar hat er vergessen, dass ich überhaupt anwesend bin.

»Bist du sauer auf mich?«

Er schüttelt den Kopf und hebt ihn, um mich ein paarmal anzublinzeln. »Was?«

»Habe ich was falsch gemacht?«

Er runzelt die Stirn. Sein Gesicht zuckt auf seine süße Weise. »Ich verstehe nicht, was du meinst.«

»Du ignorierst mich.«

»Nein. Kein Ignorieren.« Er bricht ab und wendet sich wieder seinen Entwürfen zu. »Nur Arbeit. So viel Arbeit. Muss weitermachen.«

Da ich ihn noch nie so konzentriert gesehen habe, bin ich nicht sicher, was hier los ist. Rush bei der Arbeit kenne ich. Das hier ist *nicht* Rush bei der Arbeit.

»Soll ich wieder gehen?«

Immer noch keine Antwort. Langsam fühle ich mich hier etwas überflüssig.

»Verstehe. Na dann. Ich wollte nur sicher gehen, ob alles okay ist bei dir.« Obwohl ich das hier nicht unbedingt *okay* nennen würde.

Ich laufe rückwärts Richtung Tür, und er merkt gar nicht, dass ich sie öffne und aus dem Zimmer gehe.

Molly wartet im Flur auf mich. »Siehst du? Es hätte nichts geändert, ob wir ihm gesagt hätten, dass du da bist oder nicht. Wir ... wollten nicht, dass du ihn so siehst.«

»Wie denn?«

»Im Hyperfokus. Das hat er manchmal. Wir werden ihn wahrscheinlich ein paar Tage nicht zu Gesicht bekommen.«

»Ein paar *Tage*?«

Molly verschränkt die Arme. »Wir haben dich nur nicht zurückgehalten, weil Rush meinte, du bist ein Guter. Ich kann also nur hoffen, dass du ihn nicht verurteilst.«

Ich ziehe eine Grimasse. »Warum sollte ich ihn verurteilen? Ich versuche, zu verstehen.«

»Es ist ein Teil von ihm. Seine Aufmerksamkeit ist normalerweise etwas vernebelt aufgrund seines Spezialgehirns. Aber manchmal ist er dann super konzentriert auf ganz bestimmte Dinge und kann buchstäblich nicht davon ablassen. Wenn wir ihn dazu zwingen würden, rauszukommen, wäre er körperlich anwesend, aber mental noch da drin. Und es würde ihn sehr belasten, wenn er nicht die Dinge tun könnte, von denen er das Gefühl hat, er müsste sie tun. Verstehst du jetzt?«

»Noch nicht mal im Ansatz.« Ich drehe mich wieder zur Tür. »Kann ich ihm irgendwie helfen?«

»Helfen? Er braucht keine Hilfe. Er ist nicht in Gefahr. Lass ihn einfach in Ruhe. In ein paar Tagen geht es wieder vorbei.«

Molly kann sagen was er will – Rush so weggetreten zu sehen macht mir Sorgen. »Wird er daran denken, zu essen?«

»Nö. Wir bringen ihm reihum etwas zu essen und zu trinken. Das ist nicht unser erstes Rodeo, Cowboy. Und wenn Madden nach Hause kommt, setzt er sich zu ihm. Versucht ihn zu überzeugen, zu schlafen.«

»Wie, er schläft nicht?«

»Nein. Er ist da oben, seit er gestern Abend nach Hause kam.«

Okay, ihm mag vielleicht körperlich nichts fehlen, aber gesund ist er deswegen noch lange nicht. Das gefällt mir gar nicht. Aber laut Molly kann man nichts dagegen machen.

»Ist … ist etwas passiert? Wieso ausgerechnet jetzt?«

»Er hat sich ausgeklinkt«, sagt Seven, der sich zu uns gesellt. »Die Welt ist ihm zu viel geworden, also zieht er sich in seinen Kopf zurück.«

»Ihr beruhigt mich beide nicht besonders«, bemerke ich.

Seven knufft Molly in die Seite. »Wie das wohl ist, mental so gesund zu sein?«

»Entschuldigung, ich bin sehr wohl mental gesund«, sagt Molly, die Hände in die Hüften gestützt.

»Ach ja. Und wie war das nochmal mit deiner Mami?«

Molly zeigt ihm den Stinkefinger. »Rush hat sich entschieden, so zu leben. Es ist nicht an uns, ihm zu sagen, was falsch oder ungesund ist.«

»Aber wovor hat er sich denn zurückgezogen, verdammt nochmal?«

Seven verzieht das Gesicht. Es wird ganz kantig und noch furchterregender als sonst. »Er hat gestern diesen Abschaum getroffen. Der Spuckbeutel dachte, er hätte das Recht, seine Griffel auf Rush zu legen.«

Mein Gehirn erleidet einen Kurzschluss. »Er … was?«

»Hat ihn betatscht. Rush glaubt, es ist seine eigene Schuld, weil er ihm nicht gesagt hat, er soll aufhören.«

Mein Blutdruck geht durch die Decke, rauscht in meinen Ohren. »Was. Ist. Genau. Passiert?«

Seven schnaubt. Er sieht so aus, als würde er am liebsten ein Loch in die Wand schlagen. Ich habe das gleiche Bedürfnis. »Er hat versucht, Rush zurückzugewinnen. Ist immer näher gerückt, obwohl Rush gesagt hat, dass er nicht sicher ist, und Angst vor *dir* hätte. Dann hat das Froschgesicht ihm seine verfaulten Finger zwischen die Beine geschoben und gesagt, dass er seinen Schwanz vermisst. Rush ist danach abgehauen und war ziemlich aufgelöst, als er nach Hause kam. Es war ein Kampf, das alles aus ihm herauszubekommen.«

Die Wut brennt in meinem Inneren, überschwemmt meine Vernunft, und ich sehe rot. Ich balle die Fäuste. »Ich bringe ihn um.«

Mehr sage ich nicht, dann gehe ich Richtung Treppe und poltere hinunter. Die Wut rauscht wie ein Sturm in meinen Ohren, und ich weiß, dass ich mich beruhigen muss, alles wieder in den Griff bekommen muss, aber dann fällt mir ein, dass er *Rush* angetascht hat. Ihn aufgeregt hat. Wieder sehe ich rot.

Erst als ich am Auto bin und die Beifahrertür höre, merke ich, dass ich nicht alleine bin.

Seven wirft mir einen Blick zu. In seinen Augen funkelt es böse. »Ich komme mit. Ich warte schon seit Monaten auf diesen Moment.«

Jemanden seiner Größe würde ich im Leben nicht als Begleiter ablehnen.

Ich nicke ihm zu, und wir steigen beide ein. Ich werde liebend gern den gesamten Tag vor seinem Haus warten, bis er nach Hause kommt, wenn es sein muss. Heute habe ich nichts weiter vor. Definitiv nichts, was wichtiger wäre.

Und als wäre das Universum auf meiner Seite, sehe ich seinen Wagen in der Einfahrt stehen, als ich vor seinem Haus anhalte. Seven und ich steigen wortlos aus und laufen über seinen Rasen, und ich schlage fast die Tür ein beim Anklopfen.

Drinnen ist hektische Bewegung zu hören, es folgt ein Aufprall, dann ein Fluch, und einen Augenblick später öffnet Ian die Tür, mit aufgeknöpfter Hose und offenem Hemd. Ein zweiter, rehäugiger Mann späht von hinter der Couch hervor – mehr Anreiz brauche ich nicht.

Meine Faust schmettert gegen Ians Wange, bevor er sie kommen sieht, und Ian knallt an die Wand.

»Was zum Teufel!«, explodiert er.

Er will sich auf mich stürzen, aber bevor er mich erreichen

kann, stellt Seven sich ihm in den Weg. Mit seinen großen Fäusten packt er Ian am Kragen und hebt ihn hoch, bis sie auf Augenhöhe sind, und Ians Zehen über dem Boden schweben.

»Ich glaube nicht an Gewalt. Ich glaube auch nicht daran, Leuten Angst zu machen. Aber bei jemand so Abstoßendem mit einem so schmutzigen Herzen wie dir werfe ich das mit Vergnügen über Bord, nachdem ich gesehen habe, wie dir der Faustschlag geschmeckt hat. Ich hoffe, dein restliches Leben wird so armselig wie du es bist.« Damit wirft Seven ihn zu Boden, als würde er gar nichts wiegen, wendet sich mit abschließendem Salutieren zur Tür und zieht sie hinter sich zu.

Ian brüllt etwas, das ich nicht verstehe, denn Seven dreht sich mit einem breiten Grinsen zu mir um und sagt: »Das hat sich großartig angefühlt.«

»Ihn einzuschüchtern?«

»Meine Meinung zu sagen. Er und solche Leute wie er können sich ins Knie nageln.« Er tritt auf dem Weg zum Auto gegen die Grasnarbe. »Wieso müssen die Leute sich gegenseitig immer so weh tun?«

»Weil sie Arschlöcher sind?«

In seinem Unterkiefer zuckt ein Muskel. »Ja. Ich wollte einfach, sie würden das … lassen.«

»Lassen?«

»Ja, genau. Wie schwer kann es sein, ein anständiger Mensch zu sein?«

Ich seufze und fahre mir durch die Haare. »Wenn ich darauf eine Antwort hätte, wäre ich vielleicht selbst einer.«

Seven knufft mich leicht mit dem Ellbogen. »Aus meiner Sicht schlägst du dich gar nicht schlecht.« Mit einer Geste auf meine Hand fragt er: »Wie fühlt es sich an?«

Ich bewege die Hand, um den Schmerz zu lindern, der sich langsam in den Knöcheln bemerkbar macht. »Schmerzhaft«, sage ich. »Und so, so gut.«

KAPITEL
ZWANZIG

RUSH

ALLES FALSCH. Funktioniert nicht. Total verpfuscht. Jedes neue Design, jede neue Idee, jeder neue Stich im Stoff, der nicht gut genug ist, treibt mich weiter und weiter in die Frustration. Ich mache die Revers breiter und füge noch einen Knopf hinzu und mache die Taille schmaler und dann wieder weiter, mache die Vorderteile länger, dann den Rücken, aber es funktioniert nicht funktioniert nicht funktioniert nicht.

Was habe ich übersehen?

Ich zucke zusammen, als heiße Flüssigkeit sich über mein Shirt ergießt, dann setze ich rasch die Tasse ab, um mich abzutupfen. Es ist klebrig, und als ich an mir herabschaue, merke ich, dass schon mehrere solcher Flecken mein Shirt verzieren. Ob ich noch ein anderes hier oben habe? Ich dachte, ich hätte eines. Ich wühle in den Stoffen auf meinem Arbeitstisch, um meine Nähmaschine, auf dem Stuhl in der Ecke.

Ein erbostes Knurren steigt in meiner Kehle auf, denn natürlich wird eine Ecke des roten Samtstoffes von einem Stuhlbein zerdrückt. Um nichts kann ich mich richtig kümmern. Wenn ich diesen Anzug fertig habe, werde ich mir einen Moment Zeit nehmen, um eine Liste zu machen. Wie ich das Atelier ordentlicher einrichten kann. Vielleicht Regale an der Rückwand und einen Ständer für meine Baumwollstoffballen, eine schöne, große Bank mitten im Raum anstelle der langen an der Wand, ein paar Schubladen für meine Knöpfe und Nadeln und Stecknadeln, und eine ganze Wand für all die Nähgarne.

Das wird alles so viel funktionaler machen. Ich muss nur noch mit diesem Anzug fertigwerden, dann habe ich Zeit, mich zu organisieren.

»Das sagst du immer.«

Ich zucke, als ich die Stimme höre, und finde Madden an einem der großen Fenster sitzend vor. »Wann bist du denn reingekommen?«

»Welches Mal meinst du?«

»Mal?« Mein Gehirn bekommt fast einen Kurzschluss, während ich versuche, mit der Konversation Schritt zu halten. »Ich wusste nicht, dass du hier warst.«

»Hab ich mir gedacht, so, wie du zusammengefahren bist. Ich würde dir ja mein Shirt anbieten, aber …« Er deutet auf seine nackte Gestalt. »Dafür bin ich glaube ich nicht der Richtige.«

»Wieso sollte ich dein Shirt wollen?«

Er lacht. »Weil ich unwiderstehlich bin. Alle wollen etwas von mir.«

Ich trommele auf meine Arbeitsfläche und versuche mich zu erinnern, wo die verdammte schwarze Seide hingeraten ist. Mache ich das alles viel zu kompliziert, im Versuch, anders zu sein? Aber das war schließlich der Grund, die Medikamente abzusetzen. Ich fühlte mich nicht nur mies, während ich sie nahm, sie haben auch meine Kreativität blockiert. Meine Arbeit hatte Hand und Fuß, ich war produktiver, aber verflucht nochmal, waren meine Entwürfe langweilig, und dabei blieb es auch. Ich konnte die kreative Wand nicht durchbrechen, hinter der alles trocken und brüchig war, karg wie eine Wüste.

Jetzt ist zwar meine Kreativität freigesetzt, aber ich kann die Ideen nicht richtig greifen. Es ist ein Wirbelsturm von Schnell-feuer-Impulsen. Gefühlen. Eine umfassende Vision davon, was ich will, die ich nie lange genug zu fassen bekomme, um sie wirk-lich zu *sehen*. Ich weiß, sie ist da. Ich weiß aber auch: Alles, was ich entwerfe und ausprobiere, wird niemals ganz so exquisit wie die ursprüngliche Idee.

»Ich weiß, es ist frustrierend«, sagt Madden von irgendwo in weiter Ferne. »Bist du jetzt bereit, etwas zu essen und zu schlafen?«

»Wenn ich fertig bin.«

»Wann wird das sein?«

Warum muss er denn so komische Fragen stellen? »Wenn ich soweit bin. Ich versuche, nachzudenken.«

»Vielleicht würde es helfen, wenn du mal schläfst.«

»Vielleicht dein Gesicht.«

Madden lacht. »Was?«

»Was?«

»Trink einfach deinen Kaffee.«

Ich schaue hinunter auf den Skizzentisch und die Tasse, die dort auf mich wartet. Ach, Gottseidank. Kaffee. Koffein. Gehirn-leistung.

»Glaubst du, du gehst nächste Woche wieder arbeiten?«, fragt er.

»Wovon redest du?« Meine Augen fallen zu wie von selbst und ich genieße die köstliche heiße Flüssigkeit, die mich hoffent-lich beruhigen wird.

»Du warst drei Tage nicht da. Hoffentlich wirst du nicht gefeuert.«

Ich reiße die Augen auf. »Wovon redest du? Ich bin doch erst seit gestern Abend hier drin.«

»Ja, sicher, und wer von uns beiden redet weniger wirres Zeug?«

»Also du bist es sicher nicht«, sage ich mit einem empörten Schnaufen.

»Schau auf dein Handy.«

»Mein Handy …«

Madden springt auf, duckt sich unter dem Nähtisch durch und taucht mit meinem Handy in der Hand wieder auf.

»Das hast du versteckt«, murre ich.

»Hab ich nicht.«

»Hast du wohl.«

»Hab ich *nicht*.«

Sowas von unreif. Mit einem Knurren schaue ich aufs Display.

Samstag. Ich setze empört an: »Siehst du, ich muss überhaupt nicht arbeiten, denn es ist Wochenende–« Moment mal. Es kann nicht Samstag sein, denn heute ist Mittwoch. Ich habe mich Dienstagabend mit Ian getroffen. Ein Tag. Ein Tag, an dem ich zugegebener Weise hätte arbeiten müssen, aber …

Verdammt.

Es ist schon *Samstag*.

Ich habe nicht nur einen Arbeitstag versäumt – es waren drei. Hunter hat gesagt, ich muss nicht mehr pünktlich kommen, aber dass ich *gar nicht* kommen muss, hat er nicht gesagt. Madden hat recht. Ich werde bestimmt entlassen. Aus dem einzigen Job, bei dem ich das Gefühl habe, zu wissen, was ich tue, und wo Ted mich mochte und ich mir das Sorgerecht für eine Pflanze mit einem Typ teile, der es wie kein zweiter versteht, mir einen runterzuholen.

Das ist doch das Beste, was das Leben zu bieten hat. Ein Traum-Szenario. Dazu noch meine kreativen Vorschläge für Autumn und ihre Tees, und mehr will ich vom Leben gar nicht. Ich muss das unbedingt in Ordnung bringen.

Ich hole das Handy aus der Tasche und schreibe Hunter die schnellste E-Mail aller Zeiten, dann schnappe ich mir meinen Mantel, der auf dem Fußboden liegt, und mache mich auf zur Tür.

»Wo gehst du hin?«, fragt Madden, der mir hinterherläuft.

»Zur Arbeit.«

»Am Samstag?«

»Ja.«

»Um zweiundzwanzig Uhr?«

»Ja, klar.« Ich habe keine Zeit zu verlieren. Wenn ich meinen Job behalten und Hunter beweisen will, dass ich nicht total unzuverlässig bin, muss ich meinen Arsch da hinbewegen, mich an meinen Schreibtisch setzen und alles nacharbeiten. Ich werde Klienten anrufen und meine Anträge einreichen und die Angebote nachtelefonieren und die größte Menge Geld machen, die je jemand für diese Firma verdient hat. Okay, das ist vielleicht etwas dramatisch, aber ich werde meinen verdammten Job so machen, wie ich ihn die ganze Woche hätte machen sollen.

Ich schlüpfe in die erstbesten Schuhe, die ich an der Tür sehe, und gehe. Ich bin ein Mann auf einer Mission. Ein Mann, der sich beweisen muss. Wenn das hier ein Film wäre, wäre jetzt der Moment, in dem eine Montage aus mehreren Szenen stattfinden würde. Ich werde die Firma im Sturm erobern und Gates zeigen, wie richtig großartige Zahlen aussehen.

Ach Mist. Der nächste Bus fährt erst in einer Stunde.

Eine Stunde. Es ist doch noch nicht mal Mitternacht, verdammt nochmal. Sie wollen, dass ich eine geschlagene Stunde auf einer Bank hocke, wenn ich in der Zeit Arbeit erledigen könnte? Mein Konto wird es mir nicht danken, aber ich ziehe das Handy aus der Tasche und bestelle einen Fahrdienst. Es erinnert mich an den Abend, als ich Hunter kennengelernt habe und er dafür gesorgt hat, dass ich sicher nach Hause kam. So ein Gentleman.

Jetzt bin ich an der Reihe, ein Gentleman zu sein und dafür zu sorgen, dass er keinen Ärger bekommt wegen meiner beschissenen Zahlen. Ich bin eben ein Romantiker.

Erst als ich abgesetzt worden bin und vor den sehr großen, sehr verschlossenen Türen stehe, merke ich etwas:

Ich habe meinen Schlüssel nicht mit.

Voller Frustration schüttele ich an den Türen, auf ein Wunder hoffend, das sie mir öffnen wird.

Das einzige Wunder ist der sehr laute, schrille Alarm.

Ich schreie auf und schlage die Hände über die Ohren, während ich das rot blinkende Licht wütend angucke. Wie unfair ist das denn? Wie ist es möglich, dass meine Ziele von einem einfachen elektronischen Schloss und einem nervigen lauten Sicherheits-System vereitelt werden? Sowas von übertrieben.

Ich unterdrücke den Impuls, gegen etwas zu treten, und ignoriere den meine Ohren marternden Krach, während ich auf das Security-Team warte. Sie sind schnell genug da, und ich erkenne den süßen Kerl wieder, mit dem ich manchmal flirte, aber es dauert verdammt lange, den Alarm abzustellen.

Endlich hört es auf und ich löse die Hände von den Ohren.

»Ist es vorbei?«

Der süße Cameron lacht leise. »Bis zum nächsten Mal, wenn du versuchst, einzubrechen.«

»Zu meiner Verteidigung: Ich habe dieses Mal nicht versucht, einzubrechen. Ich wollte nur die Türen aufmachen. Ohne Schlüssel.«

»Hmmm … ja, das ist natürlich ein großer Unterschied.«

»Danke.«

Der andere Security-Beauftragte zeigt auf mich und fragt: »Du kennst den Mann?«

»Ja, er ist in Ordnung«, sagt Cameron. »Er arbeitet oft abends.«

Der andere schaut mich neugierig an. »*Der* da?«

Ich werfe ihm meinen besonders unbeeindruckten Blick zu. »Ich bin der einzige Anwesende außer euch beiden.«

»Das stimmt.«

»Und ich arbeite hier.«

»Das sagtest du.«

Der Süße schubst den anderen. »Lass ihn in Ruhe. Geh nach oben und, oh –« Er zieht eine Visitenkarte aus der Tasche. »Ruf mich am besten direkt an, wenn du je wieder feststeckst. Statt so einen Radau zu machen.«

Ich schaue von der Karte zu ihm, dann wieder auf die Karte. »Die Nummer der Security-Firma steht an der Tür.«

»Muss ich es wirklich laut aussprechen?«

»Was denn?«

»Er will dir seine Nummer geben«, sagt der andere. »Damit ihr euch mal verabreden könnt.«

»Oh.« Ich schaue die Karte nochmal an und versuche mich zu entscheiden, ob ich ihn wirklich anrufen werde. Die Flirterei ist zwar gut für mein Selbstbewusstsein, aber ich wusste immer, dass sie nirgendwo hinführen würde. »Nein, danke.«

Das Gesicht des Süßen wirkt enttäuscht.

»Das ist keine persönliche Entscheidung. Ich weiß einfach nicht, wann ich dich anrufen würde.«

»Ich hatte gehofft, wir könnten mal zusammen ausgehen.«

»Ich glaube, daran wäre ich nicht interessiert.«

Der Süße nickt. »Schon gut. Lass uns wissen, wenn du Schwierigkeiten hast, wieder rauszukommen.« Er zwinkert mir zu. »Die Nummer steht an der Tür.«

Dann sind sie weg und ich laufe zum Fahrstuhl, während ich mich frage, wie er das gemeint hat – diese Nummer ist wirklich nicht zu übersehen. Hat er das gesagt, obwohl ich ihn schon darauf aufmerksam gemacht hatte, dass die Nummer da steht? Oder sollte das Augenzwinkern ein Hinweis darauf sein, dass er mich aufziehen wollte?

Mein Gehirn fühlt sich an, als würde es durch eine Kartoffelpresse gedrückt – ich kann die Sache nicht weiterverfolgen.

Der Kaffee hat mich wie gehofft etwas entspannt, und auf dem Weg nach oben zu unserem Stockwerk spüre ich, wie meine Arme schwerer werden. Das ist aber okay, denn ich habe ein paar Twizzlers in der Schublade, und Gates hat garantiert ein paar Dosen Diät-Limo im Kühlschrank, das wird die Müdigkeit schon ausgleichen.

Meine Arbeit ist nicht weiter schwierig. Heute Abend werde ich den Löwenanteil erledigen, und bis Montag bin ich dann wieder auf dem Laufenden. Kein Grund, mich rauszuschmeißen.

Ich nehme eine etwas ausgelaugte halbe Flasche Cola und mein Päckchen Twizzlers und lege sie auf den Schreibtisch. Der Deckel wird meine Zeiteinheit. Alle fünfzehn Minuten nehme ich einen Schluck Cola, und die Twizzlers werden meine Belohnung für alles Erledigte. Ich kritzele eine Liste der wichtigsten Dinge, die ich zu tun habe, dann schalte ich den Computer an. Ich bin hier. Ich bin bereit.

Zeit, die anderen in den Schatten zu stellen.

EINUNDZWANZIG

HUNTER

ICH BIN NICHT SO UNZUVERLÄSSIG *wie Du vielleicht annimmst, versprochen, aber wie sich herausstellt ist es Samstag und nicht Mittwoch wie ich dachte, und so habe ich möglicherweise viel Zeit verloren? Tut mir leid! Es war ein Versehen, glaubst du mir das? Wahrscheinlich nicht, aber das ist okay, denn ich fahre jetzt dahin und erledige all meine Jobs, und dann wird es sein als hätte ich gar nicht freigenommen. Ich werde es allllles wieder gut machen und dir sogar Kaffee mitbringen, wenn ich den für Ted hole, wenn du mir versprichst, mich nicht zu feuern. Ich hatte dir damals eine wohl überlegte Liste geschickt, warum du nicht kündigen solltest. Vielleicht hätte ich mich mehr darauf konzentrieren sollen, warum du mich nicht rauswerfen solltest. Erstens würdest du die POTT-Witze vermissen. Zweitens diese unpassenden E-Mails. Drittens würdest du möglicherweise sogar mich vermissen. Viertens können wir uns definitiv nicht mehr küssen, wenn ich gar nicht da bin, um dich daran zu erinnern. Und fünftens – das ist vermutlich der wichtigste Grund – ist es noch nicht Herbst. Autumn hat noch Monate Zeit, sich zu überlegen, welche Geschmacksrichtungen sie dieses Jahr aussuchen wird, und ich stehe keinesfalls darüber, Koriander zu vermu-*

ten. Ruhet in Frieden, Geschmacksknospen (falls du mich entlässt. Was du definitiv nicht solltest.)

Rush

Rush, du Rübennase,

hiermit verbiete ich dir, auch nur einen Fuß in das Gebäude zu setzen. Es ist Samstag, verdammt nochmal. Bleib zu Hause, schlaf dich aus, und wir reden am Montag. Und das soll kein Code sein für du bist entlassen. Du bist nicht entlassen. Ich bin Null sauer. Könnte sein, dass ich Ted gesagt habe, du hättest dich krankgemeldet. Mach dir also keine Sorgen, es ist alles in trockenen Tüchern.

Hunter

P.S. Zu Drittens – »möglicherweise sogar« kommt in meinem Wortschatz gar nicht vor.

Ich warte auf seine Antwort. Sie kommt nicht, und obwohl ich wirklich nicht *so* sein will, will ich noch weniger, dass Rush denkt, er müsse arbeiten gehen, also greife ich zum Handy und rufe ihn an.

Er lässt es klingeln. Verflucht nochmal.

Aus einem Impuls heraus scrolle ich zu Sevens Nummer und rufe ihn als Nächstes an.

»Ja?« Er klingt heiser.

»Hey, ist Rush vielleicht zu Hause?«

»Keine Ahnung. Ruf doch ihn an.«

Ich seufze. »Entweder antwortet er nicht oder er findet sein Handy nicht.«

»Irgendwie stalkermäßig von dir, wegen ihm rumzutelefonieren.«

»Kannst du einfach die Klappe halten und nachsehen?«

Seven lacht leise, und es folgt ein gemurmeltes Gespräch. »Er ist arbeiten gegangen.«

»Natürlich hat er das gemacht. Verdammt nochmal.«

»Hat etwas von Rausfliegen gefaselt.«

»Ja, das hatte ich schon mitbekommen, danke.«

Er schnaubt. »Nicht so schnippisch, bitteschön. Ich bin nicht derjenige, der beim Sex gestört hat.« Nach dieser entzückenden überflüssigen Information legt er auf, noch bevor ich ihm viel Spaß wünschen kann.

Rush ist auf dem Weg ins Büro. Rush hat außerdem kein Auto. Und ich bin ziemlich sicher, dass er seit Tagen nicht geschlafen hat.

Sorry, Seven. Stalker hin oder her, ich muss ihn finden. Ich brauche eine halbe Stunde ins Büro. Ich fahre mit dem Fahrstuhl nach oben, und der Empfang ist zwar dunkel, aber da, wo unsere Arbeitsplätze sind, ist ein sanfter Lichtschein zu erkennen.

Ich gehe rein und zu unserer Abteilung hinüber, sehe ihn aber nicht, als ich näher komme. Das Büro ist irgendwie unheimlich nachts, was mir noch nie aufgefallen ist. Ich dachte, Rush würde hier sein.

Ein leises Stöhnen unterbricht meine Gedanken, und als ich um die nächste Reihe Schreibtische biege, finde ich ihn, Arme auf dem Tisch ausgestreckt, Wange auf der Tastatur, in der gleichen Kluft wie neulich, T-Shirt, Sweatpants und Socken, unter einer warmen Winterjacke. Neben ihm ist Cola ausgelaufen, außerdem sehe ich verstreute Klebezettel mit Notizen, Twizzlers, ein neues Päckchen Stifte – kein Gedanke daran, dass er Ameisen anziehen könnte.

Aber er schläft. Sein Gesicht ist entspannt und an der Seite etwas geknautscht. Niedliche, schmale Nase, glatte Stirn, wilde Locken.

Ich spüre einen Stich in der Brust, als ich neben ihm in die Hocke gehe.

»Rush ...«

Er rührt sich nicht. Schuldgefühle beschleichen mich, weil ich ihn zu wecken versuche. Aber hier kann er nicht bleiben.

Die Frage ist nur: Wird er weiterarbeiten wollen, wenn er aufwacht, oder wird er sich von mir nach Hause bringen lassen? Ich fahre mir durch die Haare. Wenn ich doch stark genug wäre, ihn zu tragen. Oder eine verdammte Schubkarre hätte oder so. Selbst ein Sofabett in meinem Büro wäre besser als die Zeile »cbfvcbfv« quer über seinem Monitor. Ich wische schnell seinen Schreibtisch sauber, dann mache ich mich ernsthaft daran, ihn zu wecken.

Ich kann mich selbst nicht ausstehen, als ich ihn an der Schulter packe und fest schüttele. »Rush.«

»Grmpffgrmpf«, murmelt er, dann bewegt er sich und füllt seinen Bildschirm mit weiteren Buchstaben. »Was … was ist denn …«

»So ist gut, wach auf.«

Er dreht sich stöhnend zu mir um und blinzelt mich schlaftrunken an.

»Wasmachssu da?«

Ich muss lachen, als ich das entschlüssele. »Ich wecke dich. Zeit, nach Hause zu gehen. Komm schon.«

»Aber …«

»Nein.«

Er setzt sich aufrecht hin, wobei er leicht schwankt. »Aber–«

»Ich habe nein gesagt.«

Ein Runzeln erscheint auf seiner Stirn. Der Abdruck der Tastatur ziert sein Gesicht. »Du hass mir garnixsu sagen.«

»Das habe ich sehr wohl.« Mit einem Lächeln fasse ich ihn unter der Achsel und ziehe ihn neben mir hoch. Er lehnt sich mit vollem Gewicht an mich, also schlinge ich ihm den Arm um die Taille und halte ihn fest. »Können wir?«

Rush hebt mir sein Gesicht entgegen und blinzelt gegen das Licht. »Was machst du hier?«

»Dich retten.«

»Warum?«

»Weil wir alle manchmal gerettet werden müssen.«

Er leckt sich mit seiner rosa Zunge die Lippen. »Du bist wirklich süß.«

»Ach ja? Sag mir das am Montag nochmal, wenn du unter deiner Workload stöhnst und ich dich antreibe, fertigzuwerden.«

Er schmollt. »Ich kann das jetzt erledigen.«

»Versuch es, und ich hole die Security.«

»Montag hasse ich dich bestimmt.«

»Danke für die Vorwarnung.«

Wir machen uns auf den Weg nach draußen. Rush hat den Arm um meinen Rücken gelegt, stützt sich aber nicht mehr auf mich.

»Ich denke, langsam könntest du auch alleine laufen.«

»Könnte ich, werde ich aber nicht.«

Diese Antwort gefällt mir viel zu gut. »Wenn ich es nicht besser wüsste, würde ich sagen, du versuchst, zu kuscheln.«

»An dir zu riechen, um genau zu sein. Großer Unterschied.«

»Das stimmt. Dich würde ich zum Beispiel gerade lieber kuscheln als an dir zu riechen. Wann hast du denn zum letzten Mal geduscht?«

Rush zuckt zusammen und versucht sich loszumachen, aber ich nehme ihn in die Arme und ziehe ihn an mich. »Hör auf, ich stinke.«

»Das tust du.« Und weil ich mich gerade mutig fühle, vergrabe ich die Nase in seinen Haaren. »Und es ist mir scheißegal.«

»Das ist unfair«, quengelt Rush.

»Was ist unfair?«

»Dein supersexy knurrender Ton.«

Das ist mir neu. »Wusste gar nicht, dass ich so einen habe.«

»Wenn du mit mir redest, ja.« Er dreht sich in meinen Armen um, sodass unsere Oberkörper sich berühren. »Es macht jedes Mal meinen Schwanz steif.«

Rush mit einer Erektion, das ist eine verdammt gefährliche Kombination.

»Nein.«

»Was meinst du mit nein?«

Ich kneife ihn in die Seite. »Hör auf zu flirten.«

»Was mein Mund mit dir anstellen könnte, hat nichts mit Flirten zu tun.«

Ich lache erstickt auf. Nicht, weil ich es lustig finde, sondern weil ich in hundert Jahren nicht gedacht hätte, dass der Mann, den ich zitternd in der Kälte gefunden habe, so selbstbewusst seine Wünsche äußern kann.

»Ich weiß wirklich nicht, was ich mit dir machen soll.«

Seine Lippen zucken, und ich weiß schon, was er sagen will, als er den Mund aufmacht.

»Und damit meine ich *nicht*, in welcher Stellung.«

»Das ist gut, denn das wäre eine lange Liste.«

»Rush …«, sage ich bittend. Unsere Stirnen berühren sich, ich stehe da und halte ihn in den Armen, und versuche mir zu sagen, dass wir diesen Schritt nicht mehr machen sollten. »Du hast ein paar harte Tage hinter dir.«

»Und ein paar harte Tage vor mir. Wir sind hier ganz allein. Wir könnten es auf deinem Schreibtisch machen.«

Die Vorstellung, wie ich ihn von hinten über meinem Schreibtisch liegend rannehme, stellt meine Willenskraft auf die Probe.

Dann redet er weiter.

»Rums, bums, danke sehr. Ich kann es sogar für dich filmen, wenn du willst.«

»Filmen?«

»Ja. Das wäre doch die ultimative Rache, oder nicht?«

Meine gute Laune verpufft. Löst sich in Luft auf. Ich packe seine Haare, lege seinen Kopf nach hinten und warte, bis er mich ansieht. Sobald ich ihm in die klaren, grün-braunen Augen schaue, weiß ich, dass ich nicht länger so tun kann, als wäre das hier unverbindlich. »Ich habe dir doch gesagt, dass ich dich nicht aus Rache vögeln werde. Der Tag, an dem du meinen Schwanz zu spüren bekommst, ist der Tag, an dem du seinen Namen vergisst. Wenn wir vögeln, Rush, wird der einzige

Name, an den du noch denken kannst, meiner sein. Weil du ihn schreien wirst.«

Er erschauert. »›Wenn‹?«

»Ja, wenn. Ich will dich viel zu sehr als dass es nicht dazu kommt.«

»Wie gut, dass ich ein so schlechtes Gedächtnis habe. Welcher Ex-Verlobte-fester-Freund?«

Ich lockere meine Umarmung und gebe ihm einen Kuss auf die Nase. »Netter Versuch. Das Einzige, womit du heute schlafen wirst, ist dein Kissen.«

»Wie kannst du mich nur so anmachen und dann hängen lassen?«

»Nutz es einfach, um dir in der Dusche, die du dringend brauchst, einen runterzuholen.«

Denn obwohl ich Rush für einen der schönsten Männer halte, die mir je begegnet sind – von innen wie von außen – beeindruckt gerade eher das Innere. Er sieht aus und riecht, als hätte er seit einem Monat nicht geduscht.

»Fährst du mich nach Hause?«

»Natürlich.«

Er kommt näher und zeichnet mit dem Zeigefinger ein Muster auf meine Brust. »Weißt du, es ist schon sehr spät.«

»Ich weiß. Darum bin ich auch hier, um dich abzuholen.«

»Du solltest besser nicht mehr so viel rumfahren. Im Dunklen. Es sind viele Leichtsinnige auf der Straße nach Mitternacht.«

»Du meinst solche wie der, der gerade vor mir steht.«

»Ich habe ein sehr gemütliches Bett.«

»Hast du darum den Großteil der Woche nicht darin geschlafen?«

Rush' Miene erstarrt. »Das … ich …«

»Seven hat's mir erzählt.«

»Was hat er gesagt?«, fragt er mit stockendem Atem. Ich spüre es an meinem Oberkörper.

Seufzend drehe ich meine Hand um, wo die Fingerknöchel

immer noch lila-rötlich aussehen. »Sagen wir mal so. Dich ohne mein Einverständnis anzufassen ist eine Sache. Aber ohne dein Einverständnis – das steht auf einem ganz anderen Papier.«

Rush' blutunterlaufene Augen glänzen. Die Hand auf meiner Brust wandert höher, wird sicherer, streift meinen Hals und dann meine Wange. »Ich glaube, dass ist das Süßeste, was jemals jemand zu mir gesagt hat.«

»Das macht mich richtig wütend. Einverständnis sollte kein Merkmal für anständige Menschen sein.«

»Das nicht, aber mein Wohlergehen sicherzustellen schon.« Ich spüre seine weichen Lippen, die mir einen sanften Kuss auf den Mund drücken. »Bleib heute bei mir. Bitte.«

Und damit hat er meine Schwachstelle entdeckt: gebraucht zu werden. »Mache ich.« Er fängt an zu strahlen. Darum füge ich schnell hinzu: »Aber nur, um sicherzustellen, dass du schläfst. Also richtig schläfst. Mindestens bis morgen Mittag, vorzugsweise auch länger.«

»Dann lasse ich dir mal deinen Willen. Dieses eine Mal. Aber nur, weil ich wirklich sehr müde bin.«

»Guter Junge.«

Rush richtet sich auf. »Und schon wieder machst du mich scharf.«

»Das höre ich viel lieber als es wahrscheinlich gut ist.«

KAPITEL
ZWEIUNDZWANZIG

RUSH

ALS ICH AUFWACHE, habe ich ein Bein über ein Paar Oberschenkel und einen Arm über einen sehr warmen, sehr unbekleideten, sehr muskulösen Oberkörper gelegt.

In meinem Kopf spüre ich ein leichtes Spannungsgefühl, als wäre ich verkatert, und ich fühle mich körperlich extrem schlapp, aber den Duft kenne ich. Er macht mich glücklich, noch bevor ich die Augen aufgeschlagen habe.

»So kann man auch aufwachen.«

»Nett, dass mein Opfer dich glücklich macht.«

»Opfer?« Ich schaue zu Hunter auf, der mir ein überwältigendes Lächeln schenkt.

»Ich bin seit Stunden wach und muss pinkeln, aber jedes Mal, wenn ich versuche, aufzustehen, kuschelst du dich noch enger an.«

»Ich werde mich nicht für mein schlafendes Ich entschuldigen.«

»Gut. Du solltest dich auch für dein waches Ich nicht entschuldigen.«

»So, das war's! Ich lasse dich heute nicht mehr aus dem Bett.«

Er löst meine Umklammerung. Es geht so leicht, als würde er einem Kind Süßigkeiten wegnehmen – und der Vergleich stimmt, denn dieser Körper ist definitiv zum Vernaschen gedacht. Wer hätte gedacht, dass Hunter unter seinen Anzügen *so* aussieht? Ich konnte schon ahnen, dass er gut aussieht, aber das hier? Diese Muskeln muss ich mir auf der Zunge zergehen lassen.

Er verschwindet. Die Tür lässt er angelehnt. Kurz darauf steckt Kismet, der bunte Kater mit dem zerknautschten Gesicht, den Kopf herein.

»Alles in bester Ordnung hier.«

Er starrt mich nur an.

»Um genau zu sein: Du solltest dich vielleicht auf die andere Seite des Hauses verkrümeln, denn hier drin wird's gleich *laut*.«

»Ach ja?« Hunters Stimme scheint einen bizarren Augenblick lang zu Kismet zu gehören, bis ich ihn sehe.

Kismets Fell ist gesträubt, und er faucht einmal wütend, dann verschwindet er schnell.

Hunter starrt ihm erschrocken nach. »Ich weiß ja, dass in Filmen die Tiere dazu benutzt werden, zu zeigen, wer die Guten und die Bösen sind – aber der Kater hat verdammt nochmal einen ganz falschen Eindruck.«

»Oh, ich bin sowieso eher am Bösen Hunter interessiert.«

Er schiebt die Tür mit dem Fuß hinter sich zu, dann lehnt er sich mit über der verführerischen Brust verschränkten, beeindruckenden Armen dagegen. »Hast du gut geschlafen?«

»Ich fühle mich erfrischt.«

»Und wie war deine Dusche gestern?«

Ich kann mir das Lächeln nicht verkneifen. »Gründlich.«

Hunter lässt den Blick an mir herab zu dem Teil wandern, der von der Decke verhüllt ist. »Wie sicher bist du?«

»Absolut kein Zweifel.«

»Ach ja?« Er tritt näher. »Oder brauchst du vielleicht eine zweite Meinung?«

Ich beiße mir auf die Unterlippe. »Es gibt einige Stellen, die ich wirklich nur ganz schlecht selbst erreichen kann. Es ist so gut wie unmöglich. Definitiv eher eine Aufgabe für zwei Personen.«

»Und welche Stellen sind das?«, fragt er und zieht die Decke weg.

Ich schaudere, als die Wärme in den Raum entweicht. Meine einzige Hitzequelle ist Hunters intensive Aufmerksamkeit. »Also … mein Mund ist eine. Du solltest vielleicht mal probieren, ob er auch frisch schmeckt.«

»Du bist gerade erst aufgewacht. Ich kann dir garantieren, dass er nicht allzu frisch sein wird.«

»Du scheinst ein Kenner von Morgenmundgeruch zu sein?«

Hunter lacht leise tief in der Brust, während er wieder ins Bett kommt und die Hände auf meine Knie legt. Er schiebt sie auseinander. »Fällt dir noch eine Stelle ein?«

»Mein Schwanz!« Die Worte fallen aus mir raus, bevor ich es verhindern kann. «Ich habe viel Zeit darauf verwendet, aber er hat sich bekleckert, während ich ihn sauber gemacht habe, und ich kann nicht so gut drauf gucken. Ich wette, du könntest das prüfen. Mit allen Sinnen. Berührung, Sehen, Geschmack…«

Er lächelt schief. »Geräusche?« Er packt den Gummibund meiner Unterhose und zieht sie mit Schwung unter meinen Po.

»Ich kann so viele machen wie du willst.«

»Ich würde ja sagen, Dirty Talk musst du noch üben, aber bei der Ausstattung brauchst du es eigentlich gar nicht.«

»Danke. Alles aus eigener Züchtung.« Ich versuche zu scherzen, aber wie Hunter meinen Penis anschaut raubt mir etwas den Atem.

Anscheinend hat er aber die gleichen Probleme beim Sprechen. »Verdammt nochmal, Rush, was für einen hübschen Schwanz du hast.«

Ich schaue an mir herunter. Als hübsch habe ich meinen Pimmel noch nie gesehen, aber ich schätze, ich kann nicht klagen. Er wird geil, und kommt zum Orgasmus, wie alle anderen Penisse auch. Er ist groß im Vergleich zu den meisten Männern, mit denen ich schlafe, aber mir ist das ziemlich egal. Das Einzige, was ich auszusetzen habe, ist, dass es ein Riesenaufwand ist, ihn irgendwo reinzukriegen, was auch der Grund ist, warum ich hauptsächlich Bottom bin beim Sex. »Ich glaube, ich müsste mal deinen sehen. Du weißt schon, zum Vergleich.«

Hunters Mundwinkel zucken. »Du hast nicht bitte gesagt.«

»Ich kann mich nicht erinnern, dass du bitte gesagt hast, bevor du meinen ausgepackt hast.«

»Wieso sollte ich bitte sagen, wenn ich dir einen Gefallen tue?« Er fährt mit den Fingerspitzen an meinem Schaft entlang – die beste Qual aller Zeiten. »Alles nur für dich, Rush.«

»Für mich.« Meine Stimme trieft von Zynismus. »Ja, klar.« Es geht nie um mich. Die Male, die ich selbst dafür sorgen musste, zu kommen, ist definitiv zweistellig.

Hunter zieht mir die Pyjamahose mit einem Ruck runter und legt sich zwischen meine Beine. »Der Ton gefällt mir nicht.«

»Was willst du dagegen machen?«

Er beißt mich in den Oberschenkel, ein stechender Schmerz, der durch mein Bein zu meinem Schwanz wandert. »Neuer Versuch.«

»Soll ich darum betteln?«

»Warum probierst du es nicht aus? Wir werden ja sehen.«

Mit anderen Worten: Ja, ja, genau das. Und das zu wissen ist wahnsinnig erregend. Nicht nur mein Schwanz ist so sehr dabei, dass es weh tut. Hunter die ganze Macht über die Situation zu geben, darauf zu vertrauen, dass er es gut machen wird … das will ich. Verdammt, ich hoffe, dass er es dann auch durchzieht. Ian war immer super in der Kiste, bis er gekommen war, und dann erstarb die Spannung plötzlich sehr schnell. Ich will mehr. Ich will die Erfahrung teilen. Geben und nehmen. Wissen, dass es dem Mann, mit dem ich zusammen bin, auch wichtig ist, dass ich meinen Spaß habe.

»Tut mir leid, dass ich an deiner Großzügigkeit gezweifelt

habe«, sage ich in sirupsüßem Ton, während ich die Beine spreize. »Es ist so lieb von dir, mir so zur Hand zu gehen. Jeden Zentimeter von mir zu untersuchen. Ich brauche dich, Hunter. Ich brauche dich, um nachzuschauen, ob ich es auch gut gemacht habe.«

Seine Augen werden ganz dunkel, als er den Blick senkt. »Dann sollte ich dich nicht länger auf die Folter spannen.« Er neigt sich vor, fährt mit der Nase an meinem empfindlichen Hodensack entlang. Ich spüre sein tiefes Einatmen an meiner Haut. »Riecht sehr gut. Süß.«

»Aprikosen«, sage ich.

»Mmm, das riecht man. Aber schmeckst du auch nach Aprikosen?«

»Diese Theorie müsstest du vielleicht testen.« Er hebt den Blick, und ich füge hinzu: »Bitte bitte.«

»Wenn es sein muss.«

»Es ist wirklich, wirklich wichtig für mich.«

»Ich schätze, es wäre grausam, uns beide im Unklaren zu lassen.«

Dann leckt Hunter mit der flachen Zunge von meinem Damm über meine Eier den ganzen Schaft hoch. Er stippt die Zunge in meinen Schlitz, fährt mit der Zungenspitze um die Eichel, dann umschließt er sie mit dem Mund. Das Saugen, der Druck, die herrliche feuchte Hitze umgibt mich, als er mich Stück für Stück tiefer nimmt. Er öffnet den Mund weit, seine Lippen sind rot und glänzend, dehnt die kräftigen Kiefer, um meinen Umfang aufzunehmen, und verflucht nochmal, kann der Mann Schwänze lutschen.

Er schluckt und lässt meinen Schwanz in seine Kehle gleiten, während er die Nase in meine Schamhaare bohrt, dann zieht er sich mit einer geschmeidigen Bewegung zurück.

»Genau wie ich dachte.« Er umschließt mich mit seiner großen Hand, und ich stoße in seine Faust. »Sowas von köstlich.«

»Schmeckt es ... nach Aprikosen?«

»Hmm …« das Geräusch brummt in einem Brustkorb. »Ich glaube, dafür muss ich nochmal probieren. Etwas gründlicher dieses Mal.«

»Lass dir Zeit. Wir wollen schließlich genau sein.«

Er stürzt sich wieder auf mich, ohne unser Spiel weiter zu spielen, und es ist so sexy, Hunter so gierig nach mir zu sehen. Ihn in den Mund zu ficken und sehen, dass er noch mehr will. Innerhalb einer Sekunde ist der Blowjob von kontrolliert zu hemmungslos umgeschlagen; wo er mich vorhin geschmeidig in seine Kehle hat gleiten lassen, hämmere ich jetzt ungebremst auf ihn ein.

Es ist verdammt versaut und wild, und selbst als er mit den Zähnen über meinen brennend harten Schaft fährt, spüre ich es nur noch mehr in meinen Eiern.

Ihn zwischen meinen Beinen zu sehen ist ein ganz neuer Anblick, und ich will ihn noch oft so sehen. Ständig. Denn, bei allen Heiligen, was er mit seiner Zunge veranstaltet, ist geradezu kriminell.

Ich packe ihn an den Haaren, genieße die verstrubbelten Strähnen zwischen meinen Fingern, und als er mich mit seinem intensiven Blick anschaut, spüre ich es wie einen Stromschlag in meinem Inneren. Ich will ihn anbetteln, mich wieder so anzuschauen, um diesen Funken wieder zu entzünden und mich in dem Gefühl verbrennen zu lassen.

Jetzt umfasst er mich mit der Hand und bewegt sie in festen, gleichmäßigen Bewegungen auf und ab, im gleichen Rhythmus, in dem er mich lutscht. Ich bin auf der Überholspur zum Orgasmus, will nicht aufhören, hoffe, dass es so bleiben wird, rasend und die Sinne vernebelnd, bis zum Schluss. Aber es fühlt sich nicht … richtig an. Einfach dazuliegen. Nichts zu tun. Und dafür mit dem besten verdammten Blowjob meines Lebens belohnt zu werden.

Ich habe keine Ahnung, wie es mir gelingt zu sprechen, aber

ich schaffe es, zu keuchen: »Soll ich dich nicht anfassen? Sollte ich dir nicht auch … helfen? Machen, dass du dich gut fühlst?«

Hunter lässt mich aus seinem Mund gleiten, streichelt mich aber weiter, während er die andere Hand um meine Hoden legt. »Das Einzige, was ich von dir will, sind noch mehr von den verdammt sexy Geräuschen, die du von dir gibst. Denn das gibt mir ein sehr, *sehr* gutes Gefühl. Mein Schwanz kann warten.« Er drückt mir einen nassen Kuss in die Leiste, bevor er zubeißt. »Deiner kann nicht warten. Das arme Ding bettelt mich an, den Job zu erledigen, und ich kann es wirklich kaum erwarten, dich zu schmecken.«

»Oh, Fuck.« Mit der freien Hand fasse ich in meine Haare, mit der anderen packe ich Hunters Kopf wie einen Rettungsanker. Er nimmt mich erneut in den Mund, schiebt sich meinen Schwanz wieder und wieder in die Kehle, lutscht aus Leibeskräften, leckt und wichst mich, bis ich diese Erde hinter mir lasse.

Ich stemme die Fersen in die Matratze, lasse mich in dieses Gefühl, dieses Hochgefühl sinken, vögele seinen Mund und frage mich, wann Sex eigentlich so gut geworden ist. Er wird mich leer lutschen. Er wird mich süchtig machen, das nochmal zu erleben.

Seine Haare sind weich zwischen meinen Fingern, unsere schweren Atemzüge hallen durch den Raum, und der Anblick meines zwischen diese vollen Lippen stoßenden Schwanzes lässt meine Eier sich fester zusammenziehen.

Ich kann mein Ächzen nicht unterdrücken. Wieder und wieder. Das Hochgefühl überwältigt mich, ich bin bereit, kurz davor, abzuheben.

Ich verharre einen Augenblick am Abgrund, gierig, mich fallen zu lassen, und weiß nicht genau, ob es mir gelingen wird. Bin nicht sicher, ob ich mich darauf verlassen kann, dass es gleich passiert und mir nicht in letzter Sekunde entrissen werden wird, aber Hunter lutscht noch fester und lässt seine Fingerspitzen über die Stelle hinter meinen Eiern tanzen.

Es ist zu viel. Der Druck in meinem Schwanz baut sich weiter und weiter auf, und explodiert schließlich. Ich komme in seinem Mund, spüre, wie er schluckt, und meine Beine zucken mit jedem Pulsieren in meinen Eiern. Hunter nimmt sich Zeit, mich sauber zu lecken, während die Nachbeben langsam nachlassen und die Realität sich wieder bemerkbar macht.

Dann lässt Hunter von mir ab, leckt sich die Lippen und erhebt sich auf die Knie. »Genau wie Aprikosen.«

Ich betrachte seinen erregten, wartenden Schwanz in den Schlafshorts. »Lass mich.« Ich strecke die Hand aus.

Hunter lächelt. »Was ist aus dem Betteln geworden?«

Eine Gänsehaut. Eine echte Gänsehaut. Seine tiefe Stimme ist zu viel für mich, verdammt nochmal. »Bitte lass es mich dir auch besorgen. Ich werde es so gut machen.«

Er tut, als würde er eine Sekunde nachdenken, dann zieht er seine Shorts aus. »Das werde ich ja sehen.« Er bewegt sich nach oben, bis er auf meinem Oberkörper sitzt. »Du wirst jetzt den Mund schön weit aufmachen.«

Ich lasse den Unterkiefer sinken und strecke auch noch die Zunge heraus. Ich bin so verdammt bereit. Und dass ich gerade nicht mehr geil bin, spielt keine Rolle. Das wollte ich schon die ganze Zeit mit ihm machen, und jetzt bekomme ich endlich die Gelegenheit.

Hunter klatscht seine angeschwollene Eichel auf meine Zunge. »Wolltest du ihn hier haben?«

Ich wimmere, denn ich traue mich nicht, den Mund zu schließen, um zu sprechen.

»Gut. Das wird nicht lange dauern. Dir den Schwanz zu lutschen hat mich so verdammt angetörnt.«

»Ehrlich?«

Er lacht, während er mit dem Schwanz über meine Zungenspitze fährt. »Wieso wundert dich das so?«

Ich senke den Blick und konzentriere mich auf seine Bauchmuskeln statt auf sein Gesicht.

Hunter zieht sich zurück, legt mir die Hand unters Kinn und

dreht mein Gesicht so, dass ich ihn wieder anschauen muss. »Wieso ist das überraschend für dich?«

»Nur so.«

»Das ist nicht nur so.«

Ich puste genervt aus. »Ich will nicht darüber reden.«

Er seufzt, lässt es aber gut sein, dann beugt er sich herunter und küsst mich auf die Lippen. »Um das klarzustellen: Dein Schwanz ist eines der sexyesten Dinge, die ich je zu Gesicht bekommen habe. Ich werde noch lange an das Bild denken, ihn im Mund zu haben, wenn ich mir einen runterhole.«

Ich atme mit einem sehnsüchtigen Seufzer aus. »Ich will die gleiche Erinnerung mit deinem haben.«

»Dann solltest du vielleicht nicht länger zögern.« Er richtet sich auf, rutscht weiter nach oben und drückt mir seine Eichel an die Lippen.

Ich öffne bereitwillig den Mund, und er gleitet mit einer langen Bewegung hinein. Der Winkel ist unbequem für meinen Nacken, aber dann lehnt er sich vor und hält sich mit beiden Händen am Kopfende fest.

»Bereit?«

Mit dem Mund voller Schwanz kann ich nur nicken.

Und werde mit diesem wunderschönen Zucken um seine Mundwinkel belohnt.

Erst macht er ganz langsam, eine sanfte Wellenbewegung, und ich lasse ihn tiefer und tiefer gleiten, bis ich ihn wieder in meiner Kehle habe. Sein Schaft liegt heiß auf meiner Zunge, seidig glatt, und der Durchmesser ist groß genug, um es in den Kiefergelenken zu spüren.

Er hat die totale Kontrolle. Das liebe ich. Nach oben zu schauen, die solide Wand aus Muskeln zu sehen. Zu beobachten, wie seine Hüften sich schneller und weniger kontrolliert bewegen, je mehr seine Erregung zunimmt. Und ich kann nur daliegen und ihn gewähren lassen, lutschen, als würde mein Leben davon abhängen, während mein Schwanz Anstalten macht, wieder mitspielen zu wollen. Und wie. Nie im Leben hätte ich gedacht, dass ich schon wieder hart werden könnte, und doch ist es so.

»Oh, Verdammt nochmal, Rush«, murmelt Hunter. »Schau dich doch mal an. Dein Mund ist eine wahre Sünde ... Gott, siehst du sexy aus. Als würde dieser hübsche Mund darum betteln, von mir gestopft zu werden.«

Meine Augen fallen zu, und ich packe seine Hüften, um ihn anzutreiben. Seine Eichel trifft meinen Kehlkopf, sein Durchmesser lässt mich den Mund weit aufsperren, salziger Geschmack ergießt sich auf meine Zunge.

Er stöhnt kehlig auf, und ich spüre es bis in die Eier.

Ich kann nicht aufhören, seine Muskelbewegungen zu beobachten, seinen lustverhangenen Blick, die zusammengezogenen Augenbrauen. Bei jedem Stoß spüre ich seine Eier an meinem Kinn, und es ist fast zu viel Stimulation. Zu gut. Mir wird ganz schwindelig. Mein Schwanz schmerzt.

Ich stöhne um seinen Schwanz, und Hunters Stöße werden unregelmäßiger. Schneller. Fester. Das Bett knallt gegen die Wand, ein schnellerer Rhythmus baut sich auf, die Intervalle zwischen den Stößen werden kürzer, während Hunter auf seine Erlösung zurast.

»Gott, dein Mund«, schreit er auf, stößt ein letztes Mal in meinen Hals und verharrt da. Sein Schwanz zuckt auf meiner Zunge, seine Eier entleeren sich, und ich erwürge fast meinen Schwanz, während ich nach Atem ringe.

Es dauert nicht lange. Ich bin so spermatrunken und erregt, lutsche sanft an seinem weicher werdenden Schwanz, während ich mich kräftig streichele. Eine Minute später ist alles vorbei, und mit dem letzten Spritzer lasse ich schließlich von ihm ab.

Als ich ihn anschaue, sehe ich sein unglaublich selbstzufriedenes Grinsen.

»Das hat dir also gefallen.«

»Viel, viel zu gut.«

KAPITEL
DREIUNDZWANZIG

HUNTER

»INTERESSANTER MORGEN?«, fragt Seven über seine Kaffeetasse hinweg.

Ich versuche, mir nicht anmerken zu lassen, wie interessant ich ihn wirklich fand. Sex mit Rush ist nichts, auf was ich auch nur ansatzweise vorbereitet gewesen wäre, und ich weiß nur: Ich will es wieder. Und wieder.

Vermutlich sollte ich innehalten und darüber nachdenken, sichergehen, dass ich mich nicht zu schnell zu tief hineinstürze, aber wenn mein Gehirn noch in meinem Orgasmus schwimmt, ist es schwer, über solche Kleinigkeiten wie Konsequenzen nachzudenken.

»Gerade erst wach geworden. Ich bringe Rush Kaffee.«

Seven stützt seine schweren Unterarme auf den Küchentresen. »Dir ist schon klar, dass wir euch alle gehört haben, oder?«

Ach du Scheiße. »Was?«

»Ist der Nachteil an diesem Haus. Sexen ist laut, und die Wände dämmen die Geräusche nicht. Wir haben uns alle schon gegenseitig zugehört, wenn es zur Sache ging. Na ja, bis auf

Xander. Obwohl ich fürchte, ihr habt ihn kaputtgemacht mit eurer Lautstärke.«

Ich habe das Gefühl, mir fallen gleich die Augen aus dem Kopf. »Du verarschst mich.«

»Definitiv nicht. Ich dachte nur, das solltest du wissen, bevor du zur zweiten Runde wieder da reingehst. Braucht dir nicht peinlich zu sein. Wir haben alle Noise-canceling-Kopfhörer, falls wir sie brauchen.«

Ach, verdammt. »Das waren alles Dinge, die ich lieber nicht gewusst hätte.« Ich mache unsere Kaffees fertig. »Und wir werden keine zweite Runde einläuten. Ich weiß nicht, was das heute Morgen war, aber wir müssen erstmal reden.«

Seven atmet tief durch, und mir wird klar, dass ich gleich etwas zu hören bekommen werde. »Hör mal, Molly hat euch beide schon so gut wie verheiratet. Das ist eine Menge Druck, besonders für etwas, das noch neu ist oder unverbindlich oder so, aber er ist eben im Grunde seines Herzens ein Romantiker. Widerlich. Wahrscheinlich heiraten wir selbst irgendwann, und es ist alles seine Schuld. Ich dagegen bin kein Romantiker, also will es etwas heißen, wenn ich sage, dass ich Rush von Herzen liebe. Ich hatte schon das Gefühl, dass mit diesem Phantom, mit dem er etwas laufen hatte, einiges nicht stimmt, noch bevor es sich bestätigt hat. Ein ganz mieses Gefühl, Mann. Das habe ich bei dir nicht. Mir ist es steißegal, was ihr macht. Etwas Ernstes, Hörner abstoßen, alles super. Aber wenn du sagst, dass ihr reden solltet, dann tut es auch. Ich habe Molly echt wehgetan, indem ich nicht geredet habe, und das werde ich immer bereuen. Mach das nicht mit Rush. Mein Junge hat schon zu viel durchgemacht.«

Ich weiß nicht viel über Sevens und Mollys Beziehung, aber was er damit meint, jemandem weh zu tun, verstehe ich. Ich will Rush nicht wehtun. Ich will ihn beschützen. Diese Gefühle sind mir zwar gerade etwas zu viel, aber das betrifft mich und nicht ihn.

Rush zu sagen, dass ich mich gerade in ihn verliebe, obwohl

wir uns erst wenige Wochen kennen, klingt nicht nach einer entspannten Unterhaltung.

Ich ringe mir ein Lächeln ab. »Schon mal darüber nachgedacht, dass er mir wehtun könnte?«

»Keine Chance«, gibt Seven zurück. »Der Kerl hält dich schon seit dem Abend, an dem ihr euch getroffen habt, für das achte Weltwunder.«

Und nach dem Absetzen dieser kleinen Bombe steht er auf und geht.

Ich gehe die Treppe zu Rush' Zimmer wieder nach oben und finde ihn nackt auf dem Bett, alle Viere von sich gestreckt. Die gebräunte Haut und seine Muskeln sind eine Augenweide, und mein Blick bleibt an dem Tattoo hängen, das sich von der Schulter bis zum Bizeps zieht. Das hatte ich bisher noch gar nicht beachtet.

»Da hast du noch einiges vor dir, bis du Seven erreicht hast«, bemerke ich.

Er lacht. »Das alleine waren schon vier Sitzungen. Hat mir wenig Spaß gemacht.«

»Zu schmerzhaft?«

»Zu langweilig. Er hat mich ständig angemotzt, weil ich mich bewegt habe, und am Ende war ich total verspannt vom langen Stillsitzen.«

»Klingt ja furchtbar.«

»Das war es wirklich.« Er fängt an zu strahlen, als ich ihm seinen Kaffee reiche.

»Genau das, was ich brauche. Orgasmen und Kaffee. Sicher, dass du nicht einziehen willst?«

Ich klettere neben ihm aufs Bett. »Ich weiß, du meinst das nicht ernst, aber ich wusste das Angebot wirklich zu schätzen. Es ist nach wie vor ein Nein, aber ich weiß es zu schätzen.«

»Naja, ganz genau genommen haben wir eigentlich keine Zimmer mehr frei. Ich hätte eines für dich freigeräumt. Eloise hat mir ein schlechtes Gewissen gemacht.«

»Und schon bin ich weniger dankbar«, sage ich scherzhaft.

»Aber apropos Wohnungen … ich vermute mal, der Abend neulich lief nicht so gut?«

»Nee. Es war wirklich ätzend. Aber er denkt wahrscheinlich, dass es gut lief, bin nicht ganz sicher. Oh! Ach ja. Wo ist denn mein Handy? Ich habe das Gefühl, er hat mir eine Nachricht geschickt.«

»Das Gefühl?«

»Ich könnte es mir eingebildet haben. Mal sehen.«

Rush wühlt im Bett herum, und ich stelle meinen Kaffee ab und taste nach der anderen Bettseite, wo er es gestern Abend hingeworfen hatte.

»Hier.«

»Da ist es ja. Danke.«

Ich sehe zu, wie er das Gerät entsperrt, und mich beschleicht ein ungutes Gefühl. Was Ian wohl zu sagen hatte? Sicher wollte er sich nicht dafür entschuldigen, was er getan hat – darauf würde ich viel Geld wetten.

»Na sowas.«

»Was denn?«

»Es ist … ziemlich viel.«

Er reicht mir das Handy und, Tatsache, es ist viel. Zehn Nachrichten von Ian: Von Bitten, doch mit ihm zu sprechen bis Beschwerden, weil er ignoriert wird, ist alles dabei. Es ist wirklich aufschlussreich, sie zu lesen, ihn emotional so instabil zu sehen; der Mann, den ich kannte, war überhaupt nicht so. Jedenfalls habe ich es nie erlebt. Er war immer charismatisch. Freundlich. Fast schon zu lieb. Verrückt, zu sehen, was er alles vor mir verborgen hat.

»Ich hatte wirklich gehofft, er würde mir zu verstehen geben, dass wir zusammen sein können, da er einen Plan geschmiedet hat, um dich dazu zu bringen, die Stadt zu verlassen.« Rush klingt ganz mutlos. »Ich war so sicher, dass es funktionieren würde.«

»Es wäre ein großes Eingeständnis gewesen. Du brauchst dich deswegen nicht schlecht zu fühlen. Er wäre dumm von ihm, diese

Information einfach auszuspucken; er hat uns ein Jahr lang voreinander verheimlicht. Er ist kein Dummkopf.«

Es setzt mir zu, ihn so mutlos zu sehen. Er starrt sein Handy an als würde er das Universum um Ians Eingeständnis anbetteln wollen.

Rush sollte nur mich anbetteln.

»Dann muss ich mir für das nächste Treffen etwas anderes ausdenken.«

»Das nächste Treffen?«

Er schaut auf, das schöne Gesicht so lieb und ehrlich, dass ich das Bedürfnis habe, ihn zu küssen. »Es ist ja noch nicht vorbei.«

»Und ob es das ist.«

»Ich lasse nicht zu, dass er dir das antut. Wir kriegen es schon aus ihm raus. Ich brauche nur ein einziges Geständnis. Oh – vielleicht kann ich unser nächstes Date mitschneiden, oder mit ihm nach Hause gehen und sein Arbeitszimmer durchsuchen? Auf dem Computer muss es doch Beweise geben. Oder auf dem Handy. Ich habe zwar seine Passwörter nicht, aber wenn ich aufpasse, kriege ich die sicher raus. Vielleicht kann ich sie dir sogar schicken, für den Fall, dass ich sie vergesse. Es wird so, als wären wir Spione, so eine Art 007–«

Ich nehme ihm das Handy weg. »Nein.«

»Wie bitte?«

»Es ist vorbei, Rush.«

»Es hat gerade erst begonnen.«

Ich muss mir auf die Zunge beißen, um nicht vorzupreschen. »Nach dem, was er dir angetan hat, will ich dich nicht mehr im gleichen Raum wissen.«

»Aber das hast nicht du zu entscheiden.«

»Wenn der einzige Grund, warum du ihn treffen würdest, mit mir zu tun hat, sehr wohl.«

Sein süßes Gesicht verfinstert sich. »Ich muss es tun.«

»Du musst überhaupt nichts tun.«

»Nein, du verstehst nicht.« Er knurrt. »Ich *muss* das tun.«

»Wie gesagt: Du musst nicht.« Wir funkeln uns einen Moment an, aber es ist ganz klar, dass er nicht nachgeben wird. Er mag mir zwar im Bett die Kontrolle überlassen, aber das war's auch schon.

So schwer es mir fällt, ich muss die Karten auf den Tisch legen.

Ich nehme seine Hände und verschränke unsere Finger. »Ich bitte dich, Rush. Bitte triff dich nicht mehr mit ihm. Uns fällt schon etwas anderes ein.«

»Was denn zum Beispiel?«

»Wir brauchen dieses Geständnis nicht. Ich will ihm keine Möglichkeit geben, dir wieder weh zu tun.«

»Er hat mir nicht weh getan.«

Ich nagele ihn mit einem ernsten Blick fest. »Wir wissen beide, dass du das nicht glaubst. Es war vielleicht nichts Körperliches, aber was er getan hat, war nicht okay.«

»Ich weiß, dass es nicht okay war. Ich sage nicht, dass es okay war, aber ich kann auf mich aufpassen.«

»Ich glaube auch, dass du das kannst, aber ich ...« Ich schlucke. »Du bedeutest mir etwas. Sehr viel. Dich wegen mir in so einer Situation zu wissen – ich bin ausgerastet. Ich kann das nicht noch einmal durchmachen.«

Sein Ausdruck wird weicher. »Ich bedeute dir etwas?«

»Du kannst manchmal etwas begriffsstutzig sein, aber das muss dir doch aufgefallen sein.«

Er rückt näher und drückt meine Hand fester. Wie er mich anschaut lässt mein Herz schneller schlagen, und mein Mund wird trockener.

»Was heißt das denn genau?«

Ich versuche es mit einem Lächeln. »Buchstäblich? Oder für die Zukunft?«

»Für die Zukunft. Also, haben wir jetzt eine Beziehung? Muss ich mein Displayfoto zu einem Foto von uns beiden ändern? Sollten wir bei der Arbeit Bescheid sagen? Was wird Ted denken? Oh Gott, bestimmt muss ich das Team wechseln, sonst denken alle, dass ich mich hochschlafen will. Die Leute werden auf jeden

Fall tratschen – was ich allerdings für weitere Blowjobs von dir in Kauf nehmen würde –«

»Rush?«

»Ja, Süßer?«

Ich schnaube lachend. »Du bedeutest mir etwas. Ich habe dir keinen Heiratsantrag gemacht. Atme durch.«

»Aber was *bedeutet* es denn dann?«

»Du brauchst Richtlinien?«

»Wenn ich mir nicht den Kopf zerbrechen und die nächste Woche an nichts anderes denken können soll, bis ich mich in einer Welt der Was-wäre-wenns verlaufe, dann wäre das wirklich nett.«

Anscheinend ist der »Mal-schauen-wo-es-hinführt«-Ansatz nichts für Rush. Okay. »Tja, ich denke, der erste Schritt ist, dass du mir erzählst, was du dazu meinst?«

»Wozu?«

»Zu mir.«

Er denkt kurz nach. »Du bist ruhig.«

»Aha. Na, bitte reiß mir nicht sofort die Kleider vom Leib.«

»Ich weiß, dass das sarkastisch war, aber es scheint mir echt unfair, dass ich meinen Schwanz zur Schau stelle und deinen gar nicht zu sehen bekomme.«

»Konzentrieren.«

»Aber das fällt mir wirklich schwer«, beschwert er sich.

Ich drücke seine Hand. »Ich weiß, aber bleib bei der Sache. Du findest mich ruhig?«

Er beeilt sich, zu nicken. »Mein gesamtes Leben ist ein einziges Chaos, und egal, was ich tue, alles endet in einem großen Durcheinander.« Rush lässt den Blick durch sein Zimmer schweifen. Auf allen freien Flächen liegen Klamotten, und auf seinem Nachttisch stehen vier leere Tassen. Er gibt einen tiefen Seufzer von sich. »Ich habe meine *Systeme.* Einen bestimmten Platz für alles. Meine Klamotten lege ich mir zurecht mit einem exakten Ort für jedes Stück, das ich besitze, aber ich mache immer viel zu schnell, habe nie genug Zeit, verpasse immer etwas, und egal wie sehr ich mich bemühe, egal wie sehr ich versuche, es alles auf die Reihe zu kriegen, habe ich *nie* alles auf der Reihe.«

Schon die Erklärung klingt überwältigend anstrengend. »Kann man etwas tun, damit es leichter wird?«

»Ja. Medikamente. Anscheinend. Das hilft schon, denn es verlangsamt die Dinge so, dass ich sie greifen kann; aber das eine Präparat hat mich auch müde und schwindelig gemacht, und ein anderes hat mir ein Gefühl der Leere gegeben. Ich mag es nicht besonders, keine Kontrolle zu haben. Aber ich will ich selbst sein.«

Das zu hören tut mir in der Seele weh.

»Wenn ich also sage, dass du ruhig bist …« Er schaut auf. »Dann ist das eine gute Sache. Die beste. Als könnte ich mich auf dich stützen und das Chaos hinter mir lassen.«

Von meinen Fingerspitzen aus breitet sich Wärme aus, durch den Arm bis in die Brust. »Am liebsten würde ich hinterfragen, ob du wirklich von mir redest.«

»Doch, definitiv von dir.«

»Es scheint also ganz so als hättest du auch Gefühle für mich.«

Er nickt, aber auch mit dem Wissen, dass es uns beiden so geht, macht mich das Ganze extrem nervös. Unsere Beziehung ist kein besonders hohes Risiko, und doch hat die Vorstellung, Rush zu verlieren, bereits mehr Gewicht als Ian tatsächlich verloren zu haben.

Ich hasse, dass er immer als Schatten neben uns bleiben wird, und um damit zurechtzukommen, brauche ich Zeit. Rush genauso. Wir haben beide die Verletzungen aus der letzten Beziehung im Gepäck.

Aber es würde mich umbringen, es nicht zu versuchen.

»Was ich will, ist Folgendes«, sage ich. »Weiter Zeit mit dir verbringen, Nachrichten austauschen, vielleicht ein paar Dates. Sexuell und emotional exklusiv sein. Ich habe schon offene Beziehungen geführt, aber das wird mit dir nicht funktionieren für mich. Vielleicht wegen dem, was passiert ist, oder vielleicht hat es mit dir zu tun, aber bei der Vorstellung, ein anderer Mann würde dich anfassen, würde ich ihn am liebsten abstechen.«

»Tätlicher Angriff mit einer tödlichen Waffe bedeutet mindestens ein Jahr Gefängnis.«

»Immerhin hätte ich dort ein Dach über dem Kopf«, sage ich scherzhaft.

Der entspannte, glückliche Ausdruck in seinen Augen verschwindet.

»Zurück zu uns.«

»Okay«, sagt Rush. »Diese Bedingungen passen zu dem, was ich auch will. Ich fand offene Beziehungen nie besonders gut, es sei denn, es war nichts Festes, also würde ich auch von dir das Commitment brauchen. Zumindest bis wir sehen, wo es hinführt. Es ist ja noch nicht lange her.«

»Nein.« Die Sache ist die – der Zeitrahmen macht mir keine Sorgen. Ich habe gesehen, was aus fünf Jahren werden kann. Habe erlebt, dass Menschen einen jederzeit hintergehen können. Und doch, ob erst ein paar Wochen oder nicht ... ich kann mir einfach nicht vorstellen, dass *Rush* mich hintergehen würde. Als besonders guten Menschenkenner kann ich mich zwar nicht bezeichnen, wenn man bedenkt, wie leicht es war, mich zu betrügen, aber Rush hat etwas unglaublich Ehrliches an sich. Unschuldig. Lieb.

Ich kann nur hoffen, dass mir nicht wieder etwas vorgemacht wird.

KAPITEL
VIERUNDZWANZIG

RUSH

HUNTER und meine Freunde zusammenzubringen ist das Highlight des Tages. Zugegeben, der Sex war auch gut. Und das Beziehungsgespräch. All das ist definitiv besser als Ians Nachrichten und Hunters Bitte, ihn nicht mehr zu treffen.

Ich will das auch eigentlich gar nicht.

Ian ist besser in meiner Vergangenheit aufgehoben, und ich war auch schon recht gut dabei, ihn zu vergessen. Aber jetzt hat er diesen Mist mit Hunter abgezogen, also kann ich nicht lockerlassen. Ich kann einfach nicht. Ich will es gern, aber er ist wie eine Nadel im Gehirn, die mich leise piekst, wenn ich innehalte, und fester, wenn ich daran erinnert werde.

Jedes Mal, wenn ich daran denke, nehme ich mir vor, es zu vergessen. Es gut sein zu lassen. Aber je mehr ich mich darauf konzentriere, nicht mehr daran zu denken, desto fester haben mich meine Gedanken in den Klauen.

»Was probieren wir denn diese Woche aus?«, frage ich Madden, während wir vor dem Abstellraum stehen.

»Die Easy Feet. Äh, Schuhe? Na … diese Dinger, die wir neulich nachts gesehen hatten.«

»Die hast du *bestellt*?«

Maddens bester Freund Penn lacht spöttisch hinter uns. »Wieso überrascht dich das immer noch?«

»Den Turbomop konnte ich verstehen. Aber diese Füße-schrubb-Dinger? Damit ist ein neuer Tiefpunkt erreicht.«

Madden zuckt die Achseln. »Was soll ich sagen? Sie haben mich gekriegt. Ich hatte keine Chance. Also – wer will Versuchs-kaninchen sein?«

Ich sehe Hunter mit großen Augen an. »Ich habe schon beim großen Fön-Vorfall 2021 ein gutes Stück meiner Haarpracht verloren, werde also keine weiteren Körperteile aufs Spiel setzen.«

»Und ich soll es machen?«

»Er hat recht«, bekräftigt Penn. »Du bist der Einzige, der Maddens Kaufsucht bisher noch nicht unterstützt hat. Du hast ganz schön was aufzuholen.«

Madden, der Verräter, flüstert dramatisch hinter vorgehaltener Hand: »Glaube mir, du solltest die ausprobieren und nicht das, was als Nächstes kommt.«

»Wie war das?« Penn hebt die Hand. »Ich hab's mir überlegt. Ich mache es.«

»Zu spät«, ruft Hunter. »Einfach ist praktisch mein Zweit-name. Die Dinger sind für mich gemacht.«

»So ist's recht!« Madden legt die Hände zusammen. »Eine Frage habe ich aber. Seid ihr beiden jetzt zusammen?«

Hunter zögert eine Sekunde. »Wir, ähm, haben was laufen. Wenn du das meinst.«

»Genau! Denn wenn das der Fall ist, bist du kein Besucher mehr, also gelten auch die Besucher-Regeln nicht für dich.«

»Neenee. Stopp.« Ich zeige mit dem Finger auf Madden. »Du darfst dich nicht ausziehen nur wegen dieser Hintertür.«

»Was läuft hier?«, fragt Hunter.

»Ich kann doch nichts daran ändern, wer ich bin!«, ruft Madden aus. »Das hier ist mein Zuhause.«

»Du hast *gerade mal* Shorts an, und Hunter ist doch nicht jeden Tag den ganzen Tag hier!«

»Die Regel bezieht sich auf *Gäste*. Wenn ihr etwas laufen habt, ist er kein Gast mehr.«

Hunter schwenkt die Arme zwischen uns. »Wovon zum Henker redet ihr eigentlich?«

»Madden ist Nudist«, erkläre ich. »Er will sich ausziehen.«

Madden stützt die Hände in die Hüften. »Ich will mich nicht *ausziehen*.«

»Was denn sonst?«

»Ich will mich von meiner Kleidung befreien.«

Ich schaue ihn abschätzig an. »Ich weiß, du glaubst, das ist ein Unterschied, aber das ist nicht der Fall.«

»Wenn du es sagst, klingt es pervers. Es ist gar nichts Perverses dabei. Ich mag eben ein Lüftchen um meine Eier, genau wie es Mutter Natur vorgesehen hat.«

Hunter lacht leise. »Dann lass mich dir nicht im Wege stehen.«

Hmm … er scheint sich nicht darum den Kopf zu zerbrechen, dass mein Freund und Mitbewohner drauf und dran ist, sich vor ihm zu entblößen. Madden ist ein sexy Typ. Nette Muskeln. Will er ihn sich vielleicht genauer ansehen?

»Einspruch!«

Die drei drehen sich zu mir um.

»Mutter Natur will vielleicht gar nicht, dass du jeden Tag dein Gehirn raushängen lässt – schon mal darüber nachgedacht?«

Madden sieht mich belustigt an, während ich mein Bestes versuche, ihn mit Blicken zu erdolchen.

»Was ist denn mit dir los?«, fragt Penn.

»Können wir bitte alle mal nicht so tun, als wäre Madden kein super attraktiver Kerl? Er ist sehr wohl proportioniert und hat ein gutes Herz und ein hübsches Gesicht und einen Wasch-brettbauch–«

»Was soll das?«, fragt Penn gleichzeitig mit Madden, der sagt: »Hast du dich schon mal im Spiegel angeguckt?«

Ich hebe die Hand. »Ich weiß sehr wohl, dass er auch ein attraktives Stück in der Hose hat, und obwohl ich selbst mich nicht zu Madden hingezogen fühle–« damit wende ich mich an Hunter – »haben wir besprochen, monogam zu sein. Ist erst wenige Stunden her. Das heißt, dass dir nicht erlaubt ist, wegen meines Mitbewohners ganz aus dem Häuschen zu geraten. Ich wollte das nur gesagt haben, bevor er alle Klamotten von sich wirft.«

Hunter sieht aus, als müsste er sich das Lachen verkneifen, und ich weiß wirklich nicht, wieso, da dies ein ernstes Thema ist. »Bist du eifersüchtig?«

»Wie bitte?«

»Du.« Er tritt näher und zieht mich an sich. Das ist ehrlich gesagt kein schlechter Platz, und als er mein Gesicht anhebt, geraten meine Gedanken ganz durcheinander. »Du bist eifersüchtig.«

»Bin ich nicht.«

»Das möchte ich hoffen. Du hast überhaupt keinen Grund dazu. Der einzige Mann, wegen dem ich aus dem Häuschen gerate, bist du.«

Da ist dieser Ton wieder. Der mich ganz zittrig macht. »Okay. Gut. Also gut, Madden, du kannst den P befreien.«

»Gottseidank.« In Sekunden hat er die Hose abgestreift. Hunter guckt noch nicht mal in seine Richtung. Ich bin nicht ganz sicher, ob es direkt romantisch ist, sich dafür zu entscheiden, meinen Mitbewohner nicht anzuglotzen, aber ich bekomme trotzdem so ein Gefühl. Von dem Typen nebenbei zur Hauptperson zu wechseln wird eine Umstellung werden.

»So. Was muss ich machen?«, fragt Hunter.

»Easy Feet! Schuhe. Dinger!« Madden schwenkt einen der sich stapelnden Kartons. »Du wirst dich nie wieder bücken müssen, um die Jungs zu waschen! Revolutionär! Außergewöhnlich!«

»Das Infomercial hatte ich auch gesehen«, bemerke ich. »Können wir dann weitermachen?«

Madden schmollt. »Immer musst du mir den Spaß verderben.«

»Du hast die wirklich gesehen und gedacht: ›Hey, tolle Idee!‹?«, fragt Hunter nach.

»Es ist tatsächlich eine tolle Idee«, sagt Penn. »Wenn du sie nicht ausprobieren willst, mache ich es.«

»Netter Versuch. Du kriegst das Nächste, was es auch immer für ein verrücktes Ding ist.«

»Ich bin wirklich gekränkt. Ihr nehmt das alle überhaupt nicht ernst«, sagt Madden.

Wenn ich ihn richtig einschätze, ist das gelogen. »Nein, bist du nicht.«

»Okay, das stimmt. Aber kommt schon! Ich bin aufgeregt. Ich will sehen, ob sie funktionieren.«

Hunter ergibt sich in sein Schicksal. Er stellt den Karton neben sich ab. Dann setzt er sich hin und rollt die von mir geliehenen Sweatpants hoch.

»Du könntest sie einfach ausziehen«, schlägt Madden vor. »Eier sollten nicht eingesperrt sein, Mann.«

»Meine haben eine Auszeit.« Hunter blinzelt mich an. »Jemand hat sie heute Morgen gründlich entleert.«

»Mit Sex angeben?« Penn wendet sich an Madden. »Ich habe gerade beschlossen, diesen Typ nicht zu mögen.«

»Gut«, sage ich. »Dann sag deinem Bestie, er soll aufhören, zu sabbern, wenn er ihn anschaut.«

»Was?« Madden schnappt nach Luft, im Versuch, unschuldig zu tun. »Er ist ein gutaussehender Kerl. Ich weiß die Wunder der Natur eben zu schätzen.«

Penn sagt streng: »Hör auf zu sabbern, wenn du ihn anschaust, Madden.«

Madden wirft ihm einen Luftkuss zu, und ich muss an unser nächtliches Gespräch denken – es fällt Madden immer schwerer, so unverbindlich mit Penn zu scherzen. Ich versuche, mir vorzustellen, wie es wäre, wenn ich solche Gefühle für Hunter hätte und er sie nicht erwidern würde.

Es versetzt mir einen Stich. Nein. Das gefällt mir gar nicht.

»Nun zieh die hässlichen Flip-Flops schon an«, sage ich.

Hunter reißt die Verpackung auf und Madden legt alles zurecht. Und zugegeben, vielleicht bekomme ich leichte Selbstzweifel, wenn ich Hunter in Gegenwart anderer Männer erlebe, aber zu sehen, wie sie ihre Scherze machen und sich über die Füßeschrubbdinger lustig machen, macht mich glücklich. Meine Mitbewohner sind meine Familie, das wird sich auch nie ändern, und selbst als Émile und Molly dazu gekommen sind, hat das die Familie nur vergrößert. Ob Hunter und ich das jemals auch haben werden?

Genau das hatte ich mir mit Ian vorgestellt. Als nächsten Schritt. Dass er sie kennen- und lieben lernen würde und immer Lust haben würde, mit ihnen abzuhängen. Ich bin aber froh, dass es nie dazu gekommen ist, da die Trennung schon hart genug war, auch ohne dass die anderen es mit durchmachen mussten.

Und wieder spüre ich dieses Pieksen. Ian. Ich muss etwas wegen ihm unternehmen. Hunter hat noch nicht mal zur Hälfte den Mist verdient, den er mit ihm verzapft hat, und Ian lebt einfach sein Leben weiter, obwohl er ein totales Arschgesicht ist.

»In einem Hotel?« Madden runzelt die Stirn. »Nein, Mann. Das ist nicht in Ordnung. Zieh bei uns ein.«

Hunter schluckt ein Lachen hinunter. »Rush hatte das schon angeboten, aber das ist ein klares Nein. Nicht persönlich nehmen, aber wir arbeiten zusammen, und versuchen, eine Beziehung zu führen. Auch noch zusammenzuleben, das wäre zu viel des Guten.«

Madden legt den Kopf schief. »Seven hat recht. Du bist tatsächlich mental stabil. Wie ist das denn so?«

Hunter wirft mir einen heimlichen, nur für uns bestimmten Blick zu. »Ruhig.«

»Klingt langweilig.«

»Kann sein. Für mich ist es okay.«

Penn schaut zwischen den beiden hin und her. »Warum suchst du dir keine Wohnung? Bist du nur vorübergehend hier?«

»Sein – unser–«, korrigiere ich mich, »Ex hat ihn auf eine schwarze Liste setzen lassen.«

»Ist nicht wahr.« Penn wirft Madden einen Seitenblick zu. »Dann wirst du wohl nach … wo war das nochmal? Portsmouth? zurück müssen.«

»Portland.«

»Ja, nee, Portsmouth klingt besser. Und weiter weg.«

»Du klingst genervt«, sage ich, während ich Penn mustere. »Bist du genervt?«

»Wieso sollte ich?«

»Ich habe keine Ahnung. Darum frage ich ja.«

Er verschränkt die Arme. »Ich wollte nur die Dinger ausprobieren, das ist alles. Die beiden könnten wenigstens so tun, als wüssten sie noch, dass wir anwesend sind.«

Madden lacht sein dröhnendes Lachen, schlingt Penn den Arm um die Schultern und rubbelt seinen Kopf mit den Knöcheln. Die beiden fallen hin und raufen. Hunter und ich wechseln einen Blick.

»Habe ich dich ignoriert?«

Was für eine absurde Frage. »Ich bin doch hier. Du hast wie wir alle abgemacht hatten die Schuhdinger anprobiert.«

»Na dann.« Seine Mundwinkel zucken. »Anscheinend hatten wir da nicht alle zugestimmt.«

Madden und Penns Gelächter verstummt, als sie sich schließlich voneinander lösen und auf dem Boden alle Viere von sich strecken. Plötzlich setzt Madden sich auf. »Ich hab's!«

»Was denn?«

»Die Lösung.«

»Die Lösung *wofür*?«

Madden schwenkt die Hand in unsere Richtung. »Das mit der schwarzen Liste. Die Eigentümer von Bertha haben doch noch weitere Häuser, oder? Vielleicht ist irgendwo ein Zimmer frei, das Hunter mieten könnte.«

Hunter hört auf, seine Füße an den Flip-Flops zu reiben und horcht auf. »Glaubst du, das würden die machen?«

Das ist eine richtig gute Idee. »Ich kann sie fragen.«

»Ich meine, ein Zimmer ist nicht ideal. Aber besser als das, was ich jetzt habe, wäre es bestimmt. In der Not und so weiter.«

Er hat recht. Aber Hunter verdient Besseres als eine Notlösung.

Wieder setzt das Pieksen ein.

KAPITEL
FÜNFUNDZWANZIG

HUNTER

ALS ICH RUSH am folgenden Wochenende abhole, habe ich vor Aufregung einen Knoten im Magen. Es ist meine letzte Hoffnung, ein Dach über dem Kopf zu finden, und ich drücke alle Daumen, die ich habe, dass diese Leute mir helfen können.

Anscheinend besitzen Rylan und Kai, denen das von Rush bewohnte Haus gehört, mehrere günstige Mietobjekte. Rush' Mitbewohner sind künstlerischer orientiert als ich es bin. Vielleicht haben sie ja noch ein anderes Haus, in das ich besser passen würde.

»Wie süß. Wir könnten Vermieter-Liebhaber sein.«

Ich schnaube und werfe ihm einen Seitenblick zu. »Vermieter-Liebhaber?«

»Genau.«

»Fällt dir nichts daran auf?«

»Was denn?«

Ich werde es ihm nicht näher erläutern. Bin viel zu nervös. »Wie bist du eigentlich an die anderen geraten? Wart ihr immer schon befreundet, oder …?«

»Gabe und Christian waren befreundet. Molly und Madden waren zusammen am College. Seven und Xander haben sich bei einer Pflegefamilie getroffen. Aggy, die nebenan wohnt, kannte meine Oma, und nach dem Tod meiner Eltern hatte Gran die Vormundschaft. Leider ist Gran nicht so recht mit mir fertig geworden und verstand nicht, warum ich in der Schule immer Ärger hatte. Ich hab's auch nicht verstanden, aber ich verstehe oft nicht, was andere denken. Jedenfalls hatten Gran und ich dann einen Riesenstreit, ich habe versucht, abzuhauen, und Aggy hat mich aufgesammelt und mich überredet, ein paar Wochen bei ihr zu bleiben, bis ich mich sortiert hatte. Gran wollte dann nichts mehr mit mir zu tun haben. Also hat Aggy die Vormundschaft übernommen, und ich kam sie jeden Sonntag besuchen. Dann habe ich Ry und Kai bei ein paar Renovierungsarbeiten geholfen. Als das Haus fertig war und die beiden mir von ihrer Idee erzählt haben, war ich die erste Person, der sie ein Zimmer angeboten haben. Madden ist am gleichen Wochenende eingezogen.«

»Wow. Und ihr steht euch alle extrem nahe.«

»Allerdings. Quasi wie Brüder.«

Das lässt mich mehr hoffen als ich eigentlich will. »Vielleicht finde ich auch so etwas.«

»Das hast du doch schon. Bei mir.«

Ich lache und lege ihm die Hand auf den Oberschenkel. »Ich weiß, du verstehst meine Gründe nicht, aber ich verstehe auch nicht, wie man sein Handy unter der Matratze eines Mitbewohners verlieren kann, oder sein Schlüsselbund über ein Abflussrohr unter der Spüle hängen kann. Das sind eben Fälle, in denen wir beide dem anderen vertrauen müssen, was die Gründe angeht.«

»Oh, *dass* es Gründe gibt, verstehe ich schon. Sie ergeben einfach keinen Sinn. Nach Bettwanzen zu suchen dagegen ist *sehr* sinnvoll.«

»Hmm.« Süß, dass er das denkt.

Damit haben wir das Restaurant erreicht, parken den Wagen,

und ich springe heraus, um Rush die Autotür aufzuhalten. Er schaut mit gerunzelter Stirn nach oben, eindeutig grübelnd.

»Höflichkeit ist wohl auch etwas, das du nicht verstehst?«

»Ich frage mich nur, ob es bedeutet, dass ich in diesem Szenario die Frau bin – da es seit langem Tradition ist, dass Männer Frauen die Tür aufhalten. Und wer dann nicht binären Menschen die Tür aufhält? Machen die sich alle immer selbst die Türen auf? Oder gibt es Gedankenkontrollkräfte, mit denen sie die Türen einfach auffliegen lassen können?«

Ich schaue geduldig von oben auf ihn herab. »Nun steig schon aus dem Wagen.«

»Das beantwortet nicht meine Frage«, bemerkt er beim Aussteigen, aber er spricht nicht weiter darüber.

Wir betreten das Restaurant. Mein erster Gedanke ist, dass sie hier bestimmt nicht viele Kinder als Gäste haben, denn alles ist so *weiß*. Wände, Holzboden, Tische und Stühle. Ich habe Angst, etwas zu essen zu bestellen und damit die Einrichtung zu ruinieren.

»Da ist Rylan«, sagt Rush. Er winkt einem gutaussehenden Mann an einem Vierertisch am Fenster zu.

»Rush.« Er steht auf, um Rush zu umarmen, dann reicht er mir die Hand. »Vielen Dank, dass ihr euch Zeit nehmt.«

»Ja, klar. Kommt dein Partner auch?«

Rylan seufzt und antwortet schmunzelnd: »Nein. Mein absurder Partner kommt nicht.«

»Hast du ihm nicht gesagt, dass Hunter nur Augen für mich hat?«, fragt Rush, und ich schaue von einem zum anderen. Nicht zum ersten Mal frage ich mich, ob ich etwas nicht mitbekommen habe.

»Doch, aber er hat sich so verrückt gemacht, dass ich mich schließlich ohne ihn rausgeschlichen habe.«

»Tut mir leid«, sage ich, während ich mich setze. »Warum hat er sich verrückt gemacht?«

»Er wollte nicht riskieren, dass du dich in ihn verliebst.«

»Er …« Ich schüttele den Kopf. Ich muss mich wohl verhört haben. »Hat es einen Grund, dass er denkt, ich würde mich in ihn verlieben?«

»Das passiert den meisten Männern, muss man zugeben. Also nicht unbedingt *verlieben*, aber er hat so seine Art, andere sehr schnell für sich einzunehmen. Ich habe schon früh gelernt, mich daran zu gewöhnen.«

Das klingt aber anstrengend. »Tja, wie Rush schon sagte: Ich habe nur Augen für ihn, Kai braucht sich also keine Sorgen zu machen.«

»Ich werde es ihm ausrichten.« Rylan kann seine Belustigung kaum verhehlen.

Der Kellner kommt, wir bestellen, und ich werde von Minute zu Minute nervöser. Wir alle wissen, worum es bei diesem Treffen geht – Rush hatte schon mit Rylan gesprochen, bevor sie etwas ausgemacht haben – aber er hat bisher kein Zimmer erwähnt. Das kann nichts Gutes bedeuten.

Bin ich der, der es ansprechen muss?

Oh Mann, ist das peinlich. Um ein Zimmer zu bitten und ihn dann auch überzeugen zu müssen. Wenn ich per Channeling Rush' Talent zum Betteln anzapfe, müsste Kai vielleicht tatsächlich Grund zur Sorge haben.

»Und? Was meinst du?«, platzt Rush schließlich heraus, und ich könnte ihn küssen.

Rylan lässt den Blick zwischen uns hin und her wandern. Seine ernste Miene erfüllt mich nicht gerade mit Hoffnung.

»Die Sache ist die: Wir haben gerade nichts frei.«

Meine Hoffnung zerschellt am Boden. Die Enttäuschung ist so groß, dass ich buchstäblich stöhnend die Hände vors Gesicht schlage. Wie kann das sein? Ich bin so entschlossen, in Seattle zu bleiben, aber es sieht so aus, als gingen mir die Optionen aus, es sei denn, ich ziehe bei dem verdammten Kerl ein, mit dem ich gerade eine Beziehung angefangen habe.

Ian wird gewinnen.

»Ich habe einige Freunde, die auch Mietobjekte besitzen, also habe ich herumgefragt, ob jemand von ihnen etwas frei hätte.« Rylan schaut mich verständnisvoll an. »Und ihre Hausverwaltungen haben ihnen alle abgeraten.«

»Verdammt.« Ich raufe mir die Haare. »*Verdammt.*«

»Es ist frustrierend, ich weiß –«

Rush fällt ihm ins Wort. »Das weißt du nicht, denn du kennst den Hintergrund nicht.«

»Hintergrund?« Unsere Getränke kommen, und Rylan ignoriert seines. »Steckt da eine Geschichte dahinter?«

»Allerdings«, sagt Rush knapp. »Unser Exfreund ist Immobilienmakler und es ist ihm irgendwie gelungen, Hunter von jedem einzelnen Objekt zu blocken, für das er sich beworben hat.«

»*Jedem einzelnen* Objekt?«

Ich will eigentlich nicht weiter ausholen, und jemandem gegenüber, den ich gerade erst kennengelernt habe, kleinlich erscheinen. »Ich weiß nicht, wie, aber ich hatte wirklich eine Pechsträhne, und er hat angedeutet, dass er dahintersteckt.«

»Mieter auf schwarze Listen zu setzen ist in Washington illegal, da bin ich ziemlich sicher.«

»Das solltest du Ian mal sagen«, murmele ich. »Wir können nichts dagegen tun, und Beweise haben wir nicht.«

»Es tut mir leid. Ich wollte, ich hätte etwas anzubieten, wirklich.«

»Vielen Dank. Ich weiß es zu schätzen, dass du mir das wenigstens persönlich sagst«, sage ich.

»Moment.« Rush wendet sich zu mir. »Du hast in Portland auch zur Miete gewohnt, oder?«

»Ja, warum?«

»Und du hattest einen guten Ruf?«

»Ja. Jeden Monat pünktlich bezahlt, alleine gelebt, keine Partys, keine Haustiere.«

Rush wendet sich wieder an Rylan. »Was, wenn Hunter dir die Nummer von seinem ehemaligen Vermieter geben würde? Könntest du mit deinen Freunden sprechen und ihnen sagen, dass es alles Unfug ist und ihnen die Nummer weiterleiten?«

»Nein.« Ich finde es zwar ganz toll, dass er es vorschlägt, will aber Rylan nicht in so eine Position bringen. »Ich will nicht aufdringlich sein.«

»Tja, ich glaube nicht, dass wir eine andere Wahl haben«, bemerkt Rush. »Ian hat damit angefangen, und da ihm anscheinend alle bereitwillig glauben–«

»Das ist es nicht«, unterbricht Rylan. »Es gibt einfach einen Mieterüberschuss im Moment. Viele von ihnen haben eine gute Historie, und es tut mir leid, wenn das nicht schön zu hören ist, aber wenn man die Wahl hat zwischen jemandem mit absolut weißer Weste und jemandem, von dem das Gerücht geht, er sei kein guter Mieter … wen würdet ihr da nehmen?«

»Ich würde Hunter nehmen«, sagt Rush. Er ist sowas von loyal.

Ich nehme seine Hand und lasse sie auch nicht los, als das Essen kommt. Ich weiß, dass er weiter darauf herumreiten will, aber Rylan und ich lenken das Gespräch auf weniger belastete Themen. Ich versuche, nicht so niedergeschlagen zu wirken wie mir zumute ist, aber ich bin an einem Punkt, an dem ich keine Lösung mehr sehe.

Wenn ich Rush nicht an meiner Seite hätte, hätte ich sicher bereits aufgegeben.

Ob ich wider alle Vernunft doch bei ihm einziehen soll? Oder wieder nach Portland zurückgehen und wieder das Fernbeziehungs-Ding machen? Keine dieser Optionen klingt besonders toll, vor allem nach meiner letzten Erfahrung damit, einen Mann zu lange allein zu lassen.

Ich hätte Ian wirklich zwei reinhauen sollen.

Eine für mich und eine für Rush. Ich verstehe gar nicht, wie eine einzelne Person so moralisch bankrott sein kann. Er hat mein Leben schon einmal ruiniert, und jetzt findet er trotzdem noch einen Weg, mir Schwierigkeiten zu machen, obwohl er mich nicht mehr in den Klauen hat.

Ich will unbedingt verhindern, dass er gewinnt, aber er kämpft mit einer Armee in einer besseren Position, und ich stehe da mit einer einschüssigen Pistole.

Es wäre so einfach, aufzugeben. Aber dann schaue ich Rush an, sein süßes, argloses Gesicht, und bin überwältigt davon, wie richtig es sich anfühlt.

Alles, von den unruhig wippenden Knien, über seinen im ganzen Restaurant umherschießenden Blick bis zu den vom Thema abschweifenden Gesprächen. Ich will für ihn besser sein. Stärker. Mich nicht unterkriegen lassen.

Es muss doch einen Weg geben.

SECHSUNDZWANZIG

RUSH

S. POTT MACHT sich über mich lustig. Nach Hunters letzter Nachricht muss ich mir etwas Süßes, Geistreiches und nicht völlig Abgedrehtes einfallen lassen. Ihm zu schreiben, dass ich seine POTTenz bewundere fühlt sich eher an wie etwas, das man nach dem zweiten Date erst sagen würde, aber da wir ja schon zweimal Sex hatten, kann es auch sein, dass es schon drittes-Date-Level ist. Oder fünftes? Gibt es eine spezielle Kategorie für Männer, die ehemalige Verlobte des eigenen Exfreundes und der neuerdings eigene Chef sind, mit dem man aus Rache geknutscht hat und dann versehentlich ins Bett gefallen ist?

Wahrscheinlich nicht.

Dieser Mangel an sozialen Strukturen nervt.

Ich rutsche auf dem Stuhl herum, lese, was auf dem Monitor steht, dann lese ich es nochmal. Die Worte ergeben Sinn, es fällt mir nur schwer, sie in die Tat umzusetzen. Ich weiß, was ich *tun* muss. Ich … schaffe es nur nicht.

Ich knacke mit den Fingerknöcheln, genieße jedes Knacken, aber es ist nicht genug, es beruhigt mich nicht genug.

Eloises Gesicht erscheint plötzlich über der Trennwand. »Ich bin am Telefon.«

»Okay. Warum redest du dann mit mir?«

Sie schenkt mir ihr geduldigstes Mama-Lächeln. »Glaubst du, du könntest mir einen Kaffee besorgen? Meiner ist leer.«

»Ja, sicher.« Ich springe auf, was den Stuhl versehentlich nach hinten rollen lässt, aber er trifft niemanden, was ich als Gewinn verbuche. Vielleicht kann ich mich endlich konzentrieren, nachdem ich in der Küche war, uns beiden Kaffee gemacht habe und dann wieder am Schreibtisch sitze.

In der Küche stehen ein paar Leute. Die meisten kenne ich wenigstens vom Sehen, und begrüße sie, während ich auf den Kaffee warte. Die Tür der Mikrowelle steht offen, und als ich näher hinsehe, verstehe ich auch, warum. Sie verströmt den Geruch von etwas Angebranntem. Wenn ich raten sollte, wer dafür verantwortlich ist, würde ich auf Teds Assistentin Taylor tippen. Sie ist noch unkonzentrierter als ich, aber bei ihr liegt es an ihren tausend und eins täglichen Aufgaben. Eine solche Auslastung kann ich mir für mich kaum vorstellen. Etwas von dem Schlachtfeld, das sie hinterlässt, aufzuräumen, ist ja wohl das Mindeste, was man für sie tun sollte.

Ich schnappe mir einen Lappen und mache mich an die Arbeit, nehme mir auch Zeit, die Skalen und Knöpfe vorne sauberzumachen. Ganz geruchsfrei ist es aber immer noch nicht.

Ein Reiniger mit Zitronenduft wird den Geruch schon beseitigen. Oder Bleichmittel? Ich schaue in den Schrank unter der Spüle, dann durchforste ich die Schubladen. Besteck, Utensilien, Geschirrtücher, eine Spülbürste, eine Pfanne. Außer Multifunktionsreiniger ist nichts da, was den Geruch kaschieren könnte. Wahrscheinlich hat die Putzkolonne das gute Zeug.

Zum Glück ist heute Mikas Arbeitstag, und ich begrüße sie mit dem freundlichsten Lächeln, als ich das Büro der Putzkräfte betrete.

»Morgen, Mika!«

Sie hebt eine Augenbraue. »Was hast du dieses Mal kaputtgemacht?«

»Wieso sollte ich etwas kaputtgemacht haben?«

Sie antwortet nicht und wartet.

»Jemand hat die Mikrowelle vollgestunken, also habe ich sie saubergemacht. Jetzt wollte ich Bleichmittel ausleihen, um auch den Geruch loszuwerden.«

»Ich mache das schon.«

»Nein, ist total okay. Es macht mir nichts aus.«

Sie lacht leise, steht auf und nimmt ihre Schlüssel. »Es ist doch mein Job. Und ich werde den Teufel tun und dich mit Bleichmittel losziehen lassen.«

»Ich bin durchaus in der Lage, ein Küchengerät zu putzen.«

»Du bist aber auch in der Lage, in Bleichmittel eingeweicht und mit den Klamotten einer anderen Person am Leib irgendwo im siebten Stock zu landen. Lass uns bei den eigenen Stärken bleiben, Schätzchen.«

Ich würde ja widersprechen, aber ... es ist schon vorgekommen. Also, abgesehen von dem Bleichmittel.

»Ich hatte dir doch *gesagt*–«

»Ja, ja, es hatte einen Grund.« Sie wartet geduldig, bis ich an ihr vorbeigegangen bin, um abschließen zu können. »Es gibt immer einen Grund. Darum werde ich jetzt einfach meinen Job machen gehen, und du kannst dich wieder deinem zuwenden.«

Ach, verdammt. Mein Job. Mein Job, bei dem ich eigentlich aufholen sollte.

»Danke, Mika.«

Ich sause wieder hinüber zu meiner Seite des Büros, fest entschlossen, zu *sitzen* und mich zu *konzentrieren*, und–

Auf meinem Schreibtisch liegt eine Reihe M&Ms, Ich lasse mich auf den Stuhl fallen und starre sie an. Sie liegen auf einem Blatt Papier, wie Knöpfe am Anzug des Strichmännchens, das auf dem Papier prangt. Den M&Ms ist in ordentlicher Schrift je eine Aufgabe zugeordnet.

Als Überschrift lese ich »Hilfsmittel-DePOTT«.

Ich schaue über die Schulter zu Hunters Büro, und sobald unsere Blicke sich treffen, deutet er mit zwei Fingern auf seine eigenen Augen, dann auf seinen Monitor.

Konzentriere dich, sagt er lautlos.

Stattdessen bin ich hin und weg.

Dann reiße ich mich zusammen und beschließe, es für ihn zu tun, wenn schon nicht zu meinem eigenen Wohl. Ich werde ihn beeindrucken und meinen Tag zum Erfolg führen, und wer weiß? Vielleicht werde ich später für meine harte Arbeit belohnt.

Dann lese ich mir die zehn Dinge durch, die er notiert hat. Bewilligte Schadensansprüche abschließen. Nee, zu viel Papierkram. Klienten anrufen, von denen wir weitere Informationen brauchen. Nein, zu kompliziert. Ich überfliege alles auf der Suche nach etwas Einfachem, um den Ball ins Rollen zu bringen, aber als ich bei Aufgabe zehn angekommen bin, ist es offensichtlich, dass ich heute kein Stück weitergekommen bin.

Es ist alles zu schwer.

Also, im Großen und Ganzen weiß ich, was ich zu tun habe. Eine Sache muss ich klären. Eine zweite wird aus einem furchtbaren Gespräch bestehen, aber es ist ja nicht so, als hätte ich noch nie Nein gesagt.

Das Problem ist nicht die Arbeit selbst.

Das Problem ist, dass ich unbewusst beschlossen habe, sie nicht erledigen zu können, also kann ich sie nicht erledigen. Ich atme einmal tief aus, kippele auf meinem Stuhl und versuche, mich endlich für eine Aufgabe zu entscheiden. Nur eine Sache. Aber wenn ich diese Anträge abschließe und dann die Informationen zu den anderen einhole, führt das dazu, dass auch die abgeschlossen werden müssen, also landet die Aufgabe wieder auf meiner Liste. Es wäre besser, erst die Informationen einzuholen, aber wenn ich *eine* Person nicht erreiche, wird das auch nicht erledigt, und ich weiß, dass einer der Klienten erst um sechzehn Uhr meiner Zeit wieder erreichbar ist. Mit schlechten Nachrichten anzurufen ... das lasse ich direkt aus.

Es gibt kein Muster. Keine Effizienz hier.

Ich bin kurz davor, mit der Liste zu Hunter zu gehen und ihn zu bitten, sie in einer anderen Reihenfolge anzuordnen, als Eloise sich wieder über die Trennwand lehnt.

»Kaffee hast du mir keinen geholt?«

Ich runzele die Stirn. »Ich habe eine sehr lange Liste und keine Zeit für Kaffeebestellungen.«

»Aha.«

»Vielleicht morgen.«

Sie geht Richtung Küche, und fast hätte ich sie gebeten, mir einen mitzubringen, aber damit wäre der Ärger vorprogrammiert. Was, wenn sie nicht genug Zucker reintut? Oder die falsche Tasse benutzt?

Ich mustere die Tassen, die bereits auf meinem Tisch stehen. Alle fünf sind von mir. Also wäre es garantiert die falsche Tasse gewesen, da es in der Küche gar keine von meinen mehr gibt.

Ich raffe sie zusammen. Auswaschen ist schon längst fällig. Wahrscheinlich wächst in der grünen schon etwas, aber das werde ich nicht so genau erfahren, wenn ich nicht allzu genau hinsehe und extra gründlich spüle.

Ein unfehlbarer Plan.

Aber als ich an Hunters Büro vorbeikomme, springt er auf und schneidet mir den Weg ab.

»Nein.«

»Ist okay. Ich muss–«

»Nein.«

»Aber–«

Hunter nimmt mir die Tassen, die ich umklammert halte, eine nach der anderen ab. »Ich kümmere mich um die.«

Ich bekomme ein flaues Gefühl im Magen. »Aber ...« Aber *was*, Rush?

In Hunters herausforderndem Blick lese ich die gleiche Frage.

»Ich … gehe wieder an meinen Schreibtisch.«

»Guter Plan.«

»Und arbeite.«

»Noch besser.«

»Okay. Dann … sehen wir uns später irgendwann, wenn ich sehr erfolgreich war.«

Um seine Mundwinkel zuckt es. »Ich kann es kaum erwarten.«

Dann verschwindet der Klugscheißer mit meinen Tassen, und ich frage mich, ob ich ihn wegen des Gewächses in der guten alten Grünen hätte warnen sollen.

Ach ja.

Der Tag geht weiter. Hunter stellt mir wortlos Kaffee auf den Tisch. Der Kaffee verschwindet. Ich höre Musik. Gates und Autumn streiten. Im Teppich unter meinem Schreitisch steckt etwas Scharfes. Nur ein komisches spitzes Etwas, das jemand mit von der Straße reingebracht hat. Eine Seite meines Nagels ist eingerissen. Dann nicht mehr. Ich zähle Vögel, die am Fenster an der anderen Seite des Gebäudes vorbeifliegen. Eloise geht früher, um ihre Kinder abzuholen, denn sie hat früher angefangen, und darf das jetzt, und Hunter ist wirklich ein Genie, was Mitarbeiterzufriedenheit angeht.

»Buh.«

Ich zucke zusammen, als ich seine tiefe Stimme an meinem Ohr höre, und drehe mich abrupt um, um ihn anzusehen. Seine Miene ist belustigt, auch als er den Blick von meinem Gesicht zu der Liste auf dem Tisch wandern lässt. Der Liste, an der nichts abgehakt ist.

Ich werde von Reue überwältigt.

»Was hast du denn den ganzen Tag gemacht?«, fragt er.

Ich öffne den Mund, um eine selbstbewusste Antwort zu geben. Dann springt mir die Uhrzeit auf dem Monitor ins Auge. Achtzehn Uhr. Es ist fast niemand mehr da. Und mir fällt keine einzige Aufgabe ein, die ich heute erledigt habe.

»Ich weiß, dass ich sehr beschäftigt war.« Ich bin müde. Völlig erschöpft sogar. Ich will nach Hause und mich richtig ausschlafen.

Hunter rollt sich den leeren Stuhl von Gates heran und setzt sich neben mich. Dann klaut er sich ein M&M.

»Hey. Die hatte ich mir erfolgreich verkniffen, bis ich den Job erledigt habe.«

»Ich weiß, und ich dachte, da ich den Job inzwischen erledigt habe, sollte ich auch die Belohnung bekommen.«

»Du … du hast meine Arbeit gemacht?«

Er wirft sich noch eines in den Mund. »Wie *gut* Produktivität doch schmeckt.«

Ich verziehe das Gesicht. »Mist. Es tut mir leid.«

»Nicht nötig. Heute gewinne ich.« Er wirft sich ein weiteres M&M in den Mund.

»Du hast mir *drei* Jobs abgenommen?«

Er sieht sich um. »Schhh … die Leute werden noch denken, du wärst mein Favorit.«

»Bin ich das nicht?«

»Definitiv nicht. Dieser Platz gebührt Autumn.« Er lacht. »Du bist bei weitem mein am wenigsten geliebter Angestellter. Aber das ist okay. Denn du bist mein Lieblingsmensch außerhalb von hier. So, dann lass uns mit der Liste weitermachen, damit wir hier endlich rauskommen.«

»Du brauchst mir nicht zu helfen.«

»Aber wenn ich es nicht tue, arbeitest du länger, und ich werde nicht mit dir den Abend verbringen können. Es ist reiner Egoismus, weiter nichts.«

Ich schaue mich um, um sicherzugehen, dass alle Arbeitsplätze wirklich leer sind. Dann streiche ich mit der Hand über seinen Oberschenkel. »Was bekomme ich, wenn ich ein braver Junge war?«

Er hält meine Hand fest, bevor sie seinen Schwanz erreicht hat, dann schlägt er den Ton an, der mich immer so scharf macht. »Sei ein braver Junge, dann wirst du es ja sehen.«

KAPITEL
SIEBENUNDZWANZIG

HUNTER

»ALSO …« Rush schaut auf seine herzzerreißend ernste Art zu mir hoch. »Ich war brav.«

Ich habe ernsthaft Mühe, nicht nachzufragen. Kann er das ernst meinen? Er hat mich mehr abgelenkt als hilfreich war, und obwohl er definitiv sehr offensichtlich *Dinge* getan hat und *beschäftigt* war, ist nichts davon produktiv gewesen. Es war aber auch deutlich, wie sehr er sich bemüht, die Pünktchen zu verbinden, die in unseren Gehirnen dazu führen, dass wir bei der Sache bleiben – leider vergeblich.

Auch ich habe manchmal Tage, an denen ich unkonzentriert bin. Und ich habe schon von Menschen mit ADHS gehört, die Schwierigkeiten haben, sich zu konzentrieren, aber in Aktion gesehen hatte ich es noch nie.

Meine organisierte Managerseite würde ihm am liebsten den Hals umdrehen.

Meine logische Seite ist versucht, doch wieder Medikamente vorzuschlagen. Schwer zu sagen, wo die Grenzen sind – was geht mich etwas an? Worüber darf ich mir Sorgen machen? Was muss er mit sich selbst ausmachen? So oder so, nichts davon sollten wir hier bei der Arbeit besprechen.

Ich drücke zwei Finger an die Lippen und mustere ihn. Seine Haare sind wild verstrubbelt, sein Schlips hängt offen rechts und links von seinem Hals herunter, ein hoffnungsvolles Lächeln umspielt seine Lippen, und er lehnt sich in meine Richtung, sein ganzer Körper eine Bitte, berührt zu werden …

Ich spüre ein Stöhnen im Brustkorb aufsteigen. »Du wirst mich noch in Schwierigkeiten bringen.«

»Aber nicht absichtlich.«

Ich muss lachen bei seinem Blick. »Und siehe da, plötzlich bist du konzentriert.«

»Du hast etwas, das ich wirklich gern hätte.«

»Und das wäre …« Ich weiß genau, was es ist. Er weiß, was es ist. Das heißt aber noch lange nicht, dass ich es ihn nicht laut aussprechen hören will.

»Ich denke … da meine *ganze* Arbeit jetzt erledigt ist, sollte ich mit deinem Schwanz spielen dürfen.«

Stöhnend presse ich den Handballen zwischen die Beine. »Keine sehr professionelle Kommunikation.«

»Wann habe ich mich je darum geschert, mich professionell auszudrücken?«

Da ist etwas dran.

Ich schaue mich im Großraumbüro um, aber außer uns ist niemand mehr hier. Die Deckenleuchten über uns sind an, aber alle anderen an der Fensterreihe und bei den Fahrstühlen sind dunkel.

Ich stehe abrupt auf. »Ich muss dich mal in meinem Büro sprechen.« Damit drehe ich mich auf dem Absatz um und durchquere den Raum. Zwei Lampen gehen über mir an, als ich darunter durch laufe, und ich spüre, dass Rush mir auf dem Fuß folgt. In freudiger Erwartung rauscht das Blut durch meine Venen, gleichzeitig habe Sorge, hier im Büro bei so etwas erwischt zu werden, aber trotz der Warnung wird mein Schwanz länger und härter, während ich mir vorstelle, was ich alles mit ihm anstellen will.

Ich drücke die Klinke zu meinem Büro herunter, und sobald die Tür sich öffnet, presst Rush sich an meinen Rücken. Wir stolpern hinein. Der Raum liegt im Halbdunkel, nur erleuchtet von den LEDs, die durch die Glaswand schimmern, aber als Rush sich auf mich stürzt, um meinen Nacken mit Lippen und Zunge zu bearbeiten, schmilzt mein Gehirn zu einer Pfütze aus purer Lust.

»Was brauchst du?«

»Gevögelt zu werden.«

»Erinnerst du dich noch an die Regel?«

Rush erschauert an meinem Rücken, und die Hand um meinen Bizeps packt fester zu. »Der einzige Name, den ich noch wissen werde, ist Hunter.«

Die beiden Silben klingen so perfekt auf seiner Zunge. Ich greife hinter mich und schlinge den Arm um seine Taille, dann schiebe ich ihn zwischen mich und den Schreibtisch. In meine Nase steigt der Duft von Aprikosen, und ich fühle mich eingehüllt in Rush und seine Wärme. Ich reibe meine Nase an seiner, und nehme mir einen Moment Zeit, ihn in den Armen zu halten, zu begehren. Danach werde ich mir jeden einzelnen köstlichen Moment zu eigen mache.

Ich ziehe an seinem Schlips. »Ich finde toll, dass du schon angefangen hast, dich für mich auszuziehen.«

»Wenn ich gewusst hätte, wie dich das antörnt, hätte ich auch schon die Hose ausgezogen.« Rush greift nach seinem Gürtel, aber ich klopfe ihm auf die Finger.

»Verdirb mir nicht den Spaß.«

»Der Spaß hat doch noch gar nicht begonnen.«

Ich lache leise mir rauer Stimme. »Langsam begreife ich, dass jeder einzelne Moment mit dir Spaß macht. Außer bei der Arbeit natürlich. Aber das ignorieren wir jetzt mal.« Das Leder seines Gürtels rutscht leicht durch die Schlaufe, und macht den Hosenknopf frei. Jetzt habe ich freien Zugriff auf die harte Erektion unter dem Baumwollstoff seiner Hose. Ich umfasse ihn mit leichtem Druck und genieße, wie groß er sich in der Hand anfühlt. »Wo willst du mich gern haben? Im Mund ...«, schlage ich vor, während ich mit den Fingerspitzen seine volle Unterlippe streichle.

Rush dreht sich mit einem Schnauben in meinen Armen um. Er schiebt seine Hose herunter, stützt die Unterarme auf den Schreibtisch, dann wackelt der kleine Scheißer mit seinem verlockenden Po. »Hier. Genau hier, danke auch.«

»Du bist verrückt.«

»Ich bin scharf, und du brauchst zu lange«, sagt er mit einem süßen Schmollen über die Schulter, während er mich mit dunkel verhangenem Blick verschlingt. Mir ist, als könnte ich sein Verlangen an meiner eigenen Wirbelsäule entlang kribbeln spüren.

»Sei brav, sonst bekommst du gar nichts.«

Er lacht spöttisch. »Ich war schon brav. Jetzt habe ich genug davon. Meine Aufmerksamkeitsspanne hat ihre Grenzen, das weißt du ganz genau. Warum spannst du mich so auf die Folter?«

»Da ist jemand aber dramatisch drauf.«

Er lässt das Gesicht mit einem Ächzen auf den Tisch sinken. »Du hast meinen Hintern genau vor der Nase. *Vor der Nase.* Steck einfach deinen Pimmel rein. Ich werde ihn sehr gut behandeln.«

Das Betteln gefällt mir, aber mein Penis wird langsam ungeduldig. Der Ausblick auf seinen Arsch ist mit das Großartigste, was ich je gesehen habe. Ich trete vor, bis ich mit den Händen darüberstreichen kann, spüre genüsslich die kräftigen Muskeln unter meinen Handflächen, und wie er sich gegen meine Berührung drängt.

Mein Verlangen nach ihm ist übermächtig, und die Vorstellung, ihn endlich richtig zu vögeln, steigt mir zu Kopf und macht es mir schwer, einen klaren Gedanken zu fassen.

Aber eines fällt mir trotzdem ein. »Kondom? Hast du eines? Ich nämlich nicht.«

Mit selbstzufriedenem Grinsen fischt er eines aus seiner Hosentasche. »Hab' eines aus dem Portemonnaie genommen, bevor ich hier reinkam.« Er hält es hoch.

»Du hast wohl damit gerechnet, heute beglückt zu werden?«

»Ich weiß doch, dass du mir nicht widerstehen kannst.«

Ich fahre mit den Händen seinen Rücken nach oben und wieder herunter. Er hat ganz recht. Wenn Rush mich will, gehöre ich ihm. Ich nehme das Kondom, dann lasse ich mich hinter ihm auf die Knie fallen. Ohne Gleitgel muss ich ihn anders locker machen, und Rush mit der Zunge zu verwöhnen wird für mich keine Strafe sein.

Er zuckt bei der ersten Berührung meiner Zunge zusammen, dann spreizt er die Beine, so weit wie es die Hosenbeine um seine Knöchel erlauben. Ich verkneife mir das Lachen und mache mich an die Arbeit, fest entschlossen, seinen Eingang schön feucht und geschmeidig zu machen, bevor ich mit der Zunge eindringe.

»Fuck, Hunter.« Er macht unwillkürlich eine Vorwärtsbewegung mit dem Becken ins Leere. »Ist das gut. So, so gut.«

Das besitzergreifende Bedürfnis, ihm Lust zu verschaffen, ist wie ein Schnurren in meiner Brust. Ich mache meine Zunge spitz, fahre um den Rand des Schließmuskels, dann schiebe ich sie ihm rein. Rush erschauert, und das spornt mich weiter an.

Ich bin so schmerzhaft hart und frustrierend in meiner Hose eingequetscht, aber ich bewege mich noch nicht, um mich zu befreien. Ich greife auch nicht nach Rush' Schwanz; stattdessen fasse ich mit der Hand zwischen seine Beine und spiele mit seinen Eiern.

Er gibt eine Art Schluckauf von sich, und sein Arsch verengt sich kurz um meine Zunge. »Mehr. Ich brauche mehr.«

Ich gebe es ihm, mache ihn weicher, nasser, errege ihn mit langsamem Lecken mit der flachen Zunge, dann stoße ich tiefer in ihn hinein. Er schiebt sich mir entgegen, und sexy Geräusche erfüllen mein Büro, während ich ihn über meinen Schreibtisch lege und mich genüsslich an ihm gütlich tue.

Es könnte jederzeit jemand vorbeilaufen. Uns so sehen. Ihn hören. Es ist mir verdammt egal.

Das ganze Großraumbüro liegt im Dunkeln, in meinem Büro brennt kein Licht, es ist nur der schwache Schein der Notausgang-Leuchte und mein Monitor, den Rush versehentlich in seinem Enthusiasmus angestoßen hat, zu sehen.

Er wimmert und zittert; mein Schwanz drängt gegen die Hose. Nie wieder werde ich dieses Büro betreten können, ohne an das hier erinnert zu werden.

Dann halte ich es nicht länger aus, lecke ihn noch ein letztes Mal, stehe auf und ziehe meinen Schwanz durch den geöffneten Reißverschluss.

»Endlich«, beschwert sich Rush, der sich gegen den Schreibtisch sacken lässt, während ich das Kondom aufreiße und überziehe. Ich bin so bereit, ihn um mich zu spüren.

Meine Verbundenheit mit Rush geht weit über den Drang zu kommen hinaus, was mir Angst macht. Aber ich werde nicht mehr dagegen ankämpfen. Aus einer total verkorksten Situation ist so viel Gutes entstanden, dass ich es immer noch kaum fassen kann.

Und so scharf es auch wäre, ihn auf meinem Tisch von hinten zu nehmen – mich verlangt es nach etwas anderem.

Ich spucke auf meinen Schwanz, verstreiche das Ersatz-Gleitgel auf meinen Schaft, dann strecke ich die Hände nach ihm aus.

Rush lässt sich willig umdrehen und auf den Tisch heben. Seine Hose fliegt irgendwohin quer durch den Raum, dann lege ich mir eines seiner Beine über die Schulter und ziehe ihn zu mir. Er ist mir so nah. Er riecht so gut.

Rush packt mich an den Schultern, als ich zwischen uns greife und meinen Schwanz an seinen Anus drücke.

»Bereit?«

»Kannst du mich jetzt *bitte* endlich ficken?«

Ich halte Rush in den Armen, während ich drücke, den Blickkontakt halte, spüre, wie sich sein Eingang für mich öffnet und meine Eichel in die Hitze seines Körpers aufnimmt, den Druck auf meinen Schaft ausdehnt und meine Hoden mit schmerzhafter Lust erfüllt.

Nie habe ich etwas mehr gewollt.

Ich höre mich tief aus dem Brustkorb aufstöhnen, als meine Hüften seinen Po erreicht haben.

Mit dem Bein, das er um meine Taille geschlungen hat, zieht er mich näher an sich.

»Ich fühle mich so ausgefüllt«, seufzt er.

»Gut?«

»Sehr gut. Du weißt genau, dass es gut ist. Und jetzt musst du mich bitte hart rannehmen, denn ich bin schon so kurz davor, zu kommen, und weiß nicht, wie viel von dieser Quälerei mein armer Arsch noch aushalten wird.«

»Quälerei?«

Er nickt. Seine schönen Augen strahlen mich an. »Meine Eier tun schon weh.« Rush schaukelt leicht hin und her.

Erst stoße ich langsam und tief zu, dann werde ich nach und nach fester und kräftiger. Wir müssen nicht reden. Brauchen uns nicht zu küssen. Ich existiere nur in diesem Raum, in dem Rush und ich einander festhalten und uns alle Mühe geben, den anderen zum Kommen zu bringen.

Viel zu viel Gefühle für eine schnelle, versaute Nummer übermannen mich. Ich bewege meinen Schwanz rein und raus aus, als wäre ich eine Maschine, meine Knie knallen an die Seite des Schreibtisches, jedes Mal, wenn ich zustoße, und statt Worten gebe ich nur kehliges Knurren und Grollen von mir, während ich Rush' Haut mit blauen Flecken versehe, an der Hüfte, und im Nacken, wo ich ihn gepackt halte.

Er tut wahrscheinlich das Gleiche. Ich spüre den Schmerz der in meine Pobacke gekrallten Fingernägel, aber die Erregung betäubt das Gefühl und leitet es direkt in meine Eier um.

Unsere Stirnen berühren sich, meine Stöße werden schneller

und unsere Körper bewegen sich im rasenden Rhythmus. Ich bin unter dem Anzug in Schweiß gebadet, spüre die Hitze unter meinem Kragen. Der ganze Raum ist stickig durch die Hitze unserer schweren Atemzüge, und es riecht nach Sex.

Ich habe alles außer Rush vergessen, alles außer dem tiefen Verlangen, das aus meiner Brust in meinen Schwanz und wieder zurück schießt. Ich wollte, ich könnte seinen Arsch mit meinem Sperma füllen und mich dann auf den Boden knien und zusehen, wie es wieder aus ihm herausrinnt. Wollte, ich könnte ihn vögeln, vollspritzen und dann in ihm drinbleiben, bis ich wieder hart werde. Wollte, ich könnte so viele köstliche, besitzergreifende Dinge mit seinem Körper anstellen und ihn dann in den Armen halten. Ihn küssen. Ihm Dinge sagen, die ihn zum Lächeln bringen, und helfen, die Welt für ihn so einfach zu machen wie sie es für mich ist.

»Du bist so wunderschön«, flüstere ich an seinen Lippen.

Er schaudert und beißt mich ins Kinn. »Dein *Schwanz* ist so wunderschön. Er trifft mich genau an der richtigen Stelle. Ich bin so kurz davor.«

Zu wissen, dass Rush kurz vor dem Orgasmus ist, potenziert alle Gefühle, die in mir toben, um ein Vielfaches. Ich will, dass er sich großartig fühlt. Dass er sich fallen lässt.

Ich lasse seine Hüfte los und umfasse seinen mächtigen Schwanz.

»D-du willst gar nicht kommen?«

»Oh, das werde ich.«

»Ist okay für mich, das selber zu machen, weißt du?«

Ich packe fester zu. »Warum sagst du das immer? Willst du nicht, dass ich es dir mache?«

»Was? Nein. Ich …«

»Rush?«

Er vergräbt das Gesicht an meinem Hals. »Ich hatte mich wohl dran gewöhnt. Mich selber um mich zu kümmern … nachdem *er* fertig war.«

Ich beiße die Zähne zusammen nach dieser Erinnerung an Ian – aber ich hatte ja danach gefragt.

Ich streichele Rush' Schwanz, fest und langsam. »Schau mich an.«

Er tut es, aber ich merke, dass es ihm schwerfällt.

»Von jetzt an, wenn wir zusammen sind, wirst du immer zuerst kommen. Jedes einzelne Mal.« Ich fange wieder an, mich zu bewegen, während ich mit der Hand im gleichen Rhythmus seinen Schwanz bearbeite. »Mir ist nur wichtig, dass du kommst. Dir ein tolles Gefühl zu geben. Scheiß auf *dieses Arschloch*, denn dein Gesicht beim Kommen zu sehen ist ein verdammter feuchter Traum. Es ist so eine Ehre für mich, dass du das mit mir teilst.«

Rush keucht auf und stößt in meine Hand. »Das sagst du nur, weil du schon bis zum Anschlag in mir drinsteckst.«

»Nö. Und das werde ich dir beweisen. Ab jetzt geht jeder einzelne Tropfen Sperma, den du von dir gibst, auf mein Konto.«

»Dann lass uns die erste Runde beenden.«

Ich liebe es, wie leicht er mir glaubt. Ich presse meinen Mund auf seinen und halte mich nicht länger zurück. Ich ficke ihn hart und schnell, umklammere seinen Schwanz, und unsere Münder kleben aneinander, während wir beide auf das Ende zurasen. Jedes Aufstöhnen verschlucke ich und antworte nur mit *Fucks* und *oh Gotts*. Sex mit Rush ist unbeschreiblich.

Er löst seine Lippen von meinem Mund, dann versteift sich sein ganzer Körper. »Ich kom–« Er kann nicht mehr zu Ende sprechen, als er sich schon über meine Hand ergießt. Meine Hand und mein Oberkörper werden von einem kräftigen Strahl nach dem anderen befeuchtet, und ich bin froh, sein Hemd aufgeknöpft zu haben, bevor wir angefangen haben.

Er lässt sich auf die Tischplatte zurückfallen, entspannt und befriedigt, und ich ziehe meinen Schwanz heraus und schmiere ihn mit seiner Sauce ein.

»Fuck«, krächzt er. »Warum ist das eigentlich so geil?«

Wortlos schiebe ich mich wieder in ihn rein. Jetzt, da Rush

gekommen ist, kann ich mir das Gleiche erlauben. Mich in die Lust fallen lassen, die er mir schenkt.

Ich klammere mich an die Tischkanten, während ich ihn nehme, und Rush hält meine Hände fest, damit ich nicht abrutsche. Sein Arsch ist weich und entspannt, befeuchtet von seinem eigenen Sperma, und es fühlt sich unglaublich an, wie er mich in sich aufnimmt. Ich schaue von seinem schönen Gesicht zu seinem köstlichen Körper, der von seinem Erguss glänzt, sehe seinen jetzt weichen Schwanz, und meine Eier ziehen sich zusammen.

Der erotische, fast schon pornografische Anblick mit den sexy geröteten Wangen lässt mich ungebremst meine Hüften bewegen, härter und schneller, meine Hoden frustrierender Weise noch in der Unterwäsche gefangen. Ihn zu vögeln, wenn er so gut wie nackt ist, während ich noch im Anzug bin, ist so erregend, auch wenn Schweiß meine Wirbelsäule herabläuft und Perlen auf meiner Stirn bildet.

Rush biegt sich mir entgegen und verengt seinen Eingang. »Komm in mir. Zeig mir, wie gut du dich in mir fühlst.«

Seine tiefe Stimme trifft mich mitten ins Herz, und ich lasse mich fallen, während ich ächzend meinen Erguss genieße. Wellen puren Glücks kribbeln von meinen Eiern bis zu den Zehen, und ich verliere mich in meinem Orgasmus, während ich gefühlt minutenlang das Kondom mit Sperma fülle.

Dann sinke ich keuchend auf ihm zusammen. Nach ein paar Sekunden werde ich weicher, und schließlich rutsche ich heraus.

»Du wirst mein Sperma überall hinbekommen«, sagt er warnend.

Das ist mir sowas von egal.

»Kommst du heute mit mir nach Hause?«, frage ich.

Er umarmt mich. »Nur wenn ich die linke Seite haben kann.«

»Nach dieser Nummer kannst du jeden Teil des Bettes haben, den du willst.«

KAPITEL
ACHTUNDZWANZIG

RUSH

HUNTER IST der tollste Typ aller Zeiten, davon bin ich fest überzeugt. Und Ian nicht. Davon bin ich ebenso überzeugt. Und ich habe Hunter zwar erzählt, ich hätte Ian schon total vergessen, aber das kann ich nicht. Es ist wie eine Nadel, die in meinem Gehirn piekst. Bei allem, was ich tue, belastet mich, dass wir uns nicht rächen konnten. Erst wenn ich dieses Problem erledigt habe, kann ich endlich nach vorne schauen. Mich neu orientieren. Mein Leben wieder auf den holprigen Weg bringen, den es nun mal eingeschlagen hat.

»*Rush*.« Madden winkt mit der riesigen Hand vor meinem Gesicht hin und her, was mir die Sicht auf das Monopoly-Brett versperrt. »Du bist dran.«

Ich gucke meine Mitbewohner böse an, die mich beobachten. »Das weiß ich.«

»Aber stimmt das auch?«

»Ihr denkt, ihr seid witzig, aber das seid ihr echt, echt nicht.« Mit einem tiefen Seufzer nehme ich den Würfel und werfe ihn.

Zwei. Eine verdammte zwei. Ich knalle mein Auto auf seinen Platz.

»Willst du kaufen?«, fragt Molly.

»Nein.«

Niemand anderer greift nach dem Würfel, und ich habe keine Ahnung, wer als nächstes dran ist, aber das ist auch egal. Denn Hunter ist in einem Hotel, und Ian in seinem eigenen Bett, wo er vermutlich noch weiteren Menschen das Leben ruiniert, und ich sitze hier und muss an mich halten, das Spiel, vor dem ich sitze, nicht umzuwerfen. Also absichtlich, nicht aus Versehen, so wie Christian.

Pieks.

Pieks.

Pieks.

Mein Gesicht zuckt, so genervt bin ich.

»Willst du drüber reden?«, fragt Seven schließlich.

»Reden? Worüber denn? Was meinst du?«

»Was dich so verkniffen macht.«

»Ich bin nicht *verkniffen.*«

»Dann halt genervt«, sagt Madden.

»Ich bin nicht verkniffen und auch nicht genervt …« ich versuche, die Emotion zu fassen zu bekommen. »Ich bin … unruhig.«

»Ah. Ganz anders also.«

Ich habe kaum die mentale Kapazität, ihn anzufunkeln. »Ich kann diesen Juckreiz im Gehirn nicht loswerden.«

»Könnte ein Tumor sein«, wirft Xander hilfsbereit ein. »Soll ich nachlesen?«

»Nee.« Seven schnappt ihm das Handy weg, während Molly Xander in die Arme nimmt. »Kein Internet-Doktor für dich.«

Ich werfe ein, bevor es weitergeht. »Ich bin zu neunzig Prozent sicher, dass Tumore nicht jucken. Also schmerzen vielleicht. Das würde sich eher wie Kopfschmerzen anfühlen. Dieser Juckreiz ist in meinem Gehirn wird woanders ausgelöst.«

»Was hat denn dieses mentale Leiden ausgelöst?«, fragt Gabe von seinem Platz neben Christian.

»Ian.«

»Was?« Madden fährt herum, um mich anzusehen. »Ich dachte, du bist über ihn hinweg. Du hast keine Geschlechtskrankheit oder so, oder?«

»Was? Nein. Ich bin einfach genervt, weil Hunter immer noch im Hotel wohnt und er nicht will, dass ich etwas dagegen unternehme. Und jetzt stecke ich in einer Zwickmühle.«

»In einer Zwickmühle?«

»Ja, es ist total ätzend.«

»Wieso steckst du in einer Zwickmühle?«, fragt Christian. Der Arme klingt, als könnte er nicht ganz folgen.

»Weil Hunter gesagt hat, ich soll es gut sein lassen.«

»Und wieso bist du deswegen so durcheinander?«

Manchmal strengt es mich echt an, mit ihnen zu reden. Ich liebe meine Mitbewohner. Meine Brüder. Die Männer, die ich immer in meinem Leben haben werde, egal, wo wir alle mal landen, aber mit der Kommunikation haben sie es einfach manchmal nicht so. Ich nehme mir vor, geduldig zu sein. Sie können ja nichts dafür. Ich mache es also einfach. »Es ist verwirrend«, sage ich leise, »weil ich es nicht gut sein lassen kann.«

»Warum nicht?«

»Weil es nicht geht.«

Molly nickt. »Danke, dass du es so viel klarer gemacht hast.«

»Aber gerne.« Ich klatsche mir auf die Schenkel. »Und wie bringen wir das jetzt in Ordnung?«

Madden beugt sich herüber und gibt mir einen Schmatzer auf den Kopf. »Dass du glaubst, dieses Gespräch würde Sinn ergeben und annimmst, dass wir automatisch hinter dir stehen, ist einer der Gründe, warum ich dich so lieb habe.«

»Das klingt ja eher von oben herab als nach wahrer Liebe.«

»Ohh, und jetzt lernst du auch noch soziale Signale lesen!«

»Verpiss dich.«

Xander schaut sich um. »Moment mal, habt ihr das wirklich nicht kapiert?«

Seven lacht. »Du vielleicht?«

»Rush regt sich darüber auf, dass Ian mit der schwarzen-Liste-Aktion durchkommt. Einerseits möchte er die Wünsche seines festen Freundes respektieren, aber er schafft es einfach nicht. Er wird diese Ungerechtigkeit nicht auf sich beruhen lassen können, bis er nicht etwas dagegen unternommen hat. Und darum hat er Sorge, was es für Auswirkungen auf seine Beziehung haben könnte, wenn er dem Hunter erklären muss, dass es seinem Spezialgehirn schaden würde, wenn er sich für immer und ewig auf die Sache fixiert, weil er befürchtet, dass es sich komplett irre anhören könnte.«

Ich lehne mich zufrieden zurück und deute auf Xander. »Genau.«

»Wenn einer versteht, was es bedeutet, ein Gehirn zu haben, das die eigene Vernunft torpediert, dann ich.«

Molly sieht ganz unglücklich aus, und er zieht Xander an sich und flüstert ihm etwas ins Ohr. Flüstern ist unhöflich, aber ich werde mal nichts sagen, da Xander auf meiner Seite ist. Das gefällt mir.

»Und jetzt, da wir das geklärt haben: Helft mir bitte.«

»Scheint doch ganz einfach«, sagt Gabe. »Man muss es ihm so erklären wie Xander es uns erklärt hat.«

»Aber das löst das Problem nicht. Ich muss einen Weg finden, es besser zu machen, damit ich zu Hunter gehen und es ihm erklären kann, um ihn zu überzeugen, es mich besser machen zu lassen.«

Seven wendet sich an Xander. »Übersetzen bitte?«

»Wie können wir Ian als das Stück Scheiße überführen, das er ist?«

Sevens Lächeln ist zutiefst bösartig. »Es gibt eine Warn-Site für die Datingszene in Seattle. Da postet man über Menschen, um die man einen Bogen machen sollte, und warum. Da können wir seine hässliche Visage rauf und runter verleumden.«

»Das ist nicht endgültig genug. Und außerdem ist es keine allgemein zugängliche Website. Ich habe zum Beispiel noch nie davon gehört, und ich bin seit Jahren in der Szene von Seattle unterwegs.«

»Du willst es gern größer haben?«, fragt Madden überrascht.

»Ich will Konsequenzen. Echte Konsequenzen, die er auch zu spüren bekommen wird.«

Alle schweigen, dabei bräuchte ich so dringend ihre übliche laute, überenthusiastische Art.

»Also gut.« Ich stehe mitten im Monopoly-Montag auf und mache mich auf den Weg zur Tür. Es ist sowieso höchste Zeit, Agatha einen Besuch abzustatten. Hoffentlich kann sie mir mit meinen wackeligen Gedanken helfen.

Ich gehe nach nebenan. Das Haus ist größer als unseres, hat alle Originalbestandteile und ist in so gut wie perfektem Zustand. Agatha ist die Königin ihres kleinen Palastes, aber sie wird langsam alt, und ich weiß ehrlich nicht, wie lange sie es noch schaffen wird, alleine zu leben. Es sind viele Treppen, und statistisch ist sie eher gefährdet, beim täglichen Hoch- und Runterlaufen zu stürzen.

Ich klopfe so laut, dass sie mich hören muss, dann gehe ich ins Haus. Sofort fühle ich mich ganz warm von innen. Es ist mir vertraut und gibt mir sofort ein Gefühl der Zugehörigkeit. Bisher hatte ich in meinem Leben nicht viele Orte, an denen ich das Gefühl hatte, dazu zu gehören. Das hier ist einer von ihnen.

»Ist das jemand, der mich umbringen und all meine Besitztümer stehlen will?«, ruft sie aus einem der Räume am Ende des Flurs.

»Ich könnte dich ganz einfach bestehlen, ohne dich umbringen zu müssen«, sage ich, als ich das Zimmer betrete, in dem sie sitzt und liest.

»Ich würde mich zur Wehr setzen.«

»Das wäre nicht sonderlich wirkungsvoll.«

Aggy legt den Kopf schief, dann macht sie ein Eselsohr in ihr Buch und wirft es beiseite. »Was macht dir Sorgen?«

»Ich bin eher unruhig als besorgt.«

Sie macht ein verständnisvolles Geräusch. »Kann ich dir irgendwie helfen?«

»Ich weiß noch nicht.« Ich setze mich neben sie auf die Couch und kuschele mich an. »Kannst du mich ein bisschen knuddeln?«

Sie lacht und schlingt die knochigen Arme um mich. Ich runzele die Stirn – ihr Schlüsselbein unter meiner Wange ist sehr deutlich zu spüren.

»Du wirst dünn.«

»Nein, ich werde *alt*.«

»Nicht so alt.«

»Nächstes Jahr werde ich achtzig, Rush. Ich hätte nie gedacht, dass ich das erleben würde, aber da ich es geschafft habe, hätte ich gern eine Party. Eine große. Den anderen habe ich es schon gesagt, also ist es okay, wenn du es vergessen solltest. Das kriegen wir hin.«

In meiner Brust spüre ich ein schweres Gewicht. »Wichtige Dinge vergesse ich nicht.«

»Natürlich tust du das, aber das heißt nicht, dass du mich nicht liebhast.« Nach einer kurzen Pause fährt sie fort: »Hast du dich bei deiner Großmutter gemeldet?«

»Nein.«

»Würdest du gerne?«

Ich beiße mir innen auf die Lippe. »Sie wollte mich schon nicht, als ich jünger war, und ich habe mich nicht verändert; sie ist älter geworden, also wird sie mich garantiert auch jetzt nicht wollen.« Es gab eine Zeit, als mich das traurig gemacht hat. Ich fühlte mich sehr lange sehr alleine, aber jetzt habe ich eine Familie. Und Aggy, und Hunter.

Hunter.

»Ich glaube, ich bin verliebt.«

»Na, das ist ja nett.«

Ich lache leise. »Willst du denn nichts über ihn wissen?«

»Ich weiß längst alles über ihn. Meine Verlorenen Jungs tratschen gern, und ich koche jede Woche mit Molly. Ich weiß sogar, welche Schuhgröße der Mann hat.«

»Er ist echt etwas Besonderes.«

»Ich weiß.«

»Woher denn?«

»Weil er dein Interesse geweckt hat.«

Wenn sie wüsste, wie falsch sie da liegt. »Ian hat auch mein Interesse geweckt, und der hat uns beide die ganze Zeit betrogen.«

Sie umarmt mich etwas fester und lacht genau so lebendig wie damals, als ich hier eingezogen bin. »Dieser Kerl hat nie dein Interesse geweckt. Hat dich ins Bett bekommen, klar. Hat dich am Bändel gehabt, sicher. Aber Interesse? Noch nicht mal ein Fünkchen. Du hast kein einziges Mal gesagt, dass du verliebt bist, wenn du mich besucht hast.«

Da hat sie recht, aber ich weiß gar nicht genau, wieso. Ich dachte damals, ich wäre verliebt. Ich fand Ian toll, und obwohl wir uns nicht unterhalten haben oder unsere ganze Freizeit miteinander verbracht haben wie Hunter und ich, dachte ich damals, ich hätte es gut erwischt.

Nein, du dachtest, du hättest endlich jemanden gefunden, der zu dir passt.

Als hätte dieser Gedanke meine Lebenskraft in Luft aufgelöst, setze ich mich ruckartig auf und versuche, die in meinen Augen brennenden Tränen zurückzuhalten.

»Es hat mir nie etwas ausgemacht, ADHS zu haben«, sage ich.

»Ich weiß.« Sie mustert mich. »Und jetzt schon?«

Ich fange an, den Kopf zu schütteln, dann halte ich inne. »Ich glaube … ich glaube, dass es mir gerade zu schaffen macht. Die ganze Zeit war ich so auf Hunter konzentriert, und darauf, wie mies Ian ihn behandelt hat. Aber … mich hat er auch mies behandelt. Und ich meine noch nicht mal das Betrügen. Er hat mir das Gefühl gegeben ... er hat mich *angelogen*. Hat mir vorgemacht, ich hätte jemanden gefunden, der mich versteht, weil er das Gleiche durchgemacht hatte.«

»Er hat gesagt, er hätte ADHS?«

Das hat er zwar nie wortwörtlich gesagt, aber er wusste genau, was er tat. »Er hat sich mein Vertrauen erschlichen. Hat es als bequeme Entschuldigung benutzt, und ich dachte, dass es mir nichts ausgemacht hat, aber das stimmt nicht. Er hat meine Identität gegen mich verwendet. Das ist nicht in Ordnung, Aggy. Aber er hat es getan, und er tut es immer noch. Er kommt damit durch, weiter andere Menschen zu verletzen, und ich hasse das. Er hat es mit mir gemacht, und macht es immer noch mit Hunter, und er wird es auch mit anderen machen, die das nicht verdient haben. Ich will erreichen, dass es aufhört.«

»Du hattest immer schon moralische Prinzipien.«

»Es passt mir einfach nicht.«

Sie drückt meine Hand. »In einer Welt, in der es so viel Böses gibt, ist das eines der wertvollsten Güter.«

»Ich will einfach damit abschließen.«

»Dann überlege mal, wie du das am besten anstellen könntest.«

Ich sinke in mich zusammen, so leer und machtlos fühle ich mich. »Ich weiß nicht, *wie*.«

»Vielleicht noch nicht. Das wird schon noch kommen.«

KAPITEL
NEUNUNDZWANZIG

HUNTER

»ALLES OKAY?«

Rush zappelt auf der Stelle. Er sieht heute noch unordentlicher aus als gewöhnlich. Seine Knöpfe sind schief geknöpft, und als ich ihn darauf hingewiesen habe, hat er den obersten wieder aufgemacht, um es in Ordnung zu bringen, wurde dann im Fahrstuhl abgelenkt, und hat danach nicht weitergemacht. Sein Schlips sitzt nicht gerade, die Locken sind merkwürdig gescheitelt, aber am auffälligsten ist sein Blick. Abwesend. Unkonzentriert. Ich will ihm etwas von seiner Last abnehmen.

Als wir unser Stockwerk erreicht haben, ziehe ich ihn in eine Nische, die vom Großraumbüro aus nicht zu sehen ist. Dort knöpfe ich schnell sein Hemd auf und passend wieder zu.

Als ich fertig bin, schaue ich auf und hoffe darauf, dass er mich geduldig anlächelt wie sonst, stattdessen starrt er blicklos ins Leere. »So, fertig.«

Er streicht mit der freien Hand an seinem Hemd herunter. »Ach ja. Danke.«

Dann lässt er mich stehen und läuft zu seinem Arbeitsplatz.

Das war ungewöhnlich, selbst für Rush' Verhältnisse.

Ich hatte nicht unbedingt einen Abschiedskuss erwartet oder so, aber einer seiner liebevollen Blicke wäre sicher nicht zu viel verlangt gewesen, oder?

Ich bearbeite meinen Daumennagel mit den Zähnen, bis ich mein Büro erreicht habe. Wenn ich mit Rush zusammensein will, muss mir bewusst sein, dass er sich nicht immer so verhalten wird, wie ich es gern hätte oder wie ich es gewöhnt bin. Es ist wie in jeder anderen Beziehung auch – wir sind noch in der Gewöhnungsphase. Wir lernen uns nach und nach besser kennen.

Und das ist eine ganz neue Seite an ihm, die ich bisher nicht erlebt habe.

Allerdings … mich belastet seit gestern Abend schon das Gefühl, etwas nicht mitbekommen zu haben. Rush sagt, er braucht Richtlinien, eine bestimmte Erwartung, um zu wissen, wie er sich verhalten soll. Ich glaube, die brauche ich auch. Ich will nicht einfach sein Freund sein – ich will sein Partner sein. Ich will mich auf ihn verlassen können, wenn es nötig ist, und ihm das Gleiche bieten.

Wir haben nie so recht über die Tage, die er in seinem Atelier verbracht hat, gesprochen, ob etwas Bestimmtes diese Reaktion ausgelöst hat, oder wie ich damit umgehen soll, wenn es wieder passiert. Denn seinen Mitbewohnern zufolge wird es wieder vorkommen. Das war definitiv eine Situation, in der Rush etwas von mir gebraucht hätte – aber ich hatte keine Ahnung, was es war.

Und es sind nicht nur solche Momente.

Es sind Tage wie heute, wo er mit den Gedanken ganz offensichtlich woanders ist.

Tage wie letzte Woche, an denen er sich rein körperlich nicht dazu durchringen kann, seine Arbeit zu erledigen.

Solche Dinge sollte er auch über mich wissen.

An Tagen, an denen ich das Gefühl habe, nicht zu genügen, muss er wissen, wie er mit mir umgehen soll. Wie er diese Gedanken beruhigen und mich wieder zu mir selbst finden lassen kann.

An Tagen, an denen ich mich losgelöst und außer Kontrolle fühle – und die sind derzeit an der Tagesordnung – muss er wissen, wie er mich erden kann.

Wir haben eine Menge bedeutungsvoller Gespräche vor uns.

Die Sache ist die: Ich bin zuversichtlich, dass wir damit fertigwerden können.

Ich beobachte Rush den gesamten Vormittag. Er ist anders als sonst. Weniger chaotisch. Er sitzt die meiste Zeit unbeweglich an seinem Schreibtisch, aber ich habe den Eindruck, dass er nicht wirklich arbeitet. Er ist zu still. Zu beschäftigt damit, den Blick durch das Großraumbüro schweifen zu lassen, oder sich mit dem Stift an die Nase zu tippen oder sich völlig fasziniert in sein Handy zu vertiefen.

Er hat S. Pott keines Blickes gewürdigt, den ich heute früh auf seinem Schreibtisch hinterlassen hatte. Unser armer Schatz fühlt sich schon ganz vernachlässigt.

Und mein armer Schatz quält sich mit etwas herum.

Ich werfe alle Vorsicht über Bord und gehe gegen Mittag zu ihm hinüber.

»Hast du Zeit, Mittagessen zu gehen?«

Er blinzelt mich an, als hätte er Mühe, mich zu verstehen. »Äh, ja.« Er schaut die anderen an. »Haben wir geschäftliche Sachen zu besprechen?«

»Klar.« Ich nehme mir vor, nächste Woche auch mit den anderen Mitarbeitern essen zu gehen. »Dann komm.«

Ich hoffe, dass es Rush ablenken wird, wenigstens kurz aus dem Büro rauszukommen. Auf der anderen Straßenseite ist ein kleiner Sandwich-Shop, in dem wir einen Tisch ergattern. Dann bestelle ich für uns beide. Als ich wiederkomme, ist er immer noch still und abwesend. Ich setze mich ihm gegenüber. Ihn scheint einiges zu beschäftigen.

»Schieß los, Rush.«

»Was meinst du?«

Ich versuche, eher beruhigend als mitleidig zu lächeln. »Etwas belastet dich.«

»Mich belastet so einiges. Globale Erderwärmung. Wasserknappheit. Ob ich die Gasrechnung rechtzeitig bezahlt habe …«

»Machen dich solche Dinge sonst so distanziert?«

»Na ja, ich bin eigentlich nie von mir selbst distanziert – woher soll ich das also wissen?«

Ich reibe meine Schläfe und frage mich, wie ich zu ihm durchdringen soll. »Wie kann ich mich nur klarer ausdrücken?«

Rush legt den Kopf schief. »Sag das, was du meinst. Es ist sehr einfach.«

»Okay …« Was meine ich denn genau? »Du verhältst dich heute nicht so wie sonst. Das ist okay, aber es verunsichert mich. Was ist meine Rolle in dieser Situation?«

»Rolle?«

Ich nicke. »Soll ich dich unterstützen? Dich in Ruhe lassen? Dich dazu drängen, darüber zu reden?«

Rush blinzelt ein paarmal, dann sieht er mich direkt an. »Du brauchst Richtlinien.«

»Normalerweise fühlen sich solche Dinge in Beziehungen ganz intuitiv an. Aber nach dem, was mit Ian passiert ist, glaube ich nicht mehr recht an meine Intuition. Ich will dein Partner sein, und ich will sichergehen, dass wir es von Anfang an richtig machen. Wenn du mir sagen kannst, was du brauchst, werde ich dir sagen, was ich brauche.«

Anstatt erleichtert zu sein, zieht Rush' Miene sich angespannt zusammen. Ich sehe ihm zu, wie er an den Brotkanten herumnestelt, als würde er innerlich etwas mit sich ausfechten. Um seine Mundwinkel zuckt es, aber er sagt nichts.

Ich lege meine Hand auf den Tisch und nehme seine. »Wir müssen nicht jetzt gleich darüber reden, aber kannst du vielleicht darüber nachdenken? Vielleicht eine Liste machen, damit du es nicht vergisst?«

»Ähm, ja. Ich glaube schon.«

»Gut.« Aber seine Antwort beruhigt mich nicht, und wie er meinem Blick ausweicht, ebenso wenig. Mich beschleicht ein Gefühl der Sorge, und ich stelle mich der Möglichkeit, die ich bisher erfolgreich ignoriert habe: Vielleicht hat seine Verhaltenheit gar nichts mit Rush und seinen Gedanken zu tun ... sondern mit mir. Plötzlich habe ich das Gefühl, seine Hand in meiner fühlt sich versteift an, also lasse ich sie los. »Ist mit uns beiden alles okay?«, zwinge ich mich zu fragen.

»Ja, total, alles bestens. Alles ist super, super toll.«

Der vage Tonfall, in dem er spricht, wirft die Frage auf, ob er mir überhaupt zugehört hat. Es lief so gut für uns, und so viel ich weiß ist auch nichts geschehen, um das zu ändern.

Aber ich schätze, es ist soweit. Ich muss der unangenehmen Wahrheit ins Gesicht sehen.

Ich bin einfach kein guter Fang.

Rush hat schon zu viele Probleme, um sich auch noch um mich und mein implodierendes Leben zu sorgen.

Es war super und es ging sehr schnell mit uns, aber Geduld zu haben ist viel verlangt, da doch alles noch so frisch ist. Vielleicht hat er die Nase voll davon, den Mann, der unfähig ist, ein Dach über dem Kopf zu finden, zu verhätscheln? Vielleicht ärgert er sich darüber, sich und Ian wegen mir in eine so blöde Situation gebracht zu haben? Ist er frustriert, mir überhaupt nicht mehr ausweichen zu können – bei der Arbeit und zu Hause?

Es wäre eine Erklärung für das Zurückziehen, das ich spüre. Für sein mangelndes Interesse an unserem Hin und Her mit den Nachrichten.

Mir wird kalt, und ich wickele das Sandwich wieder ein, denn ich würde jetzt nichts runterbekommen. Ich will nichts Übereiltes tun – aber kann es sein, dass Seattle mir gerade ein weiteres Zeichen gibt?

Denn wenn ich Rush nicht mehr habe, was hält mich dann noch hier?

Der Antwort auf diese Frage kann ich mich nicht stellen.

KAPITEL
DREISSIG

RUSH

DIE PAUSE mit Hunter ist toll, das Essen schmeckt super, und ich genieße seine Gesellschaft; leider bin ich so in Gedanken, dass ich kaum dazu komme, alles zu genießen. Ich wollte, dieses ungute Gefühl würde weggehen. Ich wollte, ich könnte meine Gereiztheit ignorieren und mich auf Hunter und meine Gefühle zu ihm konzentrieren.

Er gibt mir ein so perfektes Gefühl.

Nicht, dass ich perfekt wäre – das ist glaube ich niemand. Ich mag mich aber ganz gern, und hatte noch nie ein Problem damit, wer ich bin. Wenn ich mit Hunter zusammen bin, werden diese Gefühle noch stärker. Ich sehe mich so wie er mich sieht, und er sieht mich als so ziemlich verdammt großartig.

Er macht das nicht alles nur, um mich ins Bett zu kriegen.

Er versucht nicht, mit meinem hyperaktiven Gehirn um meine Aufmerksamkeit zu konkurrieren.

Darum bin ich ja so, so über alle Maßen wütend wegen des Krams, mit dem er sich rumärgern muss. Meine Freunde sagen, ich soll ihm die Wahrheit sagen, aber ich habe Angst davor, ihn zu vergraulen. Ihm liegt wirklich etwas an mir. Ich wusste gar nicht, wie sehr mir das gefehlt hat, bis ich die Erfahrung machen durfte, wie das mit einem Partner wirklich sein kann.

Ian hat mir die ganze Zeit gesagt, dass ich ihm wichtig bin.

Hunter zeigt es mir.

Der Unterschied zwischen den beiden ist so dermaßen offensichtlich.

Hunter hat mich hierhergebracht, um mir zu zeigen, dass er merkt, dass etwas nicht stimmt. Dass er sich *Gedanken* um mich macht.

Meine Gedanken sind nach wie vor wie eine Gewitterwolke, und ich grabe die Nägel in die Handflächen, als wir aus dem Fahrstuhl und wieder auf unseren Stock kommen. Ted erwartet uns.

»Tut mir leid, heute habe ich keinen Kaffee für dich«, sage ich und versuche, um ihn herum zu laufen. Ted stellt sich uns geschmeidig in den Weg.

»So gern ich auch einen Kaffee trinken würde – ich wollte euch beide kurz abpassen, wenn das geht.«

»Natürlich«, antwortet Hunter für uns beide. »Alles in Ordnung?«

Ich sehe zu ihm auf. Wieso sollte nicht alles okay sein? Aber seine Frage und das leichte Zögern in seiner Stimme ... hat er denn das Gefühl, es sei nicht alles in Ordnung?

Ist dies eine Situation, in der ich mir Sorgen machen sollte, ohne es zu wissen?

»Was ist denn los?«, frage ich, während ich von einem zum anderen schaue.

»Ich wollte nur mit euch reden«, sagt Ted.

Ich entspanne mich etwas. Das machen wir schließlich andauernd.

Erst als ich neben Hunter her laufe, fällt mir auf, dass Ted nichts sagt und auch nicht lächelt wie sonst.

Sobald wir Teds Büro erreicht haben, plumpse ich in meinen üblichen Stuhl und sage: »Ich glaube, Hunter ist besorgt, du solltest ihn also beruhigen.«

Teds Miene wird etwas freundlicher, aber er sagt nichts Beruhigendes, während er Platz nimmt.

Langsam setze ich mich auf. »Du sagtest, du möchtest reden.«

»Das will ich auch.«

»Warum ist dann so eine Anspannung zu spüren, dass sogar ich es merke?«

»Es fällt mir nicht leicht–«

Ich fühle mich blass werden. »Oh nein. Bin ich gefeuert? Ist es, weil Hunter meine ganze Arbeit für mich erledigt hat? Maddens Truck schafft es niemals über die Bundesstaatsgrenze …« Schweiß prickelt unter meinen Achseln, während ich darüber nachdenke, wie schnell alles, was ich liebe, sich in Luft auflösen würde, sollte ich meinen Job verlieren.

Ted hebt die Hand. »Du bist nicht gefeuert.«

Ich entspanne mich eine Sekunde, dann wird mir klar, was das bedeuten muss. »Ist *Hunter* gefeuert? Nein, Mann. Er ist der beste Chef, den wir je hatten. Wenn du ihm kündigst, schwöre ich bei all meinen nächtlichen Infomercials, dass ich dir nie wieder Kaffee bringe.«

Fast hätte er die Augen verdreht, aber anscheinend ist er zu professionell, um so etwas zu machen. »Kann ich jetzt etwas sagen?«

»Ich glaube, das, was du sagen wirst, wird mir nicht gefallen.«

Ted dreht sich zu Hunter. Dann nimmt er etwas aus seiner Schublade. »Das hier habe ich in deinem Büro gefunden.«

Der Seidenstoff kommt mir bekannt vor. Nur allzu bekannt. Ich erkenne diesen Schlips, weil ich ihn genäht habe. Für mich.

Und ich habe das Ding in Hunters Büro vergessen, nachdem wir dort Sex hatten.

Ich springe auf. »Einspruch!«

Ted hebt eine Augenbraue. »Einspruch wogegen?«

»Du hast keine Beweise dafür, dass er mir gehört.«

»Rush ...«, stöhnt Hunter, und ich könnte schwören, dass Ted fast lächelt.

»Du trägst diesen Schlips jede Woche, und der Fleck wird von damals sein, als du dir meinen Kaffee darüber gegossen hast.«

Okay, das ist schon schwer zu widerlegen.

»Worauf willst du hinaus?«, fragt Hunter, während ich mich wieder zurücklehne.

»Ich muss kaum darauf hinweisen, dass es ... nicht normal ist, wenn ein Mitarbeiter Schlipse in deinem Büro liegen lässt. Möchtet ihr mir irgend etwas sagen?«

Ich drehe mich mit großen Augen zu Hunter und bitte ihn stumm, sich eine Geschichte auszudenken. Irgendeine Geschichte. Er sieht mich aus seinen dunklen Augen unverwandt an, und ich habe Angst, dass er etwas Dummes tun und die Wahrheit sagen wird. Dass wir zusammen sind, ist heikel, da wir Kollegen sind. In seinem Büro zu vögeln steht auf einem völlig anderen Blatt.

»Ich bin sehr vergesslich«, sage ich also, bevor Hunter antworten kann. »Ich habe einmal eine Socke in einer Schublade bei Hannah aus der Buchhaltung gelassen. Man kann unmöglich von mir erwarten, dass ich immer über den Verbleib jeden einzelnen Kleidungsstücks, das ich besitze, Bescheid weiß. Das ist einfach zu viel verlangt, Ted!«

Jetzt zucken seine Mundwinkel definitiv. »Ich möchte euch helfen, also Schluss mit dem Theater. Was hat denn der Schlips in seinem Büro zu suchen, an einem Abend, an dem ihr beide spät gegangen seid? Ja, ich habe vorliegen, wann ihr gegangen seid. Ich könnte außerdem eure E-Mails und Intranet-Nachrichten lesen. Das will ich gar nicht tun. Es mag zwar in euren Verträgen stehen, aber ich will es gar nicht wissen, wenn etwas Persönliches drinstehen sollte. Mir wäre lieber, wenn ich meinen Angestellten vertrauen könnte.«

»Wir sind zusammen«, sagt Hunter, als wäre es das Einfachste auf der Welt. »Unser nächster Schritt wäre gewesen, es dir mitzuteilen, aber wir waren ehrlich gesagt noch nicht sicher, wie es sich entwickeln würde. Es ist noch recht frisch, und wir wollten nichts verkomplizieren, falls es am Ende nicht hält.«

Stirnrunzelnd frage ich Hunter: »Du denkst, es wird nicht halten?«

Er nimmt meine Hand. »Wenn es nach mir geht, schon.«

Ich bin nicht ganz sicher, ob mir diese Antwort gefällt, aber Ted lächelt, also scheint er es gut zu finden.

»Danke, dass ihr mir das sagt. In diesem Fall müssen wir schauen, was das von der geschäftlichen Seite betrachtet bedeutet.«

»Wieso kannst du meine E-Mails lesen?«, frage ich dazwischen.

Ted unterbricht das, was er sagen wollte, um zu antworten: »Bei Bedarf können wir auf alles zugreifen, was durch die Server des Unternehmens geht.«

Mein Herzschlag beschleunigt sich, wenn ich an diese E-Mails zurückdenke. »Und das ist *legal*?«

»Ja. Wie gesagt, es steht in euren Verträgen.«

»Das macht es noch lange nicht richtig!«

»Rush…«, sagt Hunter beruhigend, aber ich schüttle seine Hand ab.

»Warum will die Firma uns nachspionieren?«

Ted lacht leise. »Das ist ganz normales Geschäftsgebaren. Ehrlich gesagt wird man heute kaum ein Unternehmen finden, das die Mitarbeiterkommunikation nicht überwacht. Damit können wir euch vor Übergriffen durch Vorgesetzte schützen, und wir werden rechtzeitig auf potenziell illegale Aktivitäten aufmerksam. Es ist einfach eine vernünftige Geschäftspraxis.«

Hunter sagt etwas, das ich nicht höre, und die beiden reden weiter über Dinge, von denen ich nichts hören will. Sie überwachen uns. Unsere Gespräche. Und es ist ganz normal.

Ehrlich gesagt wird man heute kaum ein Unternehmen finden, das die Mitarbeiterkommunikation nicht überwacht.

Ich schnappe so laut nach Luft, dass es durchs ganze Büro schallt. »Du hast's geschafft!« Ich springe auf. Mein Gehirn summt zufrieden. »Ted, du schlaues, wunderbares Superhirn!« Ich klettere halb auf seinen Tisch, beuge mich vor und gebe ihm einen Schmatzer auf die Stirn. »Ich liebe dich!«

Er lacht. »Was habe ich denn gemacht?«

»Du hast gemacht, dass alles wieder Sinn ergibt. Oh mein Gott, wir müssen gehen. Sofort. Das ist … das ist …«

Ich fühle mich, als würde ich auf Wolken schweben, als ich aus dem Zimmer schwebe, als wäre ich erfüllt von Helium und Hoffnung.

Wenn alle Unternehmen die Kommunikation überwachen, ist es dann nicht naheliegend, dass die größte Immobilienmaklerfirma in Seattle es auch tut? Wenn Ian dumm genug war, Hunter von seinem eigenen E-Mail-Account aus auf die schwarze Liste setzen zu lassen, würde sein Chef das doch sicher sehen können!

Es ist illegal, Mieter auf schwarze Listen zu setzen. Verdammt nochmal illegal.

Erst als ich schon ein paar Schritte in den Großraum gemacht habe, merke ich, dass Hunter nicht mitgekommen ist. Ist ihm denn nicht klar, wie *wichtig* das ist? Warum eilt er mir nicht nach? Wir könnten ihm schon heute Abend ein Zuhause organisiert haben, verflucht nochmal.

Na gut, vielleicht noch nicht heute, aber wir sind auf einer Mission.

Mit empörtem Schnaufen gehe ich in Teds Büro zurück.

Die beiden sitzen einfach da.

»Kommst du?«, frage ich Hunter.

Er schaut zwischen mir und Ted hin und her, dann erscheint ein Lächeln auf seinem hübschen Gesicht.

Er zuckt die Achseln und sagt zu Ted: »Äh … ich liebe dich?«

»Wir können das morgen zu Ende besprechen«, sagt Ted.

Hunter springt auf und Ted ruft uns nach: »Aber ich erwarte eine Erklärung!«

»Wo gehen wir hin?«, fragt Hunter, während er mir nacheilt.

»In die Zukunft!« Ich werfe ihm den Arm um die Schultern. »Wir bekommen unsere Rache.«

EINUNDDREISSIG

HUNTER

SAVANT IMMOBILIEN LIEGT AN EINER ECKE. Es ist ein großes, schwarzes, verglastes Gebäude, das aussieht, als wollte es den Straßenverkehr unten einschüchtern. Die riesigen Plakate der Firma sind über die gesamte Stadt verteilt; Ians Gesicht prangt prominent auf einigen davon. Es gab eine Zeit, zu der ich mich bei ihren Events an der Seite von Ian ganz zu Hause fühlte.

Jetzt frage ich mich unwillkürlich, wie viele seiner Freunde bei der Arbeit über die anderen Männer Bescheid wussten, während sie mir lächelnd die Hand geschüttelt haben.

»Ich weiß nicht, was das bringen soll«, sage ich.

Rush' Idee ist ein totaler Schuss ins Blaue. Ja, Ian hatte Probleme damit, dass sein Chef ihn nicht befördern wollte, aber das bedeutet noch lange nichts.

»Ich hatte auch Mühe, befördert zu werden«, raune ich Rush zu. »Es muss nichts Persönliches sein. Manchmal gibt es einfach keine freien Stellen.«

Ein missmutiger Ausdruck huscht über Rush' Gesicht. »Mir hat er erzählt, dass er nicht befördert wird, weil sein Chef sich über seine Zerstreutheit aufregt. Er hat es so dargestellt, als würde er wegen seines ADHS übergangen. Das hat er zwar nie ausdrücklich gesagt, aber dafür solche Sachen wie ›wir sind uns so ähnlich‹ und ›ich weiß genau, wie du dich fühlst‹, und ›hast du ein Glück, einen Chef zu haben, der Verständnis hat‹.«

»Das klingt tatsächlich verdächtig.«

»Er hat mir nach dem Mund geredet, und es klingt, als hätte er es bei dir genauso gemacht. Er wusste genau, was er sagen musste, damit wir uns bei ihm wohlfühlen. Scheiß drauf. Wenn sein Chef ihn nicht befördert hat, wird es seinen Grund gehabt haben, und ich bezweifle, dass es der war, den er uns genannt hat. Statistisch ist das auch unmöglich. Und außerdem haben wir keine Wahl. Wir können es also ruhig probieren.«

Mit lautem Ausatmen halte ich ihm die Tür auf. »Nach dir.«

Und Rush tritt ein, mit dem Selbstbewusstsein eines Stiers, der auf eine rote Fahne zuprescht.

Das Foyer ist groß und gläsern, mit einem glänzenden schwarzen Schreibtisch in der Mitte, der die großen Räume dahinter abschirmt. Es sind zwei Personen am Empfang: eine Frau mit Bluetooth-Headset und ein Mann, der lächelnd die Zähne bleckt.

»Willkommen bei Savant Immobilien. Was kann ich für Sie tun?«

»Wir wollen Davis Shore sprechen.«

»Haben Sie einen Termin?«

»Nein.« Rush presst die Handflächen auf den Schreibtisch. »Er wird uns aber sehen wollen, zu seinem eigenen Wohl.«

Ach Herrje. Ich beeile mich, einzuschreiten, und ziehe Rush zurück. »Wenn er Zeit hat«, verbessere ich. »Uns ist klar, dass er ein vielbeschäftigter Mann ist.«

Jetzt lässt der Typ das mit der Höflichkeit sein. »Er ist über Wochen ausgebucht, sorry.«

»Es dauert nur fünf Minuten.«

»Sicher. Fünf Minuten bekomme ich hin.«

Rush horcht auf. »Ja?«

»In drei Wochen, ja.«

Ich bin drauf und dran, ihm davon abzuraten, sich mit einem Rezeptionisten mit Allmachts-Allüren anzulegen, aber Rush platzt heraus: »Aber dann kommt Ian wieder damit durch! Es ist nicht fair ist nicht fair ist nicht fair!«

Der Typ zischt Rush an, leise zu sein, dann schaut er rechts und links. »Was ist denn mit Ian?«

»Er ist ein betrügerischer Betrüger, der betrügt, und ihm muss das Handwerk gelegt werden.«

Der Typ neigt sich vor. »Woher weißt du das mit dem Betrügen?«

»Weil er *mich* benutzt hat, um *ihn* zu betrügen.« Rush zeigt mit dem Finger nach hinten auf mich.

Ich wünschte, ich könnte mich in Luft auflösen.

Im Gesicht des Mannes zuckt etwas. »Ich habe ihn mit meinem besten Freund erwischt. Nachdem wir einen Monat zusammen waren.«

»Wann war das?«

»Vor zwei Wochen.« Er tippt schnell etwas in den Computer. »Ich kann euch fünf Minuten beschaffen. Ich muss euch aber vorwarnen: Shore wird das mit dem Betrügen ganz egal sein. Ian bringt der Firma eine Menge Geld ein.«

»Gut. Darum sind wir nicht hier.«

»Dann viel Glück.« Er tritt hinter dem Schreibtisch hervor. »Folgt mir.«

Wir werden einen langen, hochglänzenden Flur entlang zu einem Büro am Ende geführt. Die Aussicht auf die Straße unten ist bescheiden, aber alles hier drin, von der Kunst über den Schreibtisch bis zum weichen Teppich sieht teuer aus.

Shore sitzt hinter seinem Schreibtisch, deutlich überrascht über unseren Überfall, aber sobald er mich erkennt, erhellt sich seine Miene.

»Hunter, richtig?«

Ich gebe ihm die Hand. »Der bin ich.«

»Hm.« Er streift Rush mit einem Blick. »Du und Ian geht jetzt getrennte Wege, habe ich gehört.«

»Ich wette, du hast in dem Zusammenhang ein paar unschöne Dinge über mich gehört.«

Shores Lippen zucken, als würde er sich ein Lachen verkneifen. »Er schien sich ziemlich darüber aufzuregen, dass du ihn betrogen hast, muss ich sagen.«

Das Geräusch, das Rush von sich gibt, klingt nicht ganz menschlich. »Hunter hat Ian nicht betrogen. Ian hat ihn betrogen. Und das weiß ich ganz sicher, da ich derjenige war, der zum Betrügen herhalten musste – nur dass ich dabei auch betrogen wurde.«

Ich lächle Rush an. Shore kann offensichtlich nicht mehr folgen. »Ja. Das ist alles richtig. Aber die Male, die wir uns begegnet sind, hatte ich einen recht vernünftigen Eindruck von dir, also komme ich zu dir, um dich um Unterstützung zu bitten.«

Er winkt uns zu den Besucherstühlen. »In ein paar Minuten muss ich ins Meeting, du musst dich also kurzfassen.«

Ich setze mich schnell. »Ich bin seit einigen Monaten in Seattle und habe Mühe, eine Wohnung zu finden.«

Er nickt mitfühlend. »Es gibt leider eine ziemliche Knappheit auf dem Wohnungsmarkt, aber–«

»Das ist es nicht. Da wir nicht viel Zeit haben, werde ich es ganz offen aussprechen. Ich habe Ian um Hilfe gebeten – den Gefallen schuldete er mir immerhin – nicht nur, um ein Haus zu finden, sondern einfach, um meine Bewerbung abgeben zu können, bevor es vermietet wird, und er hat so gut wie zugegeben, mich auf eine schwarze Liste gesetzt zu haben.«

Shore horcht auf. »Was meinst du?«

»Er wollte sichergehen, dass ich nicht in Seattle bleiben kann, und das hat er auch richtig gut geschafft.«

»Ich habe versucht, ihn dazu zu bringen, es zuzugeben«, wirft Rush ein. »Aber er hat sich geweigert.«

»Es gibt also keinen Beweis?«

Mein Mut sinkt. »Er hat es quasi zugegeben, als wir telefoniert haben.«

»Zwischen ›quasi‹ und ›tatsächlich‹ ist allerdings ein Unterschied. Ich kann nichts machen, wenn es nur eine Vermutung ist.«

»Aber natürlich kannst du das«, sagt Rush und beugt sich vor. »Es ist Grund genug, dir seine E-Mails und Sonstiges mal näher anzusehen. Ist das nicht der Grund, warum die Unternehmen so etwas überwachen? Um sicherzustellen, dass die Angestellten nichts Unrechtes tun?«

»Nehmen wir an, ich würde das tun. Was wollt ihr genau?«

Ich lasse die Schultern sinken. »Das mit der schwarzen Liste rückgängig machen. Mit meinen ehemaligen Maklern sprechen – es gab nie Probleme. Ich habe immer pünktlich gezahlt. Ich will einfach ein Dach über dem Kopf finden.«

»Und Ian?«

Rush will etwas sagen, aber ich falle ihm ins Wort. »Ian und was mit ihm passiert, ist mir gleich. Wenn er sich nicht in meine Wohnungssuche eingemischt hätte, hätte ich ihn liebend gerne längst vergessen.«

»Tja–«

Die Tür springt auf. »Mach schnell, Davis. Ich muss gleich ...« Ian bricht ab, als er mich und Rush erblickt. Sein Gesichtsausdruck gleicht dem eines Raubtiers. »Was ist denn hier los?«

»Geht dich nichts an«, antworte ich. Rush sagt gleichzeitig: »Ich wollte immer gerne Shore kennenlernen, da er dich ja nie befördert hat wegen deines ADHS.«

»ADHS?«, fragt Shore.

»Ja.« Rush sieht ihn mit großen Augen an. »Das war eines der Dinge, die Ian und mich verbunden haben. Und dass du ihn aktiv deswegen diskriminiert hast.«

»Das reicht«, schnarrt Ian.

Shore fragt stirnrunzelnd: »Du hast ADHS? Das höre ich ja zum ersten Mal.«

Ian verzieht das Gesicht. »Ich hatte dich schon vor Hunter gewarnt. Und jetzt bringt er auch noch irgendwelche dahergelaufenen Typen mit. Du musst die Security holen.«

»Das beantwortet nicht meine Frage,« sagt Shore eisig.

»Weil die Frage es nicht wert ist, beantwortet zu werden.«

Rush hebt die Hand. »Ich habe Textnachrichten. Ian musste absagen, weil er mit Davis über seine ›Probleme‹ reden musste.«

»Probleme?«, wiederholt Shore.

Rush nickt schnell. »Und wie satt er es hatte, ständig bei der Arbeit Ärger zu bekommen, weil er so vergesslich ist.«

»Diese Nachrichten würde ich gerne mal sehen.«

In Rush' Gesicht zuckt es, und da fällt mir ein … Molly hat die Nachrichten von Ian alle gelöscht. Er blufft.

Ich schaue Ian an. »Bist du sicher, dass du das möchtest? Den offensichtlichen Beweis dafür, was du für ein Schleimbeutel bist, deinem Arbeitgeber zeigen?«

Ian wird rot. »Du musst die Security holen. Als ich ihn das letzte Mal gesehen habe–«, sagt er, während er auf mich zeigt, »hat er mich tätlich angegriffen.«

»Du hast Rush sexuell belästigt.«

»Woher zum Henker willst du das denn wissen?«

»Weil er mein fester Freund ist, du Arschloch.«

»Er ist *was*?«

Bevor ich antworten kann, unterbricht Shore den Streit. »So, jetzt habe ich genug. Das hier ist mein Unternehmen, und ich werde nicht zulassen, dass es hier zugeht wie in einer Telenovela.«

»Verständlich.« Rush springt auf. »Wir werden unsere Klagen weiter oben vorbringen.«

»Halt.« Shore wendet sich an Ian. »Hunter behauptet, du hättest ihn auf eine schwarze Liste setzen lassen. Ohne Grund. Ich werde mich mit ein paar Leuten in Verbindung setzen, um der Sache auf den Grund zu gehen, und wenn ich herausfinden sollte, dass du aus persönlichen Gründen jemandem das Leben ruiniert hast, bist du draußen. Das hier ist meine Firma, meine Marke, mein Name. Du kennst meine Erwartungen. Und was diese Sache mit ADHS angeht–«

»Er lügt.«

»Das möchte ich hoffen. Denn wenn du mir wegen unfairer Behandlung Schwierigkeiten machen willst, dann erwarte ich verdammte Beweise.«

»Das würde ich nie tun.«

»Gut.«

»Ich bin das Gesicht dieser Firma«, setzt Ian hinzu. »Ich würde niemals etwas tun, um dem Unternehmen zu schaden, und dass du zwei … zwei … gekränkten Exfreunden eher glaubst als dem höchstrangigen Verkäufer deiner Firma ist eine Beleidigung.«

»Nein, was eine Beleidigung ist, dass zwei deiner *gekränkten* Exfreunde in mein Büro platzen und Anschuldigungen gegen dich erheben. Ich bin *genervt*, Ian, mich heute um so etwas kümmern zu müssen. Nein, ich werde ihnen nicht einfach glauben. Dir aber auch nicht. Ich werde Hunter persönlich unter die Lupe nehmen, und wenn sich irgendetwas als nicht blitzsauber erweisen sollte, mache ich ein paar Anrufe. Und dann kannst du nur hoffen, dass niemand deinen Namen auch nur erwähnt.«

»Das kannst du–«

»Ich kann und ich werde. Ihr findet den Ausgang. Ich habe heute Nachmittag noch einiges zu tun.«

Ich springe sofort auf und Rush folgt mir, wobei er seine Hand in meine schiebt. Auf seiner Miene zeigt sich der gleiche Konflikt, den ich empfinde – es ist schwer zu sagen, ob das gut lief oder nicht. Shore scheint ein anständiger Kerl zu sein, einer, der möchte, dass alles sauber läuft. Aber woher weiß ich, ob er mir wirklich helfen oder lieber Ians Machenschaften vertuschen wird?

Ich wollte, ich hätte mehr Druck ausüben –

Ich werde so heftig von hinten gestoßen, dass ich gegen eine Wand knalle. Mein Gesicht klatscht an den Putz und ein dicker Arm legt sich in meinen Nacken.

»Wie kannst du es wagen«, zischt Ian. »Bist du jetzt zufrieden? Er wird mich feuern. Du weißt genau, wie hart ich für diesen Job gekämpft habe, wie ich alles getan habe, um der Beste zu sein. Und dann kommst du hierher und erfindest irgendwelche Lügen–«

Ich versuche, mich zu befreien. »Wenn es gelogen war, sollte er auch keinen Grund finden, dich zu entlassen, oder?«

»Fick dich.« Er rempelt mich erneut an. »Dank dir ist jetzt mein verdammtes Leben ruiniert. Ich hoffe, du bist froh, wenn ich kein zuhause mehr habe. Wenn ich keine Arbeit mehr habe. Nichts. Alles nur wegen dir.«

Früher hätte ich ihm das vielleicht noch abgenommen. Dass ich irgendwie an allem schuld bin – aber jetzt? Würde ich ihm am liebsten ins Gesicht lachen. Er wird sich niemals als das Problem sehen. Er wird nie an etwas schuld sein. Und *verdammt nochmal* bin ich dem Universum dankbar, dass Rush an diesem Abend aufgetaucht ist. Es hat uns nicht nur zusammengebracht, sondern mich auch weit, weit weg von Ian befördert.

»–dachte, du wärst vielleicht interessiert daran, das hier mal zu sehen«, höre ich Rush sagen.

Ian lässt sofort von mir ab, und als ich über die Schulter schaue, steht Shore mit offenem Mund hinter uns im Flur.

»Raus hier. Sofort.«

»Aber–«

»Nein. Du bist bis auf Weiteres suspendiert. Jemanden in meinen Geschäftsräumen tätlich angreifen?« Shore sieht aus, als würde gleich Dampf aus seinen Nüstern kommen. »Raus mit dir.«

Ian schubst mich ein letztes Mal, dann geht er. Wir drei sehen ihm nach.

»Alles in Ordnung bei dir?«, fragt Shore.

»Ich …«

»Nein.« Rush wirbelt herum. »Nichts ist okay. Er ist emotional und körperlich verletzt worden. Ohne ein Zuhause sehe ich nicht, wie er sich je davon erholen soll.«

Shore mustert Rush einen Moment, dann mich. »Ausgezeichnete Mieter-Historie, sagtest du?«

»Perfekt. Keine säumigen Zahlungen, alles in Schuss gehalten und gepflegt.«

»Hast du eine Rufnummer von den Maklern, die dich zuletzt vermittelt haben?«

»Habe ich.«

»Okay.« Shore geht voran zur Rezeption und spricht mit dem Mann, der uns in sein Büro gebracht hat. »Mach einen Termin bei Jodie für Hunter, bitte.«

»Kein Problem.«

Shore nickt uns zu. »Sie wird dir etwas besorgen.« Dann begibt er sich wieder in sein Büro. Der Mann von der Rezeption sieht uns an. »Es lief also gut?«

»Davon abgesehen, dass ich tätlich angegriffen wurde, habe ich schon das Gefühl«, antworte ich. »Sieht so aus, als würdest auch du dich nicht mehr lange mit Ian rumschlagen müssen.«

Der Mann grinst. »Ich hatte gehofft, dass er aus der Rolle fallen würde, wenn er euch beide sieht. Darum hatte ich ihm gesagt, dass Shore ihn sprechen will.«

»Moment. Er war gar nicht der nächste Termin?«

»Nö.« Der Typ seufzt glücklich. »Rache ist wirklich süß.«

»Das wird sie sein, wenn ich endlich eine Wohnung habe.«

»Ach, guck mal. Bei Jodie ist gerade etwas frei geworden. Folge miiiir.«

Ich schaue Rush an, Rush schaut mich an. Passiert das gerade wirklich?

Er drückt meine Hand. »Lass uns gehen.«

Wir setzen uns in Bewegung, und ich versuche aus Leibeskräften, mir nicht allzu große Hoffnungen zu machen.

KAPITEL
ZWEIUNDDREISSIG

RUSH

HUNTER HÄLT mein Gesicht zwischen den Händen, schiebt mich rücklings in sein Zimmer, wobei er gleichzeitig spricht und mich abknutscht. »Du bist–« ein Kuss, »der absolut unglaublichste–«, ein Biss, »Mann, den ich je–«, ein Saugen, »getroffen habe.«

Ich komme ihm entgegen und suche seine Lippen mit meinen. Seine großen Handflächen sind warm an meinen Wangen, und mein Gehirn fühlt sich an, als würde es sprudeln. »Zeig mir, wie unglaublich du mich findest.«

Es lief heute besser als ich je gedacht hätte. Jodie war super – sie hat schon eine Liste von Besichtigungen für Hunter gemacht. Sie hat ihm versichert, dass er freie Wahl haben wird, wenn sich seine Mieterhistorie als so makellos erweist wie er sagt.

Mein Herz könnte nicht glücklicher sein. Für mein Gehirn gilt das Gleiche, jetzt, da das Pieksen endlich aufgehört hat.

»Was ich alles mit dir machen will, Rush«, stöhnt Hunter, als meine Beine die Bettkante erreicht haben.

Ein Schauer durchströmt meine Glieder. »Zum Beispiel?«

»Zum Beispiel ... dich voll und ganz kennenlernen. Entdecken, was dich glücklich macht, und dich vor den Dingen in Schutz nehmen, die dich traurig machen. Dir jeden Tag aufs Neue beweisen, wie überwältigt ich bin, dich getroffen zu haben und diese Zeit mit dir erleben zu können.«

»Nicht ganz der Dirty Talk, den ich erwartet hatte, aber mach ruhig weiter.«

Hunter schüttelt sich an meiner Seite vor Lachen. »Verdammt nochmal. Du machst mich echt glücklich.«

»Ehrlich?«

»Ja. Jeden Tag.«

»Ich weiß, dass die meisten Menschen Glücklichsein nicht so wichtig finden, aber für mich ist es alles. Danke also, dass du das sagst.«

»Danke, dass du es mir ermöglichst. Vorhin beim Mittagessen dachte ich schon, du hättest genug von mir.«

»Wie bist du denn darauf gekommen?«

»Es hat so gewirkt, als würdest du nicht so gern in meiner Nähe sein.«

Ich schüttele hastig den Kopf. »Ich war abgelenkt. Und genervt. Nicht von dir, sondern um deinetwillen.«

»Ich weiß.« Er drückt mich an sich. »Und ich bin froh, damit eine weitere Sache über dich zu lernen.«

Ich lege die Stirn an seine Schläfe und schmunzele an seiner Wange. »Du bist sehr lieb und romantisch, aber können wir jetzt zum Dirty Talk kommen?«

Dann habe ich sein tiefes Grollen in den Ohren. »Also gut. Wir ziehen uns aus, und bringen uns gegenseitig zum Kommen. Ich werde dir gleich meinen Schwanz in dein hübsches Loch reinschieben. Aber erst habe ich eine Frage.«

Mit einem zustimmenden Summen lehne ich mich zurück. Hunter streicht mir die Haare aus der Stirn.

»Hättest du eigentlich auch mal Lust, Top zu sein?«

Ich mustere seine Miene, suche nach Anzeichen dafür, was er

will, aber es gibt keine. Glaube ich. »Das ist eine schwierige Frage.«

»Warum?«

»Weil sie nicht so leicht zu beantworten ist. Will ich das gerne? Klar. Ich will alles mit dir. Aber, na ja, ich habe nun mal einen Großen. Manchmal tut es trotz allem Dehnen immer noch weh, und wenn ich weiß, dass mein Partner keinen Spaß hat, habe ich auch keinen. Top sein fühlt sich gut an, aber inzwischen finde ich es eigentlich eher ätzend.«

Der Blick in seinen braunen Augen ist sanft. »Daran können wir arbeiten. Wenn du willst.«

»Ich weiß noch nicht. Muss ich sofort antworten?«

»Nee.« Hunter schiebt die Hände unter meine Oberschenkel und hebt mich hoch. Ich halte mich an seinen breiten Schultern fest und schlinge die Beine um seine Hüften. »Und jetzt werde ich dich durchficken. Wahrscheinlich morgen auch. Und am Tag darauf und am Tag darauf, bis du keine Lust mehr darauf hast. Und wenn du je tauschen willst, sagst du mir Bescheid, okay?«

»Na klar.«

»Gut.« Er drückt mir einen festen Kuss auf den Mund. »Feste Regeln gibt es nicht, Babe. Wir machen uns eigene.«

»Das klingt gut.«

»Finde ich auch.«

Hunter legt mich aufs Bett, dann legt er sich auf mich wie eine Decke. Unsere Oberkörper berühren sich, und eine köstliche Wärme brennt zwischen uns, als Hunter beginnt, sich an mir zu reiben. Sein harter Körper ist so erregend, seine kontrollierten Bewegungen, sein steifer Schwanz, den ich mit jeder seiner kontrollierten Bewegungen an meinem eigenen spüren kann. Er atmet tief in meinen Mund, und ich atme jedes Ausatmen ein, schlucke die Geräusche, die er macht, bis die Erregung uns beide erfasst hat.

»Wieso bist du nicht nackt?«, beschwert er sich.

Da bin ich ganz bei ihm. Das hier ist alles schön und gut, aber es wäre noch wesentlich besser, wenn ich von nackter Haut umgeben wäre.

Mit frustriertem Knurren knöpfe ich sein Hemd auf, dann meines. Hunter hilft, schiebt es mir von den Schultern und die Arme hinunter, dann wirft er es achtlos durchs Zimmer.

Die Hotelbettwäsche fühlt sich steif und glatt an, und ich bekomme sie nicht zu fassen. Hunter schiebt mir seine Hand in die Hose. Ich biege mich ihm entgegen und reibe stöhnend meine Erektion an seiner Hand: Wie gut es sich anfühlt, und doch ist es nicht genug.

»Weißt du was?«, fragt er, während er sich an meinem Kiefer entlang küsst, was mir eine Gänsehaut durchs Gehirn jagt. »Ich habe mich von Anfang an ganz auf dich eingelassen. Hab' in allen Knochen gespürt, wie richtig es sich angefühlt hat. Dir vertraut, bevor mir klar wurde, dass ich dir vertraue. Aber jetzt habe ich zum ersten Mal wirklich das Gefühl, dass etwas daraus wird.«

Stirnrunzelnd lehne ich mich zurück. »Was meinst du?«

»Im Hinterkopf hatte ich immer die Befürchtung, hier keinen Fuß auf den Boden zu kriegen. Die Vorstellung, ohne Erfolg wieder nach Hause zurück zu müssen, hat an mir genagt, und ich habe nicht geglaubt, dass eine Fernbeziehung mit uns funktionieren würde, trotz meiner Gefühle für dich. Nicht nach der Erfahrung vom letzten Mal. Aber jetzt … habe ich eine Wohnung. Ein Zuhause, wo ich hingehöre. Wenigstens vorläufig. Was bedeutet, dass ich alles geben kann, ohne mich zurückzuhalten.«

Zurückzuhalten? Gibt der Mann mir denn noch nicht alles? »Ich hatte nie Zweifel an dir.« Er umfasst meinen Schaft, und das Gefühl sprudelt durch meinen ganzen Körper. »Nie. Du bist ein Mensch, der sich etwas vornimmt und es dann durchzieht. Für mich ist das verwirrend und großartig. Ich werde dich nie verstehen, aber das muss ich auch gar nicht, um zu wissen …« Meine Kehle schnürt sich zu.

»Rush?«

»Könnte sein, dass ich mich ein klitzekleines Bisschen in dich verliebe. Oder sehr. Es ist schwer für mich, weil meine Beziehungen davor ein Haufen gequirlte Hühnerkacke waren–«

»Hühnerkacke?« In seinen Augenwinkeln erscheinen Fältchen der Belustigung.

»Seven.«

»Natürlich.«

»Ich will nur sagen, dass ich auch früher dachte, ich hätte bestimmte Gefühle. Aber jetzt, da ich weiß, wie es mit einem echten Partner ist, wie es sich anfühlt, wenn man jemandem wirklich etwas bedeutet – macht es mir Angst, wie tief dieses Gefühl gehen wird. Ich habe Angst davor, was passiert, wenn du genug von mir hast. Wenn ich dir zu viel werde, oder–«

Er küsst mich hart und fordernd. »Du wirst mir nie, nie zu viel werden.«

»Ja, ich bin sicher, meine Oma hat das auch gedacht, und dann war es trotzdem so.«

Ich spüre ihn an meinen Lippen lächeln. »Lass es mich klarer formulieren. All die Dinge, von denen du befürchtest, sie könnten mir zu viel sein, sind die, die ich am meisten an dir liebe. Ich bin sicher, dass wir uns auch mal übereinander ärgern werden, denn das ist bei allen Paaren so. Aber was ich so erfrischend an dir finde: Du redest darüber. Du spielst keine Spielchen. Und du erwartest das Gleiche von mir. Wir haben noch einiges übereinander zu lernen, aber verdammt nochmal, Rush, ich freue mich schon darauf. Noch nie in meinem Leben hat sich etwas so richtig angefühlt.«

Mein Herz fühlt sich so groß an. Ich weiß gar nicht, ob ich gerade eher darauf achten soll oder auf meine Erektion.

An einem Wort bleibe ich hängen. »Liebe?«

Hunter atmet tief aus. Sein Blick ist sanft. »Vielleicht. Es ist noch früh, aber ich glaube, ich bin auf dem besten Wege dazu. Es geht so schnell.«

Mit zitternden Händen umfasse ich seine Wangen. »Ich bin auch auf dem schnellsten und besten Wege dazu.«

Mit weichen Lippen und fordernder Zunge küsst er mich so tief, dass meine Zehen sich einrollen. Ich will, dass es nie aufhört, aber ich will jetzt auch wirklich, wirklich dringend kommen.

Mein Herz ist so erregt wie der ganze Rest von mir.

»Ich brauche dich«, sage ich rau und taste nach seinem Gürtel.

Er lässt ihn mich öffnen, dann schiebt er Hose und Unterhose hinunter und aus dem Weg. Sein roter, angeschwollener Schwanz zeigt in meine Richtung, und bei dem Anblick spüre ich meine eigene Erektion pochen.

Hunter beugt sich hinunter und streift mit den Lippen an meinem Schaft entlang. Sein warmer Atem fängt sich im Baumwollstoff meiner Hose, breitet sich auf meiner erhitzten Haut aus und lässt mich nach mehr verlangen.

»Hose runter, bitte.«

Er lächelt mich an wie die personifizierte Sünde. Aber er erfüllt mir die Bitte, öffnet *langsam* meinen Reißverschluss und zieht mir die Hose herunter. Dann hält er meinen Blick, nimmt meine Eichel in den Mund und lutscht sie durch die Unterhose.

Es fühlt sich gut an, ist aber bei Weitem nicht genug. »Wieso hasst du mich?«, quengele ich.

Und als Hunter nichts tut, um das Problem zu lösen, nehme ich es selbst in die Hand.

»Nee. Nee-nee. Ich weiß genau, was du vorhast.« Ich schiebe ihn von mir herunter und rolle ihn auf den Rücken, dann setze ich mich auf seine Hüften, klemme das Gummi meiner Unterhose unter die Eier und streichele mich ein paarmal kräftig. Hunter schaut eindeutig amüsiert zu mir hoch, aber das ist mir egal.

Er mag es gern langsam.

Heute habe ich keine Geduld für langsam.

Ich spucke in meine Handfläche und fange an, mich über seiner Brust zu befriedigen.

»Ich dachte, ich hatte dir gesagt, dass das mein Job ist?«, fragt er.

»Ich kann ja wohl meinen Penis anfassen, wenn ich will.«

»Aber nur, wenn du es auch tust, *weil* du es willst.« Er blickt auf meine Hand hinunter, die meinen Schwanz bearbeitet, und leckt sich die Lippen. »Wenn du dir *wirklich* lieber einen runterholen willst als mich in den Mund zu vögeln, ist das natürlich deine Entscheidung.«

Oh. Verdammt.

Hastig streife ich die Unterhose ab, um mich auf seine Brust setzen zu können, dann drücke ich meine Eichel an seine Lippen. »Sesam öffne dich?«

Er lacht, und ich schiebe mich in seinen Mund. Hunter umschließt mich mit den Lippen und lutscht kräftig, dann leckt er nasse Streifen über meine empfindliche Schwanzspitze. Ich dringe tief ein, bis meine Eier an sein Kinn stoßen. Seine Lippen so aufgerissen um mich zu sehen, löst tief in meinem Inneren eine Kernreaktion aus.

Ich ziehe mich zurück, und er atmet tief durch.

»Verdammt, du bist groß«, sagt er atemlos.

»Wenn ich schon kaum in deinen Mund passe, wie kannst du dann erwarten, dass es bei deinem Arsch möglich ist?«

»Das würde ich schon hinkriegen.«

Ich fühle, wie mich ein süßes Gefühl durchströmt. »Das würdest du wirklich, oder?«

»Japp. Und jetzt bin ich sehr interessiert zu sehen, was du glaubst, was passiert, wenn du da oben sitzt.«

»Sex.« Weiter war ich noch nicht gekommen. Verrückter, wilder Sex. Sex, der mir noch tagelang das Laufen erschweren wird.

Ich beuge mich zum Nachttisch und hole Gleitgel und Kondome heraus, dann gebe ich eine ordentliche Portion in meine Hand. Ich greife nach hinten, um mich zu dehnen, dann schiebe ich ihm meinen Schwanz wieder in den Mund. Jetzt versuche ich nicht mehr, so tief wie möglich einzudringen, sondern schiebe einfach wieder und wieder meine Eichel zwischen seine Lippen.

Ich habe Mühe, nicht dabei zu kommen, wie er mit der Zunge an meinem Schlitz spielt.

Als ich bereit bin, ziehe ich die Finger aus mir heraus und schiebe mich weiter nach unten, während Hunter ein Kondom überzieht. Er packt meine Arschbacken mit festem, besitzergreifendem Griff – es fühlt sich genial an.

»Alles gut da unten?«, frage ich.

»Ich helfe nur.« Er hebt die Hüften an, bis sein Penis an meinen Eingang stupst.

»Du bist fast so ungeduldig wie ich.«

»Niemand ist so ungeduldig wie du.«

»Stimmt. Ich würde dich gerne weiter reizen, aber es ist mir körperlich einfach nicht möglich.« Ich brauche seinen Schwanz im Arsch, und ich brauche ihn jetzt. Ich setze ihn an und lasse mich langsam darauf sinken. Die dicke Schwanzspitze scheint mich aufzubrechen, dann gleite ich immer tiefer an ihm herab, bis Hunter schließlich ganz in mir drinsteckt.

Nichts fühlt sich so gut an wie von ihm ausgefüllt zu sein. Mich um ihn zu verengen, ihn gegen diesen genialen Punkt ganz tief in meinem Inneren stoßen zu fühlen, und zu wissen, dass ich so kommen werde. Klar ist es auch schön, Top zu sein, aber es ist nicht die gleiche Befriedigung, die mir die Stimulation von beiden Seiten gibt. Auch wenn ich durchaus den aktiven Part übernehmen könnte, wäre es glaube ich gar nicht meine Präferenz.

Ich bewege mein Becken ein paar Zentimeter nach vorne, und höre mich leise »oh!« sagen.

Es ist, als wäre er für mich gemacht, jeder einzelne Körperteil passt perfekt zu meinen eigenen.

Ich beschleunige das Tempo, wippe auf seinem Schwanz auf und ab, und spüre einen Funkenregen durch meinen ganzen Körper rieseln. Mein Gehirn schwimmt in Erregung, ertrinkt in Lust, mein Schwanz wippt bei jeder Bewegung, und bettelt förmlich darum, berührt zu werden. Je mehr ich mich bewege, desto mehr bin ich eine *formlose* Pfütze Geilheit.

Ich bin kurz davor, mich anzufassen und meinem Penis etwas Erleichterung zu verschaffen, als ich spüre, wie Hunters Hand sich um ihn legt. Seine Handfläche ist feucht von Spucke, seine Faust ein perfekter Tunnel, in den ich stoßen kann. Von hinten von seinem Schwanz bearbeitet zu werden, vorne mit festem Griff umfasst zu werden – ich fühle mich einfach himmlisch.

All meine Glieder summen, so himmlisch ist es.

»Was für ein Anblick«, ächzt er.

Unter schweren Lidern sieht Hunter mich aus dunklen Augen unverwandt an. Bei dem intensiven Blick fühle ich mich so begehrt, so von ihm in Besitz genommen. Ich erhöhe das Tempo, reite ihn härter, und Hunter kommt mir entgegen. Die feuchten Geräusche unserer Haut erfüllen das kleine Hotelzimmer.

Es ist intensiv und schnell und schweißüberströmt und überwältigend. Meine Gier danach, ihn in mir zu spüren. Dass ich mich ihm selbst beim Sex manchmal nicht nah genug fühle. Mein Kopf und mein Herz sind ganz weich und voll, mein ganzer Körper im Einklang mit Hunter.

Wie er zwischen zusammengebissenen Zähnen keucht. Wie fest seine Finger meine Pobacken umklammern. Wie er mit der anderen Hand über meine Eichel streicht und mich dabei so verrückt macht, dass sich meine Eier fest und schmerzhaft zusammenziehen. Ich bin hin und hergerissen – will ich mehr Druck auf meine Prostata oder will ich seine Hand fester vögeln? Also mache ich abwechselnd beides, und nehme mir ungeniert alles, was ich bekommen kann.

»Du musst jetzt kommen, Rush. Komm schon, Babe, erlöse mich endlich.« Es ist schön, zur Abwechslung mal ihn betteln zu hören. Ihn so ungezügelt zu sehen.

Ich lasse mich auf ihn fallen, so fest ich kann, nehme seinen Schwanz so tief wie noch nie, und überlasse mich dem Gefühl, ihn von unten in mich hineinstoßen zu fühlen.

All meine Nervenenden singen, sind lebendig, wollen mehr.

Ich beiße in meine Faust, bin so kurz davor, bewege meine Hüften wieder und wieder.

»*Fuck.*«

Dann schießt die Erlösung aus mir heraus, mein Schwanz pocht, und meine Eier entleeren sich im gleichen Rhythmus. Ich bin ein glühend heißes, triefendes Chaos, als Hunter seinen Schwanz herauszieht, uns beide umdreht, sodass ich auf dem Rücken liege, und erneut in mich eindringt.

Er nimmt mich hart und so schnell wie ein Besessener. Zu wissen, dass er sich nicht mehr zurückhalten kann, lässt auch meinen Schwanz wieder aufwachen, aber ein paar Minuten brauche ich auf jeden Fall noch. So lange kann Hunter nicht mehr durchhalten. All seine Muskeln sind angespannt, als er sich über mir aufstützt, mein Arsch wird von der Wucht seiner Stöße angehoben, und dann sehe ich, wie seine schönen Schultern sich wieder lösen, als er mit einem Knurren seinen Höhepunkt erreicht.

Hunter lässt sich auf mich sinken, bis ich vom Hals bis zu den Knöcheln von erhitzten Muskeln unter verschwitzter Haut umgeben bin. Ich schlinge die Arme um seinen Nacken und drücke ihn an mich, bis wir fast miteinander verschmelzen.

»Man muss es dir lassen: Du weißt, wie man's einem Mann besorgt«, murmele ich an seinem Hals.

»Nur dir. Es dir zu besorgen ist meine Lieblingsbeschäftigung.«

»Gut, denn das wirst du jetzt ganz oft machen, nur damit du's weißt.«

»Danke für die Vorwarnung.« Ich höre das Lächeln in seinen Worten. Spüre es in meinem Inneren. Ich versuche, mich zu erinnern, wann ich das letzte Mal so glücklich war – und mir fällt nichts ein. Als ich ein Kind war wahrscheinlich, aber die Erinnerungen an meine Eltern sind diffus. Als ich bei Aggy einzog, hatte ich solche Angst, sie auch zu nerven. Und ich liebe meine Mitbewohner, meine Brüder, zwar – aber es ist kein Vergleich.

Ich habe eine Person.

Eine Person, die nur mir gehört.

Die keine Spielchen macht und mich an mir zweifeln lässt. Ich wusste gar nicht, wie sehr ich Hunter brauchte, aber jetzt ist es mir klar.

Und wenn er mich vielleicht auch liebt, lasse ich ihn nie wieder gehen.

KAPITEL
DREIUNDDREISSIG

HUNTER

Acht Monate später

»Es ist noch nicht ganz richtig«, bemerkt Rush, während er den Ärmel meines hässlichen Weihnachtspullis zurecht zupft. Ich blicke an unserem Partnerlook herab, um zu verstehen, was ihn stört. Mein Strickpullover ist rot und hat auf beiden Ärmeln glänzende Seidenstreifen. Auf dem Vorderteil prangt ein albernes Rentier mit Glöckchen. Wenn ich neben Rush stehe, der einen mitternachtsblauen Pulli trägt, sieht es so aus, als würde das Rentier den Schlitten auf Rush' Pulli ziehen.

Er hat die ganze Woche an unseren und den Pullis für seine Mitbewohner gearbeitet. Ich bin zwar immer besorgt, wenn er diese Hyperfixierung auf eine Sache bekommt und den Rest der Welt ganz vergisst, aber es war auch schön, mich dieses Mal selbst um ihn kümmern zu können.

Das vergangene Jahr war für uns beide gewöhnungsbedürftig; aber nachdem Ian von der Immobilienfirma entlassen wurde und abgetaucht ist, um seine Wunden zu lecken, konnten wir uns endlich auf uns konzentrieren. Sonst nichts.

Bevor Rush sich allzu große Sorgen um Details machen kann, schlinge ich den Arm um ihn und drücke ihn an mich.

»Ich weiß, was du vergessen hast.«

»Ja?«

Ich beobachte, wie sein Blick wieder schärfer wird, dann halte ich einen Mistelzweig hoch.

Rush schmiegt sich an mich. »Tut mir leid. Ich habe mich in den Details verloren.«

»Ich liebe es, wenn du dich in den Details verlierst«, versichere ich ihm und beuge mich zu ihm hinüber, um ihn zu küssen. Rush versucht sofort, weiterzumachen, aber ich bremse ihn. »Meine Eltern kommen gleich.«

Seine Miene verdüstert sich. »Bist du auch ganz sicher, dass du mich vorstellen willst?«

»Das hatten wir doch besprochen.«

»Ich weiß, ich weiß …« Er senkt den Blick und spielt geistesabwesend mit den Glöckchen an meinem Pulli. »Ich wollte nur sagen, dass ich es verstehen würde, wenn du mich lieber hier oben verstecken würdest.«

»Schämst du dich etwa?«

»Nein! Ich meine, schon – als ich sie das letzte Mal gesehen habe, war ich als sexy kleiner Elf verkleidet. Die haben schon mehr von mir gesehen als ich meinen zukünftigen Schwiegereltern je zeigen wollen würde – aber das ist es nicht. Also, das ist nicht *ideal*, aber …«

»Na komm, spuck's schon aus.«

Er seufzt und umarmt mich fester. »Ich habe noch nie die Eltern von jemandem kennengelernt. Ich habe Angst davor. Wir wissen beide, dass ich nicht unbedingt den besten ersten Eindruck mache, und du liebst sie. Was, wenn sie finden, dass ich nicht gut genug für dich bin? Was, wenn sie mich dafür hassen, was passiert ist? Ich will dich glücklich machen, und wenn sie mich nicht leiden können, würde dich das nicht glücklich machen, oder?«

Es bricht mir das Herz. Ich finde es schlimm, dass Rush nicht die beste Unterstützung von seiner Familie bekommen hat und dass er auch heute noch, Jahre später, das Gefühl hat, für andere eine Last zu sein.

Ich habe meiner Familie von ihm erzählt. Zugegeben, erst waren sie zögerlich wegen der ganzen Situation. Aber sie haben mir versprochen, ihm ohne Vorbehalte zu begegnen. Je mehr sie von mir über ihn erfahren, desto mehr haben sie sich für ihn erwärmt, und ich weiß, dass sie sich sehr freuen, ihn kennenzulernen, genau so sehr, wie ich es mir wünsche.

Sicher ist nach diesem Erlebnis noch ein Hauch Verhaltenheit zurückgeblieben, was meine Beziehung betrifft, aber ich kenne sie. Ich kenne Rush. Ein Treffen, mehr wird es nicht brauchen, und sie werden ihn lieben.

Audrey tut es jetzt schon.

»Ich bin Null besorgt. Es wird nichts an dir geben, was sie nicht mögen werden.«

»Bist du … bist du sicher?«

»Absolut sicher. Ich bin schon ganz aufgeregt, dich endlich als meinen Freund vorstellen zu können. Ich weiß bis heute nicht, womit ich dich eigentlich verdient habe – und manchmal kann ich es immer noch kaum glauben. Ich bin zutiefst dankbar dafür, dass ich dich mein nennen darf.«

»Danke.«

»Wofür?«

»Dass du mich so liebst, wie ich bin.«

Ich drücke ihm einen Kuss auf die Stirn. »Du liebst mich doch auf genau die gleiche Weise.«

Von unten ist ein Klopfen zu hören, und kurz darauf schwere Schritte, die die Treppe hinunterlaufen, um zu öffnen. Da ich so oft hier bin, erkenne ich sie als die von Seven. Wir sind zwar inzwischen gute Freunde geworden, aber ich will auch nicht, dass meine recht biederen Eltern einen Herzinfarkt bekommen, noch bevor sie Rush kennenlernen können.

»Wir sollten besser runter gehen.«

»Ja, runter. Genau.« Er löst sich von mir, fixiert erneut meinen Ärmel, und ich nehme ihn bei der Hand und ziehe ihn nach unten, damit keine Zeit mehr für Zweifel, Unsicherheit und Panik bleibt.

»Mit dem Pulli ist alles in Ordnung.«

»*In Ordnung?*« Seine Miene verdüstert sich, und fast muss ich lachen.

»Die Pullis sind super. Ich meine nur, dass nichts damit nicht stimmt.«

»Was, wenn sie ihnen nicht gefallen?«

Oh, sie werden sie verabscheuen, keine Frage. Hässliche Weihnachtspullis haben sie noch nie interessiert, aber ich weiß, dass sie höflich sein werden, und am Ende werden sie zu schätzen wissen, dass Rush sich die Zeit genommen hat, sie anzufertigen.

Unten ist niemand zu sehen, also laufen wir den Flur entlang zur Hintertür, die in den Garten hinter dem Haus führt, wo die Party steigt. Es ist ein selten wolkenloser Tag, saukalt, mit einer zaghaften Sonne, aber besser als der Regen, den wir die ganze Woche hatten.

Rush hält meine Hand fest, und ich drehe mich zu ihm um. »Nicht zu fassen, wie viele es sind.«

»Was meinst du?«

»Es waren immer nur wir Bertha-Jungs und Aggy. Manchmal Penn. Aber das war's. Und jetzt …«

Ich schaue mich im Garten um. Alle Mitbewohner mit ihren Partnern sind da. Aggy natürlich. Und dann … »Wer sind denn die ganzen Leute?«

»Gabe kennst du ja schon, aber seinen festen Freund noch nicht. Aleks spielt Hockey, also kommt er sonst nicht viel unter die Leute. Die beiden Männer neben ihnen sind auch ein Paar, Kollegen von Gabe. Elle ist Émiles Schwester, und der Mann an ihrer Seite ist Darcy Ritcherson«, erklärt er. Mit einer Geste auf den älteren Mann mit langen Haaren fährt er fort: »Das da sind Mollys Dad und Mollys bester Freund, der aber auch mit seinem Dad zusammen ist–«

»Wow.«

»Japp, und – *oh.*« Rush' Stimme wird etwas schriller. »Die beiden, die da auf uns zugelaufen kommen, müssen wohl deine Eltern sein.«

Ich umfasse seine Hand etwas fester. »Alles, was du tun musst, ist atmen.«

»Geht klar.«

»Ich meine richtig.«

»Okay.«

Dann haben meine Eltern uns erreicht, und ich lasse Rush kurz los, um sie in die Arme zu nehmen. Mom umarmt mich so fest, als wollte sie mich zerquetschen, und Dad ist auch nicht viel besser. Aber kaum haben wir uns voneinander gelöst, wenden sie ihre Aufmerksamkeit Rush zu.

Mir ist vor Aufregung und Glück ganz schwummerig, und ich lege ihm eine Hand auf den Rücken. »Das ist–«

»Rush! Endlich lernen wir dich kennen«, sagt Mom. »Magst du Umarmungen?«

»Tja, das kommt sehr auf die Umarmung an. Manche sind eher ungeschickt und leblos.«

Sie blinzelt ihn kurz an, und ich muss fast laut herausplatzen.

»Dann also bitte nicht ungeschickt und leblos, Mom.«

Mom guckt mich böse an, dann zieht sie Rush in ihre Arme und drückt, als würde ihr Leben davon abhängen. Sie flüstert ihm etwas zu, das ich nicht höre, aber was es auch war, bringt ihn zum Lächeln, also lasse ich den beiden ihren Moment.

Als sie sich voneinander lösen, nickt Rush. »Deine Umarmungen sind gut.«

»Ich habe bestanden!« Sie tut, als würde sie lange Haare über die Schulter zurückwerfen.

»Ich werde dir stattdessen einfach die Hand geben«, sagt Dad und streckt sie ihm entgegen.

»Solange es nicht leblos wird«, sagt Mom scherzhaft.

Ich führe sie von der Hintertür weiter in den Garten. »Ihr müsst noch ganz viele Leute kennenlernen. Lasst meinen armen Freund atmen.«

»Ja, wenn du glaubst, dass dir das die peinlichen Geschichten erspart, täuscht du dich gewaltig.«

Ach ja. Sie kann so viele Geschichten erzählen wie sie will. Ich *möchte*, dass Rush sie alle erfährt.

Als sie weg sind, sehe ich ihn fragend an.

»Wie fühlst du dich?«

»Super. Großartig. Das war gut, oder?«

»Das war sehr gut.«

Ich beobachte, wie sich auf seinen Zügen Erleichterung breitmacht. »Ich war so nervös.«

»Ich weiß.« Ich zupfe an meinem Pulli. »Aber wir haben es überstanden.«

»Sollte ich jetzt meine Geschenke für sie holen?«

»Wann immer du Lust hast. Du brauchst dich nicht verpflichtet zu fühlen, sie den ganzen Tag zu babysitten, okay?«

Er lächelt mich spitzbübisch an. »Machst du Witze? Die haben *peinliche Geschichten* über dich zu erzählen. Ich lasse sie nicht gehen, bis ich alle gehört habe.«

Er schlüpft ins Haus, um die Geschenke zu holen, und ich schaue mich im Garten um. Rush zufolge ist die Gruppe doppelt so groß wie früher, und das ist ehrlich gesagt wenig überraschend. Schon bei meinem ersten Besuch hier fühlte ich mich hier zu Hause, willkommen, behaglich. Rush und seine Brüder hatten es in ihrer Jugend definitiv schwer, aber es hat sie auch zu dem gemacht, was sie heute sind. Und sie sind alle ziemlich umwerfend.

Im Laufe des Jahres habe ich mich mit allen angefreundet, und wenn die neu Dazugekommenen so gestrickt sind wie ich, werden auch sie sich gerne dazu gesellen und in dieser Bubble willkommen fühlen, wo es keine Abwertung gibt, sondern nur Unterstützung. Respekt. Verständnis.

Meinen Platz hier zu haben ist das, worum ich immer gekämpft habe.

Seven taucht neben mir auf und reicht mir ein Bier. »Arschkalt hier draußen.«

»Es ist Dezember. Wir haben Glück, dass es nicht regnet.«

»Stimmt. Und sogar Madden hat einen Pulli an.«

»Ja, aber ob das wirklich an der Kälte liegt, oder weil er ihn von Rush bekommen hat?«

»Wie auch immer. So läuft wenigstens niemand Gefahr, von seinen Nippeln ein Auge ausgestochen zu bekommen.«

»Ich … ähm. Ich überlege, Rush zu fragen, ob er nicht bei mir einziehen will«, platze ich heraus, ohne Seven dabei in die Augen sehen zu können. Die Jungs stehen sich so nahe; ich würde mich niemals zwischen sie drängen wollen. Aber nach den ersten sechs Monaten in einer Mietwohnung, die ich nicht so recht mochte, bin ich vor einem Monat erneut umgezogen, und jetzt habe ich das Gefühl, mich dort auch langfristig wohlfühlen zu können.

Und ich kann mir gut vorstellen, mit Rush dort zu leben.

»Wow«, murmelt Seven.

»Ich weiß. Keine Ahnung, was er sagen wird, und ich habe Sorge, er könnte hin- und hergerissen sein zwischen dem Wunsch, hier zu bleiben und–«

»Nee. Darüber musst du dir glaube ich keinen Kopf machen.« Seven strahlt. »Wenn du ihn fragst, wird er sofort dabei sein. Er wird immer sein Atelier hier haben, auch wenn er auszieht. Einmal ein Bertha-Junge, immer ein Bertha-Junge.« Seven nickt mit Blick auf Gabe. »Wo wir auch wohnen, wir sind immer eine Familie. Du auch.«

»Ich?«

»Wir haben zusammen deinen Ex verkloppt. Das verbindet uns auf Lebenszeit, mein Freund.«

Ich stoße mit ihm an. »Ich hatte keine Ahnung, dass mein Leben mal so aussehen würde.«

»Das wusste keiner von uns. Aber das Gute ist, dass wir ja noch am Anfang stehen. Frag ihn ruhig. Rush hat's verdient.«

Und mit diesen drei Worten verschwindet auch meine Sorge wie von Zauberhand. Meine Befürchtung, Rush seinen Freunden wegzunehmen, weicht dem beruhigenden Gefühl, von Seven für das Beste gehalten zu werden, was Rush passieren konnte. Und da Seven das Wohl der anderen so am Herzen liegt, glaube ich ihm.

»Ich mache es heute noch.«

Seven drückt mich mit einem Arm an sich. »Na dann vorgezogenen Glückwunsch. Und um es gleich vorwegzunehmen: Ich werde *nicht* beim Umzug helfen. Ich habe euch beide lieb, aber Umziehen ist nicht drin.«

»Na, das werden wir ja sehen.«

»Ich schwör's, Mann. Kannst du knicken.«

Ich drücke ihn auch an mich. »Mal schauen, was Molly dazu meint.«

Seven stöhnt, und ich weiß, dass ich ihn überzeugt habe. Nie im Leben wird Molly nicht helfen wollen, und wenn er hilft, wird Seven es auch tun.

»Mols kontrolliert mich nicht.«

»Sicher. Nicht mit Absicht jedenfalls.«

Mit einer Grimasse trollt sich der große Kerl, was ich mal als Zustimmung auffasse. Er kann so tun, als könnte er das alles nicht leiden, so lange er will – da kenne ich ihn aber besser.

Unsere Vorweihnachtsfeier ist toll. Ich lerne entfernte Freunde kennen, plaudere mit meinen Eltern und Audrey, mache Aggy Komplimente für ihren Weihnachts-Pudding, und schaffe es sogar, nicht von Kismet angefaucht zu werden und ihm ein paar Leckerchen zu verabreichen.

Und später, als alle gegangen sind und Rush und ich alleine bei Mondschein in seinem Bett liegen, frage ich ihn.

Er sieht mich mit strahlenden Augen an und antwortet mit dem perfektesten Wort, das ich je gehört habe.

»Ja.«

EPILOG

HUNTER

»VERDAMMT NOCHMAL, Rush – bevor du eingezogen bist, wusste ich gar nicht, wie lange du immer das Bad mit Beschlag belegst«, rufe ich durch die abgeschlossene Tür.

Ich höre die Dusche, und er hat einen Podcast angestellt. Er hatte mir zwar versprochen, nicht mehr abzuschließen. Aber das vergisst er jedes Mal.

Ich höre, wie erst das Wasser, dann der Podcast abgestellt werden.

»Sorry! Ich komme schon!«

Bei seinem erschrockenen Tonfall wird mir sofort warm ums Herz. Einerseits ist es frustrierend, dass ich ihm nie lange böse sein kann, andererseits macht es auch alles so viel einfacher. Wir zanken ein bisschen, dann schenkt er mir das süße Lächeln, bei dem ich immer schwach werde, und damit geht es weiter. Meist führt das direkt zu Sex.

Und durch jede Auseinandersetzung lernen wir ein bisschen mehr über den anderen.

Er erscheint in einer Dampfwolke, hält krampfhaft das Handtuch um die Hüften gewickelt und sieht sehr schuldbewusst aus. »Zu meiner Verteidigung: zu Hause ist jedes Mal jemand reinspaziert, wenn ich vergaß, abzuschließen. Versuch du mal, dir einen runterzuholen, während dein Mitbewohner sich gleich daneben die Zähne putzt.«

Ich hebe eine Augenbraue. »Du hast dir einen runtergeholt?«

»Nein, dass brauche ich doch jetzt nicht mehr. Ich meine, dass ich einfach aus Gewohnheit abschließe, und um damit aufzuhören, muss ich mir aktiv vornehmen, es nicht zu machen. Weißt du, wie unmöglich das ist?«

Ich gebe ihm einen Kuss, schiebe einen Finger in sein Handtuch und ziehe es auf. Es fällt zu Boden.

»Ab jetzt sollte deine Entschuldigung darin bestehen, dass du die Tür nackt aufmachst.«

»Ist notiert.«

Ich laufe an ihm vorbei ins Bad und nehme die Zahnbürste aus dem Becher neben S. Pott, aber mein Blick fällt in den Spiegel auf Rush. Er lehnt im Türrahmen, sein toller goldbrauner Körper ein Augenschmaus. Aber meine Aufmerksamkeit erregt eher seine Miene.

Ich spucke aus. »Du hast mir etwas zu sagen, stimmt's?«

»Ja.«

»Schieß los.« Anfangs wurde ich immer nervös oder ängstlich, wenn ich diesen Gesichtsausdruck sah, aber ich habe dazu gelernt. Es bedeutet nicht, dass Rush unsere Beziehung infrage stellt. Sein Zögern, mir etwas mitzuteilen, liegt nicht daran, dass er nicht weiß, wie ich reagieren werde, oder dass es keine guten Nachrichten sind; es liegt daran, dass er nicht weiß, wie er sich am besten verständlich machen soll.

»Ich mag es nicht, immer alles zu vergessen.«

»Okay.«

»Ich mag es nicht, immer etwas aufholen zu müssen.«

»Kann ich helfen?«

Er schüttelt den Kopf. »Ich glaube, es ist etwas, das ich tun muss.«

Ich lege die Zahnbürste weg und drehe mich zu ihm um, um deutlich zu machen, dass er meine volle Aufmerksamkeit hat. Dieses ausgiebige Nachdenken erklärt die übermäßig lange Dusche heute Morgen. »Was ist denn los?«

»Ich glaube, ich will es wieder mit Medikamenten versuchen.«

»Ehrlich?« Wir haben ein paarmal darüber gesprochen, und ich hatte schon das Gefühl, es könnte darauf hinauslaufen; ich hatte aber klar gemacht, dass ich ihn unterstützen würde, unabhängig davon, wie er entscheidet.

Rush seufzt. »Beim letzten Mal fand ich es ganz furchtbar, und ich habe Angst vor den Nebenwirkungen, zum Beispiel wieder meine Kreativität zu verlieren. Aber ich habe online mit ein paar Leuten gesprochen, die gesagt haben, es hätte eine Menge ausgemacht, die richtige Dosierung zu finden. Viele von ihnen haben gar keine Probleme mit der Kreativität. Vielleicht habe ich beim letzten Mal zu früh aufgegeben.«

Ich nehme ihn in die Arme. Diesen Tonfall kenne ich gut. Er braucht Unterstützung. »Sag einfach, was du von mir brauchst. Vielleicht versuchst du es einfach nochmal, und findest die richtige Dosierung. Oder eben nicht.«

»Und wenn nicht?«

»Dann machen wir genau so weiter wie bisher.«

»Was, wenn du mich dann nicht mehr magst?«

Ich lache so laut auf, dass es von den Badezimmerfliesen widerhallt. »Und was, wenn mich heute auf dem Weg zur Arbeit ein Meteor trifft? Wir haben so viel Schlimmeres zusammen durchgemacht als ein bisschen mit Medizin zu experimentieren. Wir nehmen es einfach, wie es kommt, okay? Sprich mit deinem Arzt. Das ist der erste Schritt. Ich laufe nicht davon. Das Einzige, was du bitte niemals vergessen darfst: Unser Leben ist verdammt perfekt, Medikamente hin oder her.«

Sein Lächeln ist so strahlend, dass es den ganzen Raum heller zu machen scheint. »Mit dir hätte ich da auch gar keine Chance.«

VIELEN DANK, DASS DU DEN DRITTEN BAND DER ZUFSALLSLIEBE-REIHE GELESEN HAST!

Halte die Augen offen – nächstes Jahr kommen weitere Männer, die sich aus Versehen verlieben.

Zufsallsliebe Band Vier: https://geni.us/racheplane.

MEINE FREEBIES

Liest du gern Friends to Lovers-Geschichten? Second Chance und
Fake Relationships?
Dann habe ich zwei gratis Freebies für dich!

Friends with Benefits (EN)
Total Fabrication (EN)
Making Him Mine (EN)

Diese Kurzgeschichte ist meiner Leser*innenliste vorbehalten,
klicke also hier und werde Teil der Gang!
https://www.subscribepage.com/saxonjames

WEITERE BÜCHER VON SAXON JAMES

THE WILDE MEN SERIES:

Wilde's End

Ziggy's Voice

ACCIDENTAL LOVE SERIES:

The Husband Hoax

Not Dating Material

The Revenge Agenda

Just Romantically Invested

Not Catching Love

The Anti-Wingman (bonus prequel)

Friend for Hire (bonus novella)

FRAT WARS SERIES:

Frat Wars: King of Thieves

Frat Wars: Master of Mayhem

Frat Wars: Presidential Chaos

Royal Scoundrel (bonus novella)

DIVORCED MEN'S CLUB SERIES:

Roommate Arrangement

Platonic Rulebook

Budding Attraction

Employing Patience

System Overload

Forgotten Romance

Making Him Mine (bonus novella)

NEVER JUST FRIENDS SERIES:

Just Friends

Fake Friends

Getting Friendly

Friendly Fire

Bonus Short: Friends with Benefits

RECKLESS LOVE SERIES:

Denial

Risky

Tempting

STAND ALONES:

Himbo Hitman

CU HOCKEY SERIES WITH EDEN FINLEY:

Power Plays & Straight A's

Face Offs & Cheap Shots

Goal Lines & First Times

Line Mates & Study Dates

Puck Drills & Quick Thrills

See You in Boston (bonus novella)

PUCKBOYS SERIES WITH EDEN FINLEY:

Egotistical Puckboy

Irresponsible Puckboy

Shameless Puckboy

Foolish Puckboy

Clueless Puckboy

Bromantic Puckboy

Forbidden Puckboy

Possessive Puckboy

Stubborn Puckboy

STAND ALONES WITH EDEN FINLEY:

Up in Flames

The Bastard and The Heir

Money Shot

FRANKLIN U SERIES (VARIOUS AUTHORS):

The Dating Disaster

A Stealthy Situation

Und wenn dir der Sinn nach etwas Romantischerem steht: vergiss nicht mein YA-Pseudonym

S. M. James.

Diese Bücher stecken voller bezaubernder Charaktere mit Fehlern und großen Herzen.

https://geni.us/smjames

WILLST DU NICHTS MEHR VERPASSEN?

Folge Saxon James auf den unten genannten Plattformen.
www.saxonjamesauthor.com
www.facebook.com/thesaxonjames/
www.amazon.com/Saxon-James/e/B082TP7BR7
www.bookbub.com/profile/saxon-james
www.instagram.com/saxonjameswrites/

DANK

Wie alle Bücher ist auch dieses mit der Unterstützung einer ganzen Menge anderer entstanden.

Das Cover ist das Werk der talentierten Quel M. Lektoriert hat Sandra Dee, und Lori Parks hat aus Leibeskräften Korrektur gelesen. Die deutsche Übersetzung stammt von Johanna Hofer von Lobenstein, Lektorat und Korrektur von Antje Seebohm.

Danke, Charity VanHuss – du bist die beste Assistentin, die ich mir je hätte träumen lassen. Ohne dich wäre ich noch viel zerstreuter, und der Platz reicht kaum, um all die vielen Hüte zu nennen, die du für mich aufsetzt.

Eden Finley: Du stellst ständig dein Licht unter den Scheffel, obwohl ich so viel von dir gelernt habe, Du allerbeste Chaos-Bestie, die ich mir nur wünschen könnte, und Königin unter den Autorinnen. Du wirst mich jetzt nicht mehr los. Was für ein Glück für dich!

Danke an Louisa Masters, die fortwährend meine Untergangs-Stimmungen abfedert, wenn ich ins Straucheln komme, und mich daran erinnert, dass ich aufhören muss, den »Kummer zu suchen«. Ohne dich wäre ich mindestens die Hälfte der Zeit ein ängstliches Häufchen Elend.

AM Johnson und Riley Hart, danke euch, dass ihr euch die Zeit genommen habt, Probe zu lesen. Eure Unterstützung ist unglaublich wertvoll und ich weiß sie wirklich sehr zu schätzen! Und natürlich danke ich auch meiner Family. Meinem Ehemann, der mir immer wieder Zeit zum Schreiben ermöglicht, und meinen Kindern, deren Bedürfnisse mich daran erinnern, dass die reale Welt auch noch da ist.